松林夜宴圖

孙频——著

北京出版集团公司
北京十月文艺出版社

目录
Contents

松林夜宴图

一

她后来想，一切也许可以从白虎山说起。

所有的山和所有的河都是早已被命名好的。就像脚下这座山，癞秃、干渴、褶皱、独立千年而不能成说。它有一个威风凛凛但已苍老到两千岁的名字：白虎山。

据说西秦首都勇士城两千年前就曾在这山脚下，都城四面以青龙、白虎、朱雀、玄武命名四座山，白虎山在西，故名。对应五行之金，四季之秋，六部之刑部。从白虎山再往南便是祁连山余脉。两千年里这里曾有过无数边境之战，灭国之战，屠城之战。后来又几成流放之地，来过各朝的苦役。就在几十年前，这里还来过一批被城里遣送过来垦荒改造的右派，听放羊老汉说他们中间大部分都是文化人。后来他们中的很多人，也像那些古代的战士和各朝的苦役一样，没能返回家乡，留在了白虎山上，最终被黄沙掩埋了起来。

有时候大风卷过之处，就可以看到埋在黄沙之下的累累白骨，有两千年前的，有几百年前的，有几十年前的，早已经分辨不出老幼。新旧的白骨一簇一簇挤在一起，仿佛是刚刚从黄沙之下唤醒的蚌珠。有些暴露在黄沙外面的头骨安静地睁着两个黑洞，看着西部冰蓝色的天空。皮球一样滚来滚去的头骨被住在附近的小孩子们当玩具捡起来垒在一起，垒成了一座座七层宝塔，远看上去如同一片壮观的塔林。风从一个头颅的眼窝钻进去，像条无骨的蛇一样，再从另一个头颅的眼窝中爬出来。这些头骨宝塔静静地诡异地矗立在白虎山的某个山包上，等待着与爬到山顶来玩的大学生们不期而遇的那个瞬间。

山下有座师范学院，就建在两千年前的勇士城遗址之上。不知是因为兰州城太过狭长还是因为这学校实在不被待见，青城、金崖、榆中，沿着黄河一路放逐，竟被赶到了这白虎山下。师院的学生们平素的娱乐只有两种，一种是骑着自行车骑十里山路去一个军用机场看飞机，另一种就是爬上白虎山看落日。

十里山路看不到人，看不到村庄，看不到树木，只有绵延不绝天荒地老的黄土沟崖。学生们骑着自行车，吃力地扭着屁股爬山路，一路下来裤子和臀部几欲摩擦起火。在山路上爬着爬着忽然就会有一种身处宇宙洪荒的无力感和庄重感。开天辟地，天地玄黄，日月盈昃，人走在其中如舟行海上，随时会被这无边的黄土吞没，随时会在这坚固如铁的时间里消散成灰。

偶尔会在半路上碰到一个卖苹果的农妇，一点水红色的围巾尖利地刺破纵横的黄土，农妇守着一箩筐木讷憨厚的花牛苹果蹲在路边，不知打算要卖给谁，倒好像看死了他们一定会打这里经过。有时候学生们果真会停下买苹果，仿佛这农妇是他们在宇宙间遇到的唯一人类，连丑笨的花牛苹果也连带着成了这山中的珍禽异兽。下山坡的时候，自行车容易掉链子，刹不住闸，那就索性让自己连人带车地向路边的一堆沙丘撞去，脱缰的自行车驮着一坨惊恐万状的肉，像节失控的火车车厢一样轰隆隆驶向沙丘。车轮稳稳插进沙丘，人则被高高弹起来，若是男生，裤裆里的东西差点被这一弹剪得一点不剩。

终于骑到了机场，军用机场不让随便出入，守在门口的哨兵如果见是女生就多看几眼，如果见只是男生，就依旧泥塑一样挡在门口，目光空洞地看着远处的栖云山。学生们只能站在墙外，仰脸数着起起落落的大小飞机，绿色的飞机像一大群候鸟呼啦啦起飞，结伴从他们头顶盘旋而过，往另一种季节里投奔而去。

直到读完四年大学，这个学院的学生都是看到的天上的飞机比地上的汽车多。

再或者，在黄昏时分爬上白虎山看落日。李佳音就经常在落日熔金的黄昏带上自己的几个学生们爬上白虎山画落日。李佳音是一九九五年被分配到这所学校的美术系来当老师的。她是甘肃榆中人，在三江汇聚的甬城读完了美院，然后，毕业时又被分回了原籍。当她几年前再次回到白虎山下的时候，母亲还有几分不高兴，说，你姥爷活着时就想着你就留到南边了，回来做撒呢？南边到底比这个搭搭干散，把书念上又回来做了个撒沙。她有气无力地说，不服从分配留在南方就连户口都没有了，也没有了工作。听说从明年开始国家就不包大学生的分配了，到时候自己找工作还不定能找到什么样的。我们是被包分配的最后一批了，总得抓住这个机会。

她心里却时刻为自己做了这样的选择而感到羞愧，多年以后她才想明白，是她身上那种与生俱来的稳妥使她无法自信。在她还很小的时候，外公执意要教她画画，就时常表现出对她的失望。他总是对她说，侬晓得什么是艺术家，就是侬要去追求那些美而徒劳的东西，只要侬是真的喜欢，就不要讲画画有没有用。外公年轻时候是个画家，曾留学贝桑松美术学院学油画，浙江余姚人。他是几十年前被遣送到白虎山改造的那批右派劳改犯中的一员。几年的垦荒改造结束后就地落户，没有再回余姚，他和一个年长他几岁的当地女人结了婚，那女人身体不好，后来就生病去世了。他们有一个孩子，就是李佳音的母亲。李佳音的母亲因为成分不好，从小被同学们歧视，上完小学就没有再上过学，早早嫁给了当地一个家徒四壁的农民，就是李佳音的父亲。

外公高瘦清隽，在西北多年仍然没有改掉浙江口音，他对榆中方言里把“喝水”叫成“喝蜚”，“吃吧”说成“吃撒”永远深恶痛绝。他坚持要把“母亲”叫“阿姆”，把“晚上”叫“夜到”。李佳音小的时候就曾问过外公，你为什么要从那么远的南方来到白虎山呢？外公说，因为吾会画画。李佳音说，为什么会画画就要来白虎山呢？外公说，因为会画画的人都是小居（小孩）。

过了几年李佳音又问他，你们那时候在白虎山上每天都做什么呢？他说，做交关多（许多）事情，劳动啊吃饭啊种粮啊割草啊养猪啊，啥西（什么）都做。阿拉连住的屋子都是自己做的，就在黄土坡上挖个月牙形的洞，洞口小，但里面可以挖大些也可以挖小些，还可以在旁边再挖个套间，套间还可以再套一间，反正阿拉想怎么住就怎么给自己挖。那窑里交关（特别）宽敞，比现在榆中的平房大多了，阿拉可以横着睡也可以竖着睡。吃的东西也交关多啊，青稞炒面、玉米面团子、洋芋角子、浆水面、灰豆子、糜面疙瘩，阿拉在山上给自家种了很多玉米和土豆，阿拉甚至还种过百合和玫瑰。百合的根是可以吃的，囡部部（又甜又软），侬晓得百合花是白色的，其实也有橘色的。玫瑰花也可以吃，侬晓得甘肃这一带从明朝就开始种玫瑰了，最好的玫瑰叫苦水玫瑰。把玫瑰花瓣采下来用白糖腌渍成玫瑰酱，或者包在火烧里做成玫瑰饼，咬一口那真真花香扑鼻。夏天的时候，山上诶到各处（到处）都是阿拉种的玫瑰和百合，红白相间，云蒸霞蔚，登样（好看）极了。就是在一九六〇年那年没有粮食吃的时候，阿拉也能找到各种野菜吃。和吾住在一个窑里的另外两个人，一个是生物学家，另一个是个音乐家。阿拉干什么都在一起，好得像一个人似的，有一口吃的都要三个人分了吃。生物学家带着阿拉在山上找龙葵、曼陀罗、苘麻、刺蓟、虎尾草、牛筋草、石灰菜、马唐、鳢肠、水稗，还有一种叫马屁泡的菌子，小辰光（小时候）是白色的，但当长大到不能再大的时候，它就会自动炸裂，喷出黑色的烟雾，好玩得很。里面黑色的粉末是可以止血消炎的，阿拉都把它当药来用。那个音乐家则每天在落日时分蹲在窑口用口琴给阿拉吹《红河谷》和《三套车》，快要落山的夕阳又大又红，把满天的云彩都染得血红，像在天空里烧了一把大火。

李佳音又问，那个生物学家和那个音乐家后来都去哪了？

外公平平静静地看着远处，声音也像从很远很远的地方慢慢飘过来的，侬晓得，阿拉真的像亲兄弟一样……佢拉后来都回老家了。吾留了佢拉的地址，佢拉一个叫周在堂，是江苏无锡人，一个叫李书平，是湖南岳阳人。吾记得很清楚，都是南方人，又文气又礼貌。自从佢拉回家之后，吾每年都要给佢拉寄去西北的百合干、牦牛干、苦水玫瑰、柳花，年年过年都要寄的，没有一年落下的。二十年了，侬晓得？吾都寄了二十年了。

虽然从小给她讲白虎山上的故事，外公却从不让她到那座山上玩，于是白虎山在她眼里变得日益神秘，如笼着一层蓝色的大雾。在李佳音记忆中，外公只对两件事感兴趣，吃和画画。李佳音还很小的时候，他就开始教她画画，他喜欢给她讲格列柯、提香、丁托列托、波提切利、达·芬奇、拉斐尔、米开朗琪罗、伦勃朗、塞尚。他最崇尚的画家是伦勃朗，他保存着一本破旧的伦勃朗画册，他喜欢把里面那张叫《夜巡》的画一遍一遍指给她看。有时候明明是指给她看的，他自己却坐在那里看得满脸是泪。他说，侬晓得伦勃朗从画完这张画就破产了，当时没有人知道这张画有多么好。后来不久他就死了，才五十多岁啊。可是吾每次看到这张画的时候，还是会觉得，人生不管怎样虚空和荒诞，某些东西仍然会到来，会发生。

更多的时候，他只是对吃感兴趣。有一天黄昏他带着她去榆中县的十字街口买豆腐脑和麻叶做晚饭，雪白的豆腐脑盛在一口钢精锅里，上面撒着绿色的韭菜花和红色的辣椒油，他一边走一边不停闻着锅盖下散发出的香味。拐过一个弯之后他站住了，对她说，阿拉还是先把豆腐脑吃完了再回去吧。然后不等她说话他就捧起钢精锅，吸溜吸溜只两口，就把一锅滚烫的豆腐脑都倒进自己肚子里去了。吃完之后好像又有点不相信是自己吃完的，他狐疑地羞愧地看着那口空锅，自言自语道，吾吃的？不能吧？却久久不敢看她一眼。大约就是从那个时候，她开始为他感到羞耻。她吵着要回家，生怕有人会看到他们。他明白了她的意图，他捧着那口空锅忽然抬起头，肃穆地对她说，侬是不是觉得吾挺可怕？“当我们脏时爱我们，别在我们干净时爱我们，干净的时候人人都爱我们。”那个和吾在白虎山住过的音乐家曾经告诉吾，这是苏联的一个叫肖斯塔科维奇的音乐家说过的话。他说肖斯塔科维奇一辈子都在等待一个枪决。

后来当他变得越来越老之后，他对画画的兴趣开始越来越小，对吃的兴趣却越来越浓烈越来越顽固，这兴趣长在他身上，像身体上发育出了一只硕大无比的畸形器官，简直要比四肢比脑袋都要显眼。

他越老便越爱惜自己的身体。由于睡不着觉，他每天早晨天还黑着就在炕上开始做一套保健操，横着做完竖着做。起来后按摩太阳穴，干洗脸，然后再出去倒着走半个小时。每天早上要雷打不动地吃三颗红枣三颗核桃，晚上睡前要风雨无阻地喝三杯枸杞泡的小酒。每天都要午睡，一到那个时间他就脱光衣服，头上裹上毛巾是怕受风寒，盖上被子午睡一个小时。午睡过后要喝一碗小米汤去火，然后在屋子里开始画画。他本是画油画的，到后来却只是拿毛笔随意在纸上涂抹，没有人能看懂他画的到底是什么。他画好一幅就往墙上挂一幅，只给自己看。时间一长，墙上挂得密密麻麻的，白纸黑墨挂满了屋子，挽联似的青森阴凉。画挂多了她才渐渐看出来，那画上画的密密麻麻的好像全是人，各种形态的小人或坐或站或睡。看上去有点像日本的佛教画《甘露图轴》，又有点像朝鲜十九世纪的《十王图》，还有点像密密麻麻罗列在纸上的亡灵的墓碑。

更老了些之后，他看见邻居的小孩子喝牛奶，都要过去问小孩，侬一天要喝几袋牛奶啊？小孩想捉弄老头，便伸出七个指头来。他就当真了，侬喝七袋啊，那吾差远了，吾每天才喝一袋。于是早晨喝中午喝晚上喝，咽不下去了就往里灌，每天拼了命也要喝够七袋牛奶。

有时候李佳音的母亲赶集买了些饼干坚果之类回来，他见了就先在自己的枕头下面藏一部分，睡觉前躲在被子里偷着吃，吃着吃着就睡着了，一醒来又从枕头下面摸出来接着吃。结果被子里的各种食物碎屑多得能养活两窝老鼠。就是这样，他还是一天比一天老下去了，耳朵已经和摆设没有两样了。别人说什么他其实是一句都听不见的，只是看见人家笑了他就跟着笑，因为慢了半拍，别人笑完了他还没笑完。别人问他笑什么，他就说，你们不是在笑吗？因为听不见，只能看见别人的嘴在动，动来动去看着都一样，他大约也有点烦，所以后来干脆就见了谁都没有表情，泥塑似的一张脸上挂满深浅的褶子。有时候看见邻居家吃什么了，回去就和李佳音的母亲闹着要吃，阿拉也吃那个吧。在街上看见小孩们口里吃着什么他会上去说，小歪（小男孩）给爷爷吃点，让爷爷尝一尝，就尝一点，就一点。吓得邻居的小孩子们一见了他就跑，像见了大灰狼一样。

他看起来内里总是很渴，很饿，很空，无论扔进去多少东西都填不满，都能马上听见空荡荡的回声。好像他患上了一种奇特的类似于饕餮的疾病。然而就在那些刚刚吞咽下食物的清醒瞬间里，他仍然会哆哆嗦嗦地拉住她的手，催促她去看伦勃朗的画册，他说，侬一定去看他那些无与伦比的光线，伦勃朗光线，真正的艺术家啊。就是画不出，侬也总可以去向往的。人其实就是在活那一点向往。

外公是在她去甬城读美院的第一学期去世的。等她寒假回到家里才知道，外公已经去世一个多月了。外公曾住过的房间已经被母亲清理过了，墙上挂的那些阴森森的满是小人的画都被取下焚烧掉了，取代它们的是一张外公的遗像。年老的外公站在一种枯瘦冷硬的黑白光线里，嘴唇紧抿，双目凹陷，正像一道谜一样无声无息地看着她。

她问母亲，外公走前痛苦不？母亲说，就是受罪了，你木见他到后来瓜（傻）滴，人都召不住了，裤子掉了都不知道个提。她问外公给她留下什么话没有。母亲说没有，只留下几幅画，他神志清醒时就嘱咐过她，一定要把一幅画和一本画册留给李佳音。那几幅画有的用色粗粝浓烈，有的雅致如青绿山水。有一幅画里是血一样的大片花丛，好像昨夜西风微雨刚罢，满地宫锦残红，飞絮蒙蒙，有三个长发白衣的老者正在花下品茗下棋。另一幅是寒食前后，杏花如雪，三个白衣老者正赏花归来，满纸是平林新月人归后的清旷。留给她的那幅画叫《松林夜宴图》，画中充满了北宋李成的寒林气质，荒原空旷，月夜松涛。看起来时节应是冬夜，松间与林下有积雪在月下闪着寒光，此处大约得王诜笔法，在树冠处敷上了厚厚的银粉，便尽得夜雪之肌质。松下有三个白衣老者在煮酒夜饮，其中一个正在听风抚琴，另外两个则酩酊醉卧。

这幅画看起来和别的山水画不同，有一种奇怪的气质。人物比例被放大，画中那个抚琴的老者正看着画外，脸上有一种似笑非笑的神秘表情，正欲说还休。她与那个画中的老者对视了很久，画的右下角没有标注日期，看不出是他什么时候画的。她一时想不明白，外公为何一定要把这样一幅没有一个字的山水画留给她做遗物。

后来她就一直都把这幅画带在身边，在甬城读美院的时候她曾拿出来给罗梵看过，她问罗梵在画中能看到什么，罗梵看后说，山水倒没有出彩之处，不算上乘之作，只是画里弥漫着一种奇怪的不安气息，很紧张，近似于恐惧。像有什么事情即将要发生之前的那种可怕平静。

外公留给她的那本画册是伦勃朗的自画像册。伦勃朗从十八岁的少年开始画自己，每年画一幅，里面有三十岁如日中天的伦勃朗，四十岁国王一般骄傲的伦勃朗，五十四岁身材臃肿缠着头巾，脸上没有一丝笑容的伦勃朗。他越是往后用色越厚重，到了后来，画中厚厚的色彩看上去像是铜铸的，闪着金属的光泽。她翻到了最后一幅自画像，这是伦勃朗生前给自己画的最后一幅画像。整幅画中用的是夺目的金属色光线，人物好似铜版浮雕。画中一个穿着破旧衣服的落魄老人，戴着一顶旧帽子，满脸皱纹，眯起眼睛正向画外面看着。他苍老的脸上有一丝非常诡异的笑容。她想到了外公的《松林夜宴图》里弹琴老者的表情，手猛地一抖，忽然觉得二者之间有一种奇怪的相似。

她第一次爬上白虎山，是在外公去世之后的那个冬天。几天前的一场薄雪已经基本化尽，只有山脊的背阴处还有斑驳的雪迹。她一站在那里就愣住了，满眼只有无边的黄沙和大小的砾石，枯死的沙蓬在寒风中瑟瑟发抖，偶尔见一棵低矮的沙枣树上没有一片叶子，满身的荆棘，几颗早已风干的沙枣血滴一样挂在枝头。十里黄沙看不到一个人影，甚至看不到一只飞鸟。一扭头却发现几步之外有一只寂寞的头骨正趴在黄沙中与她静静对视着。她这时候才发现，黄沙之下，残雪之中，到处是白骨。有的像树枝一样露在外面一截，有的像发芽的种子一样只露出一点点，还有的完全赤裸在风中，闪烁着一种类似于银色的可怕光泽。她一个人站在白虎山上打着寒战却迟迟不肯离去，这时候冬日的太阳已经开始落山，夕阳里的白虎山看上去辉煌壮丽而充满诡异之气。

来年暑假的时候她再次独自爬上白虎山，仍然是满眼的黄沙白骨，仍然几乎看不到一丝绿色，偶尔有束灰绿色的沙蓬也是血溶于水，掉进黄沙中立刻就消散不见了。玫瑰与百合听起来像这十里黄沙的一个千年大梦，而龙葵、曼陀罗、苘麻、刺蓟、虎尾草、牛筋草、石灰菜、马唐、鳢肠、水稗这些植物的名字则像一艘早已沉入海底的沉船，锈迹斑斑，长满牡蛎，只见其中草影幢幢。她独自在山上走了很远，似乎只要一直走下去就可以走进外公最后的那几张画里去。玫瑰、松林、杏花、残月。品茗下棋、弹琴长啸、青梅煮酒。她一路走得跌跌撞撞，唯恐找不到痕迹，又唯恐真的找到什么。到最后她只在陡峭的黄土崖上找到一排又一排的土窑。那都不能算土窑，只能算土窝，因为窄小得不像人住过的，而且没有门窗，只有赤裸的洞口在大地之上隐秘开放。就像已经知道里面蛰伏着什么怪物一样，她甚至不敢往里再多看一眼，只是坐在黄土上，大口大口喘气。

从美院毕业被分回榆中的那个夏天，她又一个人来到白虎山上。西部的落日硕大而金碧辉煌，仿佛是从一种无生命的深渊里长出来的凶猛植物，只是不停分泌出金色的光线，再把这箭镞一样的光线掷向每一棵树的生，每一道黄色土地的生，每一道沟壑的生，每一道嶙峋峡谷的生。它像一种无生命的生命，蛮横有力，强暴万物。白虎山上的黄土吸饱了这样浓烈凶悍的阳光，变得通体金黄剔透，天上地下，这么大规模这么浩瀚的金色汇聚在一起，天真单纯而扫荡一切。无论是曾经在那三江汇聚的甬城，还是后来在北京深秋的银杏林中，她都再没有见过这么多这么大规模的金黄色。黄沙之下露出的白骨像埋在这土地里的种子，不知道将要长出怎样奇异的人形植物。她坐在沙丘上，眼看着自己如旷野里的一座佛陀被夕阳镀上了一层金色。

山腰上有个放羊的老汉正在唱河州花儿，“天下的黄河往南淌，水大着淹了个享堂。远路上有我的好心肠，看去是没有个落脚的地方”。满山只听见古老悠远的花儿，看不到人，也看不到羊。又过了一会儿，一只领头的黑色大山羊出现在她的面前，接着一群白色的绵羊跟着黑山羊出现了，再接着，绵羊的最后面跟着一个放羊的老汉，甩着皮鞭，嘴里正唱着花儿。

羊群低头啃着沙蓬草，黑山羊顶着一对大角在旁边看守着它们。她和放羊老汉坐在沙丘上聊天。她说，老伯今年有多大了？老汉说，五十四咧，就是看着像个老扎扎。她说，才五十四，一点不老，那还是叫你叔吧。老汉高兴了，说，尕女子是做啥子滴？她说，我是这山下师院的老师。老汉惊叹，大学滴老师？满服（佩服）滴很撒。她说，叔，这山上多年以前是不是还种过玫瑰和百合？老汉嘎嘎大笑，尕娃是梦见了撒？止（这）簸（白）虎山上啥子都不能长，从古只能打仗。她说，叔，你知道这山上为什么有这么多骨头，是人的还是动物的？老汉摇头叹气，你是尕娃不知道，我九岁上就在止山上放羊，啥子事没见过？古代打仗当兵的愣怂们都死在止里，我十六七岁还是个崭页子（小伙子）滴时候，很多文化人也被送到了止山上改造，一个个簸生生（白生生）滴，都长得心疼滴很。就住在止山上挖的土窝子里，每日头垦荒种粮，尕娃看止山上还能长下个粮食？啥都不长。那时候止里人多滴很哪，后头两年闹饥荒莫有吃滴就饿死了很多人，就地埋了。啧啧，席嘛吓人，文化人饿了也是逮到啥子吃啥子，老夫子（老鼠），蝼蛄子，蛐蛐儿。为保命啥子都能咽下去，人饿了都一个式子（样子），就是心里得过个坎坎子。席嘛吓人撒。

放羊老汉赶着羊群都离开很久了，李佳音还独自坐在那座沙丘上。她觉得很冷很饿，却是一步都动不了，也不想动，她只想天荒地老地坐在这里。直到天边的晚霞彻底燃尽，一轮巨大惨白的月亮像座宫殿一样，轰隆隆从白虎山下升了起来。她第一次觉得自己离月亮那么近，好像只要一步就可以跨进去。

接下来的几天，李佳音在整理外公的遗物时，翻出了厚厚一沓包裹单。所有的包裹单都是外公寄给两个人的，周在堂和李书平，一年又一年的包裹单，看上面的时间，前后大概持续了二十年。奇怪的是，所有的包裹单都是被邮局退回来的，上面盖着查无此人的邮戳。一年又一年。

这个暑假，李佳音翻遍了榆中县志，地方志，到县文化馆找当年关于白虎山农场的资料，但什么记录都没有。她又逢人便打听，最后七拐八拐才打听到了一个当年落户在榆中县夏官营镇的老右派。那是个一条腿已经不能动弹的老人，出不了门。她骑着自行车去了夏官营镇，找到这老人，向他打听当年在农场可认识宋醒石。老人拄着拐杖坐在沙枣树下，想了半天说，是二队的，浙江人吧，是个画家。她再问更多，他便不知道了，他面无表情地说，那时候还能干吗？把人饿的，每天想的就一件事，吃。然后他再次打住，又不愿往下说了。一直磨蹭到最后她都要走了，他忽然神情古怪地说了一句话，二队那十几个人，最后活下来的就你姥爷一个人。她一惊，那他的那两个同伴呢，他们关系很好，干什么都在一起。一个叫周在堂，是江苏无锡人，一个叫李书平，是湖南岳阳人。他们后来都回自己家乡了啊。老人眯着眼睛看着远处群山之上的流云，只平平地说了一句，错不了，二队就活下来你姥爷一个人。然后便再不开口。

她骑车回榆中县的路上，天已经完全黑下来了，月亮再次爬了起来，悬在那里，俯瞰人世。

“月光这么白，北方的大雪都没有这么固执，这么凶狠。没有把一切事物都撂倒的决心，我穿得更厚，才敢从月光里穿过。”

二

二〇〇三年，这已经是李佳音在白虎山师院做老师的第八个年头。李佳音经常带着学生们上白虎山画落日，但她总是觉得他们没有找到落日的颜色，她指着天边最后的光线告诉学生们，你们想想《向日葵》和《麦田上的鸦群》里的色彩，你们画出的根本不是金黄色。凡·高的黄色是炼金术的金黄色，是在无数鲜花中采集的，提炼成类似阳光的蜜金黄色。他画里不是麦穗的火焰色，或者是干草编成椅子的枯黄色，那是一种经过天才无尽想象的完全个人化的金黄色。它不再属于外界，那是只属于他一个人的色彩。

李佳音还经常带着学生外出写生，有时候带三四个，有时候就只带一个男生。她带着他们去武威、张掖、天水、酒泉、敦煌、河西走廊、甘南草原、巴丹吉林沙漠、祁连山下。她带着学生们一路西行，路上住过肮脏的小旅馆，借宿过农民的土坯房，在戈壁滩上搭过帐篷。她带着一个男学生曾在戈壁滩上见到过一种奇异的蓝天，如小时候外公告诉过她的，在塞尚的画中有一种蓝，这是一种类似于古老埃及的阴影蓝，一种闭合的蓝，倾听的蓝，雷雨般的蓝。天蓝、海蓝、布尔乔亚的棉布蓝、淡淡的云蓝、蜡烛蓝、湿漉漉的深蓝、多汁的水蓝，充满了反抗的蓝混杂在一起的颜色。

她对男学生说，你知道什么是颜色？颜色不过是显示物的内在生命的手段，而这内在的生命本身就在那里。树、石头、墙、峡谷都呈现着它们最内在的秘密，它们生长在那里，才如此明艳动人。颜色其实是我们的神经与天地万物相会合的地方。

男学生在戈壁滩的天空下崇拜地看着她，像她曾经教过的那些悟性最好的男生一样，崇拜她。她享受着这种崇拜的同时便再次闻到了罗梵的气息，她说，你想想莫奈的画，整个天主教堂在发蓝的薄雾中被蓝色材料筑成，在各种蓝色中颤动着，在这种有无数细微差异的蓝色复调中，教堂有了翅膀，翅膀呈现各种蓝色，翅身颤抖。它飞了起来。

暮色四合之前，男学生打出了草稿，接着，星月浮出茫茫戈壁滩，一条浩瀚的银河低垂旷野，似乎伸手之间便可以摘下无数星辰。他们生起篝火，搭起帐篷，坐在火边。火光之中学生忽然问她，老师，为什么你只是教我们，自己却不愿画画？她看着火光不语。在西北的戈壁滩上，她又回忆起那个三条江水汇聚接头的地方，甬城，永寿街，文昌巷，粉墙黛瓦，香樟树，莲花缸，无日无夜的雨和雨中腐朽的雕花木窗，墙根下滑腻的青苔和砖缝之间柔媚的毒蕈。

那些毒蕈只有一夜的光阴。仿佛生来就是为了死去。这种回忆让她再次感到了痛苦。她像是要抵御什么，就着火光把一只手放在了男学生的手上，就像当年在甬城的文昌巷，罗梵把一只有断指的手放在了她的手上。当年，她还是一个美院的学生，他是她的老师。当她第一次在课堂上见到他的时候，她忽然就觉得他像是年轻时候的外公，她没有见过年轻时的外公，从她有了记忆，他就已经是一个嗜吃如命的饥饿老人，他的胃永远都无法填满。但她无数次想象过年轻时候的外公，高瘦清隽的身形、洁白的衬衣、修身的西服、窄腿西裤、派克大衣、三接头皮鞋、抹了发油的三七分发型。如眼前的男人一样，在才华横溢中傲慢地散发着毒蕈一般的气息。

他在第一堂课上讲凡·高，他说，凡·高的画中有着巨大的节日性，他比其他任何画家都更具有花朵的感觉，有一种在大地上盛开和陶醉的堕落。他其实不属于艺术史，而是属于我们人类生存中带血的神话。

她觉得这才是那个她应该遭遇，应该小心保存并珍藏好的外公。

“我们都是有罪的，今晚我们把这罪行之一重复一遍。你可以哭，却不要忏悔。”

在这个夜晚，罗梵与外公合二为一变作一个人，准确无误地再次驶回她的记忆中，像在戈壁滩上浮出的唯一一条船舶。回忆裹挟着铁器的钝痛向她袭来，但回忆他却总是让她重新获得了一些生命，这生命如一种可怕的矿物质能量从她身体深处被开采出来。为此她握住男学生的手有些发抖，她牵引着那只年轻的手穿过衣服放在了自己的乳房上。那只手因为紧张而布满了大大小小的心脏。然后她撩起自己的裙子，他终于携带着他那些心脏趴在了她身上，慌乱紧张之中他嘴里不停叫着她，老师，老师。他像是急于要向她辩解些什么，又像是在安慰他自己。就如她当年也是这样对罗梵一遍一遍地说，老师，老师。

老师。这个词听起来充满绝望、崇拜、控制、隐秘、饥饿、不死，方死方生，方生方死。一种多么新鲜而古老的称呼，新鲜到它刚刚在地球上出现，又古老到足有两万年的寿命。

这是她在戈壁滩里引诱过的第五个男学生。总是选择在戈壁滩，是因为它充满了末日颓败的仪式感。最早的时候她曾为自己感到羞耻，但这种羞耻毫不起作用。她最终喜欢上了对他们这种轻而易举的控制，庞大对弱小的控制，老师对学生的控制，艺术对世俗的控制，神对人的控制。它如一座豪奢雄伟的建筑矗立在她和他们中间。她对每一个和她做爱的男学生都说过一句歌剧台词一样的话，你要学会去爱那些美而徒劳的东西。说这句话的时候，她和她对面的男学生越发像舞台上追光灯里的两个伶人。两个角色在灯光里都拖着长长的影子，鬼魅般的水袖半遮着彼此的脸。她想起在雨夜的文昌巷，在那扇雕花木门的后面，罗梵也是这样抱着她，用那只有断指的手抚摩着她的身体。在那么一两秒钟的错觉里，她恍惚觉得她正在镜子里看着年轻时候的外公和他怀中的女人。

画室里的灯光幽暗，浓烈的松节油气味弥漫在空气的每一道褶皱里，靠墙的阴影里立着一面巨大的镜子，她从昏暗鬼魅的镜子里看到了藏在里面的空间犹如神秘的洞穴。洞穴里有木窗、灯光、油画，还有他们水草般交叠在一起的影子。

罗梵当年在艺术系的闻名，除了因为他的才华，还因为他对美丽女人的博爱，在传说中他有过很多女友。就是这样，她仍然愿意去爱他。后来她想，人之所以愿意让自己去崇拜一种更巨大更黑暗的力量，愿意凝视那深渊，愿意让这种深渊把自己吞噬掉，是因为在人的内心深处都明白自己太过弱小，都明白自己有一天是要死的。

她也曾有过忌妒，她曾站在甬江边威胁他，如果他再不结束他那些混乱的男女关系，她就从这里跳下去。他说，我爱你和爱美是两回事，爱美只是一种本能。结果，事后他依然如故，而她仍然不能不爱他，包括爱他那截断指。仿佛那断指里依然散发着浓烈的血腥味，而她变成了一只嗜血的飞蛾。外公死后她猛然发现了自己在这个世界上原来这么孤独，于是她一次一次去文昌巷找他，敲开那扇雕花的木门。月光从涂满颜料的彩色玻璃里流进来。墙上有一幅很大的抽象画，看起来有些像保罗·克利的《通往埃及之路》。画中变幻莫测的色块与屋子里的光影交融在一起，分不清哪里是画中的哪里是真实的，哪里是幻觉又哪里是现实。她和他最早就是从性爱开始，似乎这样就不需要证明她爱他。她褪尽衣服，从那面昏暗的镜子里瞥见自己赤裸的后背上被他绘上的那朵血红色的花瓣，如通布利画中的第四朵玫瑰。

她背负着玫瑰的十字架俯下身去吻他。只有在性爱中她才不再是一个人，在这个过程中她亲眼看着自己从我变成了我们，我们被创造出来。她的绝望和孤独就在那一瞬间得到了最大程度的稀释和解救。这种解救是如此的庞大，以至于她无法从中逃脱。她想，这就是离开罗梵之后她为什么要一次一次去引诱那些男学生的原因。

回过头去才发现，除了罗梵，她自己也是一道深渊摆在那里，令人目眩。

在后来的戈壁滩上，当那些男学生对她充满崇拜的时候，她便把他们的手放在自己的乳房上，或裙子下面。她知道，此时，他们必然会爱着她，因为爱情永远是卑微者的事情。所以，当他们紧张怯懦地俯在她身上的时候，她又觉得他们其实不过就是她的一部分。这使她又觉得和这些男学生的性爱就像一种自我的交媾和自我的吞噬，充满了天荒地老与痛不欲生的淫靡气质。

有时候在这个过程中她觉得更好地接近了罗梵，接近了罗梵便是接近了外公。她才能为他加热，保护他，喂养他。外公在她的回忆和想象中长大，大得开始脱离那个贪吃的丑陋老人，伸展开艺术家的修长四肢，从而能让她走进去，像独自走进一扇门。

她和罗梵的道别是在一九九五年七月的一个夜晚。甬城又是无休无止地下着雨，香樟和梧桐在雨中散发着植物体内的寒香，从叶尖沁出，如同呼吸。拐角处的一棵香泡树上沉沉落下一只熟透的香泡，像女人身上一件肉质的器官跌落在了青石板路上，发出了梦一般遥远依稀的声音。她走到他文昌巷的家门口，一扇雕花的腐朽木门，门口的水缸里一白一红两朵睡莲在雨中开得正安静热烈，一尾红鱼如灯火般从莲花下倏忽而过。她在雨中久久站着却没有上去敲门，她想告诉他，她毕业了，她得回到家乡，她被分配回原籍了。她希望他会留住她，把她从此留在他身边。可是她又怕如果他真的把她留下了，她就会错失这最后一次的分配机会，她将变成一个连户口都没有的人。她做不到。

木门后面静静的，不知他是在画画还是已经睡了，他并不知道她此时就站在他的门口，也许他永远不会知道这个夜晚。她在雨中一直站到半夜，但始终没有上去敲那扇雕花的木门。雨一直在下，无始无终，地老天荒。雨珠敲打在木门上，香樟叶上，莲花上，时间上。最终她决定还是不辞而别。

回到甘肃后她如此痛恨自己，便开始给他写信，一封一封地写，白色的信笺，黑色的墨水，她在每一封信的开头仍然叫他老师。她在课间给他写信。在白虎山的落日里给他写信。在秋天的落叶中给他写信。但他从不回一个字，一个字都没有。就这样过了一年，她再写过去的信忽然被原封不动地退了回来，原因是查无此人。她又写，又被退了回来。再写，还是被退了回来。查无此人。他忽然消失了。

她拼命向那些江浙籍的同学打听罗梵去了哪里，都没有人知道，后来一个留在甬城的同学告诉她，某天罗梵忽然从学校辞职了，然后就从甬城消失了，谁也不知道他去了哪里。她向学校请了假，坐了三十多个小时的火车返回甬城，月夜下，永寿街，文昌巷，走过那个有香泡树的拐角，便是他的家门口。门前的水缸犹在，莲花已残，梧桐叶坠，花影扶疏处不见红鱼，只有月影横斜，池水清浅。雕花木门上挂着一把生锈的铁锁，门后的宅子晦暗如海。她使劲敲门，没有人出来开门，再敲，还是没有人应答。他真的消失了。他连工作连户口都扔掉了，什么都不要了。只有罗梵会这么做。

她从没有这样痛恨过自己，鄙弃过自己。她觉得自己确实不配被爱。

她对男学生的引诱大约就是从那个时候开始的。她给学生们讲格列柯、丁托列托、瓦萨里、波堤切利，讲伦勃朗。她知道自己尽管庸俗而怯懦，却仍然可以告诉学生们什么是荷兰黄金时代的良心，什么是艺术家，什么是《夜巡》。

她说，什么是永恒？从流行的东西中提取出它可能包含着的在历史中富有诗意的东西，就是永恒。

她说，每个时代的艺术都有它的仪态、目光和举止。

她说，艺术的权力就是命名，名字都没有，宗教就消失了。

她对学生说着他说过的话，她用他用过的方式引诱男学生，让他们和她做爱。她变成了一个偷换了性别的他。老师，是她对他的命名。就像眼前这个在她身上的男学生，正给予她同样的命名。

戈壁滩上除了干枯的风声外几乎没有别的声音，在他们上方是一整块广袤璀璨的星空，像极了凡·高的《星月夜》。旷野之中，她看不清男学生的脸，她可以把他想成是任何人。她在一种假设的沉迷中抚摩着他年轻的身体，觉得这样便足以惩罚自己和解救自己。忽然，她听到男学生在她耳边叫了一声，老师。她浑身一哆嗦，睁开了眼睛。

还有一次是她带着一个男学生去张掖，他们试图找到那条曾通往西域的古丝绸之路，据说这里离曾经的黑水国遗址已经不远了。她和男学生走了很久，后来他们没有找到黑水国遗址，却在没有人迹的荒漠里遇到了一片村庄的残骸。黄土夯筑的土坯房都已经坍塌破败，有的只剩了几堵墙壁，残垣断壁上横七竖八地架着几根腐烂的椽子，院子里依稀还能看到泥灶和铁锅的痕迹，有死去的沙枣树，还有几眼早已干枯，像黑洞洞的嘴巴一样张开在天空下的旱井。

李佳音和男学生穿过整个废弃的村庄都没有看到任何活物，整个村子是空的，只有塞外的朔风卷着黄沙从残垣间呼啸而过，一望无际的黄色在阳光下捶打着他们的眼睛。他们在村口徘徊半天，她正想着可以把这神秘村庄画下来的时候，那男学生在不远处的沙滩上大声叫她，他看到了一具半掩在黄沙之下的人骨。他们很快就发现，这黄沙下面埋着的远不止一具尸骨，应该是很多具尸骨被集中埋在了一起，时不时会有一截大腿骨从黄土中戳出来，像银色的树枝一样诡异地刺向天空。

她忽然就明白他们遇到什么了，这应该就是她小时候听说过的那个村庄，几十年前，这一带有个村庄所有的穷人曾在一夜之间秘密达成了一个契约，就是杀掉这个村子里所有已被命名好身份的异己者。一个都不留。这些人平日里可能就是他们的邻居，或者亲戚，只是略有几块田地，或者是从城市里发配到这里改造的文化人。那夜的契约里说，每个穷人都必须动手，没有人可以例外。不动手者也是异己者。想来，他们在这里看到的大约就是当年被埋在一起的那些异己者的白骨。和白虎山上的那些无名白骨不同的是，它们是一堆曾经被命名过身份的白骨。

李佳音和男学生几乎落荒而逃，回到张掖城找了一家旅店住了下来。那一晚，李佳音不停地要求男学生和她做爱，好像这些黄沙白骨，这些近在咫尺的死亡最大程度地激发了她的性欲。就仿佛她一定要在这个夜晚建立一个只属于她自己的世界末日。她用乞求的声音命令他，抱紧我，快抱紧我。男学生很是紧张，他的脸在她上方，半是羞愧半是恐惧地叫着她，老师。老师。

她抚摩着男学生年轻的身体，却越发觉得所有的肉身之下其实都不过是累累白骨。

“最后一百个早晨开花，姹紫嫣红。他饱赏美景，又痛哭着埋他死去的人的坟。”

三

戈壁滩上，银河坠地。繁星陨落，火光渐小。火光咬出的一圈空地像黑暗中孵出的一个粗粝的舞台，局促、孤寂、紧张，上面还没有任何人物来得及登场。

就在那一瞬间的空洞里，李佳音心里忽然有一点点害怕，不过，也只是一点点。她忽然害怕这刚刚离开她身体的男学生会去做点什么，也许，他会开始反抗。她转而告诉自己，不会的，之前的其他四个男学生都没有过一丝反抗，作为学生，他们根本不可能反抗。她一直记得，当初罗梵把那只有断指的手放在她手上的一瞬间，她根本没有任何反抗的能力。她看着他那只断指，那是一只小指，像是被刀或斧砍掉的，她忽然很渴望那切口是赤裸的，是打开的，她就可以从那伤口一直看进去，看见那森森白骨和鲜艳血液构成的内在秩序，就像探视一眼神秘的深渊一样看进去。这样她才会加倍地去崇拜去心疼他的一切。

她从没有问过他，那截小指是怎么没有的。似乎一旦问了便削弱了它应有的庙堂性。但她听过很多关于它的揣测，有的人说那是他在做一件雕塑作品时误伤了自己，有的人说那是因为他在画不出画的苦闷中自残的。这截断指像凡·高的耳朵一样，从主体上剥离下来，已经独自长成了一个庞然大物。她不能不仰视它，好像它是一种被特制的，质地迥异，前所未有的崭新生命。那种来自断指的控制间或会给她一丝阴谋里的诡谲，而更多的则是对它奇异的崇拜。

方才就在男学生离开她身体的一个瞬间的表情里，她忽然看到了当初的自己。那种爱与控制交错而过时，唯一的一个平静的临界点。不会的，现在她是被崇拜的一方。在明天的课堂上，她会给他们讲丁托列托，讲他具有提香的色彩，巴萨诺的明暗对比，委罗内塞的银灰色。也许，如她千百次想象过的，她会一直这样待在这座白虎山下的学校里，不停地去引诱她的男学生，直到她变老变丑，至死方休。她发现她越是厌弃这里便越是与这里血肉相连，无法挣脱。

她没有想到的是，从戈壁滩上回来不久，这个男学生便给学校写了一封举报信。原因是，他事后才回味过来，感觉自己被一个比自己大十岁的女人强奸了。

校长坐在她对面不住摇头，用天水口音对她说，李老师哇，莫说你教滴不行，你教滴真还攒劲，只是你在么（这么）大个人，做滴啥日怪事？为啥不找个男滴嫁喽？你要是找不上滴话，让老师们给你踅摸一哈嘛。世上两条腿的男人家多滴很撒，咋好找学生哩？这些男娃娃，还莫长大哩，还是学生娃。

沉默了几分钟之后，校长又用主持追悼会的表情向她宣布，经过学校研究，由于此事影响比较恶劣，她已经被开除教职了，希望她能接受这个事实。校长说话的时候，她一直看着窗外。阳光普照万物，连桌上那盆滴水观音的叶脉里流动的都是剔透的阳光。此刻她多么想不顾一切地告诉罗梵，那个雨夜，我就站在你的门口，只是你不知道。其实我多么希望你把我留下。

站起身离开的一瞬间，她看到了玻璃窗里她和校长变形的倒影，忽然就想起了弗兰西斯·培根的画。在他的画里，人的肉身上为什么总有那么多的痉挛，那么多脆弱的痛苦？他其实是不是在说，所有痛苦的人都是肉，肉只是人和动物的共同区域。也许，在他用画笔屠宰这些肉身的时候，他自己已经是身处于教堂之中的神父了。

“有人消逝，在云朵里一去不返。村庄的一棵大树被拔出，一个人的庄园，也血肉模糊了。”

整个榆中县都很快知道了她被师院开除的原因，这个消息一经传出，整个县城都显得很快乐，像过节似的。她母亲终日闭门不出，对外称病，连邻居各种性质的探视都一概拒绝。至于她沉默寡言的父亲，则选择只身去了几十里地之外的一个油田去当守门人，那油田里日日夜夜就只有一个守门人。据说前一个守门人是个老鳏夫，为了排遣深夜里的孤独，想出了各种各样的良策。他在山上捉到一只老鼠，便在老鼠尾巴上绑上灯绳点着了，老鼠在他面前上蹿下跳地发出吱吱的叫声，他就当是它在和他说话了。而前前一个守门人是个中年光棍，据说第一次拿了工资之后便一路狂奔到榆中县城，看见什么买什么。因为很久没有见过活人，一路上只要见到是个人就拼命盯着人家看。见到路边站着个人便抓住人家问，我请你吃饭好不好？求你和我吃顿饭吧，你要和我一起吃饭我就给你买东西，你要什么我给你买什么，我有钱。吃完饭又去按摩房找小姐，做完了又要求和小姐谈恋爱，要求接吻。小姐不耐烦地说，大哥，这你咋不知道捏，干俺们这行，不亲嘴是行规，干啥都得有点规矩是不?

闭门不出地在家赋闲半年后，那个甬城的同学给她打来电话，告诉她说有人曾在北京见过罗梵。李佳音在那一瞬间就决定了，去北京流浪。

二〇〇四年的初春，李佳音带着简单的行李带着外公留给她的画，只身来到位于京郊的宋庄。因为据说罗梵曾在这里出没过。甬城同学事先帮她联系好了的，来接她的是一个高瘦的画家，叫郭一原。李佳音刚走近潞城的公交站牌，就看到旁边站着一个旗杆似的高瘦男人，两只肩膀挑着一件灰色风衣，戴着一顶灰色鸭舌帽，风衣宽大，使他看起来有些僧侣的安闲气质。郭一原两只手插在风衣口袋里，不动声色地看着她说，我得先核实清楚我们说的是不是同一个人，重名重姓的人多了去了。李佳音说，他有九根半指头。男人微微一笑，那就是了，外号老九。他是在宋庄待了好几年，只是，一年半前他就出国了，好像是去了美国。他出国之后就消失了，谁都联系不到他。

郭一原先带着李佳音参观了自己的画室，画室很大，估计有四百平米，看起来更像个生产车间，车间里摆满了他的画、雕塑、模型、画架、画框、画布、颜料、松节油、调色油、雕塑泥、雕塑台。他两手仍插在口袋里，像个庄园主一样倨傲地环视着自己的画室，我这画室根本不算牛逼，不能和那些个金刚和太岁比，因为他们的画室更大，据说在里面喊话都有回音，他们要是在里面上卫生间的话还得骑上个自行车。

他又忽然转头问李佳音，听小毛说你之前在大学当老师？李佳音连忙说她已经辞去了教职，准备来北京当自由画家。郭一原斜着嘴角一笑，是吗？果然和老九一个德行，我就喜欢你们这种真敢辞职的人，像我这样的人本来就没有工作，盲流一个，也就不存在什么辞职不辞职。你们辞职图什么？就图个能自由画画呗。老九当年也是辞掉大学老师的工作跑到北京来画画，先是和我在圆明园做了一阵子盲流，后来才来到宋庄。刚来北京时我俩住一起，四处搬家，后来在圆明园那一带忽然发现有个环境清幽的四合院，太适合画画了，那么大一个四合院好像就住着一个五十来岁的女人。我们就商量着去这四合院租两间房画画，就怕房租要得贵，结果那女主人很痛快地说，好啊，房租也不多问你们要，一个月给我五十块钱吧。我们赶紧连滚带爬地搬进去了。结果住了才半年，一天半夜警察来查暂住证，那女人竟然一个人爬窗逃走了。我们这才知道这四合院的主人远在美国，院子一直空着，结果被一个女盲流先住进来了，占领根据地后又租给了我们两个男盲流。

然后他带着李佳音参观宋庄，他指着那些建造简陋的平房说，盖房子是来宋庄的艺术家的一门必修课，这不，都是自己盖的，自己不盖就租村民的房子。住在平房里冬天还得生蜂窝煤，要是煤糕熄了还得去邻居家里借正着的煤糕。当年我们住平房的时候，都是一大早就用铁钳夹着烧红的煤糕窜来窜去，活像一群黎明里打着灯笼在找路的无头人。当然也有不租房不盖房的画家，有一个当年和我们一起在圆明园待过的叫严纳的画家就相当牛逼，他只过流浪生活，而且比我们都智慧很多。他住过很多高级的地方，比如住过打烊后的大型超市，半夜像老鼠一样在里面啃食所有他想吃的东西。住过夜场后人去楼空的电影院，在舞台上声情并茂地朗诵自己写的诗歌，当然没有一个观众。住过提供夜宵的洗浴中心，为逃避结账每次都要舍弃自己的一双鞋子。住过废弃的烂尾楼，整栋破楼就住着他一人，土皇帝似的。据说他现在白天经常到宜家睡觉，在宜家三楼展示现代时尚的豪华卧室用品样板间里舒舒服服地睡觉，一直睡到晚上商场闭店时他才溜出去画画。他把宜家各种造型各种材质的床和羽绒被都睡遍了，包括儿童床。你说这不是智慧是什么。

走了一段路之后他打开了一个看起来久没人住的小院子，院子里有两间平房，院子中间有水槽和水龙头。他两手插兜，扬扬脖子，这是老九以前问一个村民买的，现在地皮涨了，那村民又想原价把院子收回去，中国的小老百姓自古就这样。老九在这住了几年，冬天的时候他裹着一件大棉猴吃着土豆大白菜画画，我问过他你们这些海边长大的人不吃鱼也能活？他说，人总是要进化的嘛，实在没有鱼吃土豆也将就了，总不能把自己饿死。

屋里简陋异常，一间屋是睡觉的，有一盘土炕，炕上蹲着一张席梦思床，郭一原说，老九是南方人，睡不惯土炕，喏，他就先上土炕再上床。另一间屋子看起来是画室，满地的废弃颜料，靠墙立着一张大油画，满是灰尘。油画里的背景是古明州的亭台楼阁，百川映月，月湖中随潮涨落的水则碑，粉墙黛瓦下的月光竹影，从竹丛旁的一扇梅窗里望过去，是秦氏古戏台上流光溢彩的金色穹顶。亭台楼阁深处立着一个男人的背影，看不到脸。中国金碧山水苍冷的底子里，弥漫着菱川师宣在江户时代盛极一时的妖冶颓靡。油画被工笔刀划过，已经毁坏。郭一原在她身后说，老九当初画这张画把自己关起来整整画了大半年，最后又被他自己毁了。他不愿意画行画，但画自己想画的又往往挣不来钱，画家就这样。所以后来差点都吃不起饭了。他为画这张画不吃不睡，哪知道画完后根本卖不出去。画廊不愿要这么小众的画风，收藏家见不是名家作品也不会收。我就说他，我说你简直都赶上伦勃朗当年画《夜巡》了。

后来呢？

后来再画也还是卖不出去，正好有个机会可以出国，他就走了。你放心吧，他那样的人不会在一个地方久待的，他必须得不停地折腾自己，不停作死，让自己不得安宁才会一直有创作的欲望，还真是个艺术家。我就不会像他一样，我早就承认我就是个画行画的，他们让我画什么我就画什么，什么画能卖钱我就画什么，我让画廊的商人往死里包装我的画，让记者们给我写各种报道，所以我的画一幅一幅都卖出去了。不然我怎么可能有间像样的画室？怎么能有钱请朋友们喝酒？不过我偶尔也装一装，假装一下艺术家，假装我是独立的，是有个性和原则的，我的创作是不允许别人指手画脚的。因为我越是这样，他们给我的钱越多，我越是摆谱，他们越是觉得自己的钱花得值。现在的人就是花钱买个范儿。其实我早就懒于去搞什么原创性的艺术了，结局都不过是无聊。我现在就是个艺术家里的婊子，任人操。

末了他站在那张油画的阴影里，忽然低声说了一句，其实艺术家就是自己操自己，操自己的时候还要请人观赏。他往门口走了几步又说，那你就先住这吧，你不是他那个什么学生嘛。他这个人啊，自打去了美利坚合众国就再没给我们打过一个电话，也不知道是死的还是活的。也不知道是混进大都会艺术博物馆了呢还是正在中央公园门口给人画像，据说画一张肖像五美元。

李佳音就这样在宋庄住了下来，住在罗梵从前住过的房子里。这个晚上她像爬一座祭台一样先爬上土炕，再爬上床，高高地睡在了上面。她想到罗梵曾经就睡在这里，他早已焙干成灰的体温像一处水洼一样浸泡着她，一点一点，直至把她淹没，她心里开始一点一点变安静。渐渐地，在清白的月光里，她感觉他的气息慢慢与她重叠在一起了。他们正试图折叠为一个新的人或者一种新的兽。她的指尖从他曾经睡过的床单上划过，像触碰到了他身上的某种机理，这种触碰像某一种沉在河底的，残缺不全而锈迹斑斑的拥抱。

来北京的第一夜是无眠的。在京郊的月光下，她从没有这么清晰地看见过骨骼暴露狰狞不已的自己。那一瞬间的感觉，就像是在白虎山上与一具黄沙吹尽的白骨相遇了。中间隔着生，也隔着死。她无法告诉罗梵，她对男学生的引诱，她的纵欲，是因为她爱他。没有人会相信的，包括他。这世间的很多真相只会永远在最幽暗的地下行走，永远见不得天光。没有人会明白那些纠缠在白骨与情欲之间的艳丽的死亡气息，也没有人会明白那些被囚禁在时光最下面的控制与反抗。

现在，在这京郊的月光下，她也成为了一个没有工作，没有身份，没有户口的面目模糊的人，她终于把自己放逐成了一个和七年前的罗梵一模一样的人。外公的《松林夜宴图》她已经挂在了墙上，那是外公对她的唯一陪伴，是外公最后的遗言，虽然她一直没有想明白他究竟要对她说什么。她想如果外公还活着，不知是会为如今的她高兴还是难过。

夏天慢慢过去了。画室的条件极尽简陋，自来水管在院子里，吃饭得自己用蜂窝煤炉做。等到冬天，又必须在屋子里生起火炉，不然手连画笔都握不住。平房窗户窄小，采光不是很好，屋子里光线昏暗，到处是罗梵用过又遗弃的东西，这使她有一种游荡在古老墓穴中的感觉。来到这里似乎终于摆脱掉了在白虎山下的那种巨大惯性。她开始有了画画的欲望，每天一起床就开始画，一直画到黄昏掌灯时分，然后给自己做饭吃。成为机械，是半年来的她几乎可谓肉感的欲望。在这种简单复制的生活中她想起世上曾经还有外公，现在还有罗梵，便也平静下来。一天天过去，她渐渐开始明白罗梵当初为什么要离开甬城离开永寿街，离开三江汇聚处的富饶与慵懒来到这里画画。因为只有在这种最简陋的黑屋子里画画，没有了任何赘物与虚荣，才是对自己最彻底的一次弃绝。舍弃工作和身份本身就是一次弃绝，像一个盲流一样来到京郊租房又是一次弃绝，而关在这黑屋子里画画则是对人的物质性的最后抽离与蒸发。

应该就是在这里，他才把自己真正变成了一个画家。

在开始画画的同时，她忽然就发现，之前在她身上纠缠的那些奇异蛮荒的情欲也在渐渐退去。那些对男学生的劫持，对他们的年轻肉体的渴望也忽然就沉寂了、消失了。如艳丽的夹竹桃飘零于水中，绯红与毒性一起碾落成泥。慢慢地，所有疼痛的回忆也开始能够走进她画里来了，寒凉的香樟，烂熟的香泡，手掌心一样的梧桐叶坠落在雨中，水缸里的白色睡莲和水中的血色鱼影，斑驳的木门生满滑腻的青苔。那个多年前的雨夜如今就静静地站在她的画中，仿佛一个蛰伏已久的伤口，没有什么能填平它，也没有什么能为它命名。她的懦弱与世俗，她的不辞而别，在这八年时间里早已经变成了一艘航船，她每个晚上都试图要登上它。而它却待在那里，待在一个不可能的港口里永久地停泊着。

“我怀疑我在这个世界作恶多端，对开过的花朵恶语相向。我怀疑我钟情于黑夜，轻视了清晨。”

四

冬天来了，郭一原叫上李佳音参加宋庄画家的聚会。这是个冬日的中午，饭店门口的一棵柿子树叶子早已经落光了，剩下几只鲜红的大柿子慵懒地坐在最上面的枝头俯视大地，一只大喜鹊俯冲下来啄了一口柿子，肥头大耳的柿子晃了两晃便摔了下去，啪一声摔得血肉横飞。

正午的阳光齐聚而下，欲毁蚀万物。

画家们陆陆续续都到了，因为穿着臃肿的冬衣，看上去体积比平日里都大了一倍，熙熙攘攘地坐了一大桌子。李佳音第一次见到这么多画家坐在一起，像一种合并同类项的游戏。画家们有的是长发，有的是卷发，有的是光头。有戴呢毡帽的，贝雷帽的，鸭舌帽的，前进帽的。有的穿着橙色的窄腿裤，有的穿着夏威夷海岸花纹的衬衣，像正要去椰林边度假。其中坐着两名女画家，一个留着像黑夜一样的长发，一个是光头。她们坐在一圈男人中间，醒目得像两尊佛陀。

他们挤在一起很惬意，像冬天里一群集体出洞晒着太阳的小动物，柔软胆怯，毛茸茸的一团，阳光给了他们安全感。他们一边彼此交谈着什么，一边看菜有没有上齐，不停催促服务员拿来可乐拿来啤酒拿来红星二锅头。李佳音坐在那里忽然就有些不敢看他们，她好像做了贼一样，看着他们像看着一堆艳丽的气球，她知道他们其实和她一样，是弱小的，是虚张声势的。他们很多人也像她一样，住着平房生着蜂窝煤炉下着挂面吃，正在等待出名的路上或等待卖画的路上。但在这里，他们不再是单个的人了，他们是住在同一座珊瑚礁里的珊瑚虫，他们焊接在一起长成了一大块集体。这种窥探让她深感羞耻和不安，像看着一个又一个赤身裸体的自己在眼前晃来晃去。

众人很快就过渡到喝酒状态。郭一原悄悄对她说，这顿饭是那个戴贝雷帽的画家请的。请客原因很简单，他也是画行画的，有钱，就时不时请请客。他钱多的时候，宋庄的画家们都能跟着他胖一圈，他手头紧的时候，众人又都跟着他瘦下去，简直比在养猪场养猪还明显。这哥们端起酒杯说，谁也别鄙视我啊，我压根不屑于进什么美术史，艺术的革新也不指望我，我不是什么艺术家，我就是个画匠，匠人，懂吧？也就是个手艺活罢了。摹摹名画，画画小风景，给公司画画广告牌，既不妨碍别人，也不给伟大社会主义抹黑，挣了钱吃香的喝辣的，把搞艺术的兄弟们个个都养肥，有什么不好。

正吃着人家喝着人家的，众人一致叫好。酒过三巡，一个画家开始讲自己当年在圆明园画家村的往事助兴，据郭一原说，宋庄画家里，在圆明园混过的都算是老炮。这枚头发谢顶的老炮先是反复敬酒一圈，一个都不落下，倒像个恪守行规的基层公务员，然后才开始吹嘘自己当年和圆明园的很多女画家都上过床，说有些女画家因为实在太喜欢他，半夜跑去敲他的门，一定要求被他宠幸一次，不然的话在女画家圈里实在说不过去。和他睡觉成了一种荣耀。不幸的是那晚在他床上正睡着另一个女画家，他哪敢去开门，只好在黑暗中继续装睡。那敲门声愣是响了半宿，差点把周围住的男画家纷纷都敲起来。

老炮沉浸在自己的光辉岁月里，李佳音已经不忍心再往老炮谢顶的脑门上看了，似乎多看一眼都是对他的惩罚。只见众人表情各异，有的笑而不语，有的低头看菜，有的在认真研究酒瓶子上标的酒精度数。有一个留寸头的年轻画家两眼放光，一笑便齐齐露出了三十二颗雪白的牙齿，牙保养得还真不错，在灯光下闪着结实耐用的釉光。他的表情似要进一步为自己打探如此光明的前景，真的吗？画画还有这么多女人可睡？

李佳音悄悄问郭一原，为什么他们只谈女人不谈艺术？郭一原斜睨了她一眼说，因为孤独啊，平常自个儿待在那里画画其实都很孤独，好不容易聚在一起吸点人气，谁还愿意再把那点脑子里的事正经八百地挂在嘴上？为什么要聚会喝酒，就是为了暂时不孤独。

这时候那个留着光头的女画家忽然说话了，她很瘦，两只颧骨锋利地耸立在脸上，穿着一件肥大的中式绣花棉袍一直拖到脚踝，看上去整个身体已经融化在那件空荡荡的衣服里了，只留下外面的一只光头。李佳音想起这几年里见过的搞艺术的女人基本都是这身标志性行头，校服似的。女人嗓音粗大沙哑，像是刚刚大哭过的那种嗓子，带着血丝迟钝地锯着人的耳朵，给人一种反常的疼痛。她说，老王，这种牛逼就别再吹了吧，你现在全身上下也就剩这张嘴能硬起来了。我特看不起你们这些男人以睡过多少女人为荣，数量之多，时间之长，搞得像大跃进放卫星似的。今晚我塞给你一个女人，你倒睡给我看看。

主人连忙敬光头女人酒，女人杀气腾腾地和别人喝了一圈酒，唯独不理主人。这时主人发现上的菜已经基本被吃完了，又吩咐服务员把所有的菜再上一遍。见有人扭捏推辞，主人把脸一挂，很不高兴地说，请客还能不让人吃饱？你这不是打我脸吗？再说了，像我这种画行画的有什么存在的价值呢？我又不是在创造，只是在复制。那我的钱就更要让大家吃饱喝足，这样才有力气搞艺术。尤其是常安，看你瘦的，无论谁请客都要多吃一点才对。那光头女人听了他的话，大义凛然地一笑，瞪他一眼忽然起身就往出走，袍子一样的棉衣随她迤逦而行，看上去像被她勉强拖走的。主人在后面叫她，哎哎哎，常安，你没吃完怎么就走了。在她转身的一瞬间，李佳音还是看到了她脸上的表情，整张脸空荡荡的，像一只悬在空中的瓶子，散发着玻璃的寒脆和冰凉。

郭一原悄悄对她说，她叫常安，是搞行为艺术的。在我们这行当里，最怕的就是女人搞了行为艺术。在我们这个国家里，女人搞了行为艺术，就基本不要想什么结婚生子的事了。不只是世俗，连艺术界其实也是这么要求女人的，打着艺术的名义裸体那也不行，那叫二。你以为人人都理解你是搞艺术啊。而且行为艺术无法卖到画廊，赚不到钱，所以连吃饭都是个问题。其实她从前是画油画的，功底很扎实，基本尝试过中国美术界二十年来的所有风格，具象、抽象、写实、超写实、表现主义，她都试过，到最后却开始搞行为了。可能是觉得这些艺术形式都满足不了她表达的欲望，她大概是想成为中国的布诺娃……太理想化了，简直可怜。哦，对了，她和老九曾做过一段时间的情人。老九这个人啊，我觉得他其实根本不是和女人谈恋爱，他是在和艺术本身谈恋爱。所以这个女人可以，那个女人也可以。长发的可以，光头的也可以。

后来呢？

后来？肯定是分手了。

再后来呢？

再后来一个出国了，一个坚持搞她的行为艺术。她有个代表作叫《爬行》，六个男人摞起来，她在最上面，他们全部是裸体。她应该想表达的是独属于女人的爬行。你能想见吗，他们七个人摞起来，估计那六个男人是她花钱雇的杂技演员，可是你想她自己又是怎么爬上去的呢？要不题目怎么叫《爬行》呢。倒像是她为了这次行为艺术硬把自己也训练成了一个杂技演员。多不容易。据说后来她和很多男人睡过，这些男人有搞艺术的，也有不是搞艺术的。据说她和男人们的睡觉也像行为艺术，你分不清真假，也搞不清她为什么要和他们睡觉，肯定不是为钱。不过就是她其实压根没和什么男人睡过，别人也不会相信，大约所有的人都觉得睡她太容易了。因为她在自己的作品中都已经脱光过的嘛，艺术地脱也是脱。大约女艺术家的作品很容易就会被等同为她本人的一部分。你可以说她是质地最纯正的艺术家，也可以说她是个傻逼。这就像一只玻璃球，无论从哪个角度看进去都可以。

“万物有待命名，名字都没有，宗教就消失了，宗教不存在，祈祷就消失了，祈祷消失，人类就消失了。”

李佳音独自冲出饭店向着走在前面的常安的背影追过去。不知从什么时候夜空中开始飘起了雪花，地上和树枝上已经积了薄薄一层雪，大片的雪花从墨黑色的天空里飘下，有寒鸦的影子踏雪而过，整个宋庄忽然之间肃穆得像座教堂。李佳音从后面看到，走在前面的女人光头上已经落了一层雪花，这使她看起来更像路边一尊风蚀斑驳的菩萨像。她红色的棉衣上也落了一层雪，白雪在红色之上猎猎燃烧。棉衣看起来很薄，她在风雪中微微发抖。李佳音追上去，在和她并排走着的一瞬间，一种虚弱再次从她体内升起，血被淹没。她在她身上闻到了罗梵的气息。确实，他们才是一样的人，都勇敢得近于邪恶。

常安裹紧棉衣，疾步在雪中走着，她头也不回地对李佳音说，不要来问我为什么要搞行为艺术，花儿生下来就是要谢的，鸟儿生下来就是要飞的，有些人生下来就是为了做某些事，就像有些人生下来就是为了去死，这都需要理由吗？有人就不想做人，就不愿成为一个人，她就想把自己变成一件艺术作品，这也需要理由吗？

她的声音粗大嘶哑疼痛，在漫天雪花中听过去，有点歌剧式的孤独与悲怆。她们正走到一盏路灯下，借着灯光，李佳音看到她光头上已经落了厚厚一层雪花，像戴了一顶滑稽的帽子。她的耳朵和鼻尖都冻成了一种剔透的红，似乎一碰就会掉下来。这样看上去她的脸色苍白得接近于透明，似乎都能看到下面流动的血管。李佳音忽然在一刹那就对她有了一种奇怪的怜惜，她伸出手去，欲替她拂去头顶上的积雪。

常安后退一步，警惕地看着她。李佳音在大雪中微笑着，我是罗梵的学生。常安眯起眼睛打量着她，表情慢慢变软变松弛，哦，老九的学生，你是过来找他的吗？

我找了他八年，可是等我来了他已经走了。

那说明他根本不想让你找到他。你为什么要找他？

他还会回来吗？

其实你就是真找到他又有什么用？他还是会离开的。而且你心里也清楚，如果你想要的是好好生活，他这样的男人是最无用的，你应该远离他。

不知道他在那边过得怎么样。

以前听我一个在美国画画的朋友讲过一个故事，一次他在拉斯维加斯的沙漠里独自开车去死亡谷旅行，开到天黑时找到了沙漠里的一个小镇投宿。这个小镇在沙漠里孤零零的，却开着一家小旅店，小旅店还带着一间小酒吧，供那些来沙漠里的游人住宿玩乐。旅店里只有一个店员，那晚除了他也没有别的游客。孤独之余就和店员聊天，他才知道这小镇上居然只住着一个人，也是这旅店的老板，是一个七十多岁的老太太。店员自己则是老太太从别的镇雇来的。老太太年轻时是个舞蹈演员，一次去死亡谷游玩时在沙漠里经过这个小镇，她在小镇上只看了一眼就决定要留在这里。此后她就一直住在这个镇上，再没离开过。后来镇上的人们陆陆续续都搬走了，只有她还住在这沙漠里。她每天都要在自己的酒吧里跳一段舞，即使没有一个游人看她也要跳，风雨无阻，因为有没有人看和她根本没关系。我朋友想见老太太一面，但老太太每天一到黄昏时分就去睡觉了。他在旅店窗口看到被夕阳染得像鲜血一样的天空和广袤荒凉的沙漠，眼泪忽然就下来了。他和我说，在这个世界上，像老太太这样情愿活在一个自己角落里的人应该还不少吧，无论你跳什么样的舞，画什么样的画，其实都和别人没有关系。因为你甚至都不需要观众。

嗯，有件事我要告诉你……他们都说我是从大学辞职的，其实我不是自己辞职的，我是被学校开除的。因为我当老师时曾经引诱过几个男学生。

你和我说这个是怕我太孤单吧……不管怎样都谢谢你。其实有太多的时候，做爱可能是艺术，可能是暴力，可能是乞讨，可能只是在索要安全感。它绝不止于只是一个男人和一个女人之间的关系。

雪越下越大，整条街道和街道两边光秃秃的树枝都被白雪覆盖，整个世界看起来像个洁净的大墓园。两个人影在大雪中慢慢往前移动，移动，最后也消失在了大雪中。

整个冬天李佳音几乎都在画画。窗外是漫天大雪，炉子烧得暴烈通红，她在白天也拉上窗帘打开电灯，时间似箭，孤独如血。白天和晚上混沌一体没有界限，只有作画的人站在现在与回忆之间四分五裂。没有证据可以证明此刻究竟是什么，只能把它画出来，就像用文字把它写出来，用骨头把它建起来。

“艺术家必须发明一个自己的目光，没有这目光就构不成创造。凡·高的目光是旋涡式的毁灭，保罗·克利的目光是幽灵和天使的共存，塞尚的目光是把分离的自然用双手合起来。”

这话是罗梵说过的。在画画的过程中，李佳音渐渐开始明白，对罗梵的接近其实是不存在的，他要的是在此时此刻的某个他布置好的空间被她遇到，被她看见。而外公和他的画只是静静地站在墙壁上，无声无息地看着她的一切。有时候她会和那张画对视半天，就像外公正在那里和她说话，他正要告诉她什么。她看着画里的三个饮酒的老者再次想起外公当年的那两个同伴。外公画的应该就是他们三人，那么，那两个人后来到底去了哪里？

到后来，她的画里渐渐开始出现甬城的白墙黑瓦、香泡树与莲花缸，白虎山上的黄沙白骨与山下的日落黄河，三江边的爱情与绝望，戈壁滩上类似于某种综合征的控制与情欲，累累白骨之上的恐惧与狂欢，天荒地老的犹疑与反复证明。都借助着色彩、光影与线条纷纷走进了她的画里。

这期间常安来找过她一次。那是冬至的第二天，天寒地冻，大雪封门。炉子上的一壶水刚刚煮开，忽然有人来敲门，打开门她惊讶地发现居然是常安。她站在她门口，光着头，身上穿的还是那件红色的绣花棉袍，衣领处有个地方开线了，吐出了一缕棉絮。她进了屋里瑟瑟地发着抖，使劲搓了搓手，先把李佳音的画看了一遍，看得很敷衍，她只略略地赞美了几句，说很有想法之类。李佳音心中正感到有些不快的时候，忽然就见常安转过身来直直看着她，把李佳音吓了一跳。在她还没有反应过来之前，只听见常安忽然嘶哑着嗓子，用最快的语速对她说，那个佳音，你不是罗梵的学生嘛，那就不是外人。我就和你直说了，我最近手头有点紧，能先借我点钱不？我得先去买件厚点的衣服过冬，天越来越冷了。

李佳音愣了一下，怀疑自己是不是听错了，但她忽然看到了常安的目光，那是一种躲闪的虚弱的还带着点谄媚的目光，有点像刚被打过的小狗或小猫的目光，配着她那醒目的光头，鲜红的棉衣，整个人像把血淋淋的刀子一样扔在她脚下。她连忙大声说，好啊好啊没问题。好像屋里站满了正在听她说话的人。煮开的水壶喘息着吐出雪白的水汽，把两个人的面孔都遮住了，像两个无头人对站着。

她一边给她拿钱一边提起水壶给她倒了杯开水，递给她杯子时碰到了她的手，一种被抽干了血液的冰凉。她说，喝点热水吧，今年冬天真是冷。

常安听话地用两手抱住那只杯子，低着光头看着杯子里冒出的热气，热气好像熏着了她，她慢慢闭上了眼睛。此刻看上去她就像一个正在祈祷的修女或正在吟诵的诗人。

常安把杯子放下，准备离去的时候忽然看到了墙上的《松林夜宴图》，她久久看着那幅画，问，这是谁画的？

我外公。

你外公是不是挨过饿？

你怎么看出来的？

你要相信我的直觉，我从不怀疑我对艺术的直觉。我觉得他画的其实根本不是什么松林夜宴。

那是什么？

挨饿。或者，是比挨饿更可怕的东西。

“诗人命名万物。”

五

马上就是新年了，有一个画家过生日，又把画家们召集在宋庄最大的饭店里喝酒。一帮画家白天也不知道都躲在哪里，此时一声招呼都蜂拥而至，有点像惊蛰时节百虫出动的盛况。李佳音被郭一原叫了出来，一听有饭局，她一口答应。她已经开始和其他画家没有任何区别了，她不再为看到他们的窘迫而感到羞耻。相反，她也开始喜欢上了这种聚会，即使什么都不说什么都不做，单单就坐在他们中间吸点人气也好。

聚会上她四下张望，唯恐看到常安，却又想看到她。刚刚坐定，便看到常安穿着一件黑色的绣花棉袍走了进来。仍然是锃亮得闪着寒气的光头，她每天都要刮头发，直到把头皮刮得铁青，直到不留一点她是女人的证据。她顶着一个光头穿着一件黑袍进来的一瞬间，李佳音忽然无比心酸，她明白她其实是存心要把自己扣押起来，存心要让自己成为一个人质。

她穿的黑色棉袍大约是借到钱后刚买的，衣服上静静盛开着几朵妖娆诡异的牡丹。她走得很有气势，像左右手都各拎着一把杀气腾腾的铜花锤进来的。她一进饭店就对过生日的画家说，老焦，你也太装了，才多大岁数就搞得这么隆重，想当座山雕啊？老焦忙说，是常姐啊，快，这边的上位坐。常安又继续，怎么不喊我呢，是不是嫌我们搞行为的穷，怕我拿不出红包？老焦擦擦汗，忙说，我可没收红包，就是找个理由叫大家吃顿饭，不是马上新年了吗？常安大笑起来，声音巨大，像独自在那演话剧，我说嘛，老焦好歹也是个画家，总不会把自己搞得像个村干部一样广收红包。

常安终于坐定，光头像只大瓦数的灯泡一样把整个包间都照得异样的明亮。她发现事实上没有人敢盯着常安的光头久看，就好像都怕被晃伤了眼睛。这时候一个年轻画家率先端着一杯酒站了起来，今天我要先敬大家一杯，因为我有个好事情告诉大家。众人鼓掌，吹口哨，什么好事，快说快说，是不是把你的画一口气都卖出去了？年轻画家略略矜持了一下，然后很快乐地说，是这样的，我的一幅油画要得奖了，今天刚接到的通知，嗯，是个一等奖。通知上还说是要收进当代名人画册中呢。

……

主办方是一家有名的美术杂志。通知书白纸黑字，你们不信去看。

……

我们这些人虽然叫自己是自由画家，可是没有人承认我们我们就什么都不是，对不？所以我们必须要得奖，得奖是认可啊，是承认啊，艺术家不被承认多孤独啊。哎哎哎，你们真别装啊，有些画家就得一个奖，名声马上都不一样了，画也哗哗都卖出去了，钱也来了。凡·高当年要是有奖有奖金，还不定能画到八十岁呢。你们不信？……你们真不信吗？？

一桌子诡异的寂静，只有长长短短的呼吸彼此交错，像一片刚修剪过的草地，湿漉漉地划过李佳音的皮肤。忽然有一个声音犹犹豫豫地怯怯地从一堆寂静中爬了出来，你那个奖……要不要交钱？是不是得交三千——块钱？

比方才更庞大更彪悍的沉默蹲在他们面前挡住了所有的去路。忽然一个嘶哑的有力的如同歌剧般的声音乘一骑快马杀了进来，哈哈哈哈哈哈哈，是常安的声音，哈哈哈哈哈哈哈哈哈，我现在知道了，是不是你们每个人都偷偷交了画参赛，然后每个人都接到了通知说得了一等奖，说要出画册要成知名画家成国际范了，然后你们每个人都赶紧交了人家三千块钱？哈哈哈哈哈哈哈哈哈哈哈。这就是自由画家，这就是骄傲，这就是自由，这就是自——由。对，我承认我是穷得买不起新衣服，是经常连饭都吃不饱，所以只要哪里有饭局，我一定会厚着脸皮去蹭饭，你们猜对了，我今天还真就是来蹭饭的。可是，你们谁能像我一样在作品里表达我最真实的想法？你们觉得我可怕，可是我们其实都一样可怜，人本身就是一种可怜的动物，活着时千疮百孔，死了都是一具白骨。都是从生到死，人却远远不如一棵植物坦然安宁。我的作品，既不犯法也不是耍流氓，我不求升官也不求发财，甚至我也并不求被男人爱，因为爱只会让人软弱。可是你们知道吗，我最怕的是我的老母亲，我最怕的是我的作品被她看到……

突然，她毫无预兆地大哭了起来，声音干枯嘶哑如裂帛，她一边哭一边用自己锃亮的光头一下一下地磕着桌面。没有人说话，也没有人过来拦住她。

她忽然想到了外公，不知道外公会不会希望看到她的现在，此刻。

“我是那么接近冬天，像一场小雪蠕动。”

整个京郊的冬天被大雪封存，画家们和村民房东们倒也相处得其乐融融。有个房东自己杀了鸡，就一定要给住在院子里的画家送过去一条鸡腿。还有个画家总是收到女房东的各种馈赠，一碗鸡毛啊，一盘干草啊，因为女房东是个精神病人，一年得住一次院。还有个房东每天早晨起床后的第一件事就是趴在画家窗下叫他几声，看他是不是还活着。因为他总是担心画家不会用煤炉从而半夜煤气中毒。

年过完了，终于等到了来年春天，李佳音已经画好了八幅油画。在这一年的时间里，她对着画布一味倾诉，待在里头，倒也不愿出来。这类似于一种酒，她成天喝得醉醺醺的，泡在里头，缩成一团。若不是眼看着积蓄渐渐花光，她觉得就一辈子这样待在里头其实也不错。这个春天郭一原告诉她，有个好机会，过两天有个策展人要来宋庄看画。就看哪个画家走运画能被选中了。

大约是所有的画家们都听说了策展人要来的消息，连着几天，只要在路上见到一个画家，全都把自己收拾得油头粉面，指甲剪了，头发理了，最好的衣服拿出来。李佳音信心满满地看着自己的几张画，她给这八张画取了一个统一的名字《时间》。从甬城的三江口到榆中的白虎山到张掖的戈壁滩到燕郊的潮白河，画里看不到一个人，只有时间，大团大团浓烈得化不开的时间，如阳光般辐射万物的时间，无始无终天荒地老的时间。似乎在这样的时间里，只有天地山水草木鱼虫和阳光，人却还没有来得及出世。

策展人终于驾临了，肥头大耳，穿身西服，夹着公文包挨个走街串巷，活像是个来催款的包工头。这天李佳音和别的画家一样，早早起来做准备，在自己画室里等着策展人来看画。因为前途未卜，所以等的过程实在煎熬，李佳音看着镜子里收拾一新的自己，觉得怎么看都像个菜市场上摆摊卖猪肉的小贩，担心肉卖不出去会坏掉，又担心肉卖得太好，会一下被抢光。想想别的画家可能也都这样，都使出了一身绝技，便觉得整个宋庄此刻就像一个农贸市场，各色小贩流连于其中，土耳其的地毯，阿拉伯的神灯，波斯的夜光珠，东海龙王的定海神针，应有尽有。

她正想着怎么来打发这等待的时间，没想策展人已经夹着公文包走进了院子。她心想，就是逛集市买菜也不能这么快吧。赶紧奔出去把策展人迎进画室，八张画早已一字排开，恭恭敬敬，等候已久的样子。但策展人对那些画只扫了几眼便不再多看，她浑身的神经跟着这几眼抽搐，拉紧，绷断。他问她，还有别的画吗？

她开始明白了，有气无力地说，没了，一年能画这么多已经很拼了。

策展人打量了她一眼，没见过你，新来的吧？既然是新来的，我就和你说说，你这种画根本进不了画廊，就是放进画廊也卖不出去，因为市场上还没有对这种画的需求。你知道开画廊是为什么，就是为了卖画，卖画根本上是市场和资本在起作用，而不是艺术，市场说你牛逼你就牛逼。画廊自己也要生存啊，要交房租，要筹办活动，要雇员工，这都需要钱。知道那著名的蓝蔓画廊吧，准备关门了，因为画卖不出去，没法再维持了。所以你要想卖画，就得向那些能卖得出去，能卖个好价钱的画看齐。市场需要什么你就画什么，你得讨好市场啊，总不能让市场来讨好你吧。

李佳音听到自己声音越发虚弱，照你这么说，画家还需要创作吗，只管模仿畅销品就行了。

策展人耸耸肩，创作当然需要，不过得看是谁创作了，如果你是方力钧、刘小东、曾梵志这个级别的大佬，那你随便画点什么都很值钱。不是那画本身值那么多钱，而是收藏了他们画的那些人就不会让这个价值掉下来，这和楼市的道理不是一样的嘛，手里囤着几套房的人会希望房价下跌吗？他们只会希望房价像坐了火箭一样噌噌往上涨，巴不得一平米涨到十万块钱。资本的游戏嘛，你的画能变成资本吗？变不成资本它就只是一张画，就不过是在一张纸上涂满了各种颜料。

这时策展人一抬头看到了挂在墙上的《松林夜宴图》，他眯起眼睛看了一会儿，问，你画的？李佳音说，是我外公留给我的，我外公生前也是个画家。策展人盯着那画又看了一会儿才说，既然你外公是画家，那就绝不至于这样画，你没看出这画里的不对劲？我这些年看画看得太多了，什么不知道？中国山水画的精髓就是两个字，平静。越是上乘的山水画越是平静。好的山水画里绝没有任何煽动或引诱，没有任何强人留意的东西。看过倪瓒的山水画吧？那真的是能淡出一只鸟来。可事实上中国什么时候真的平静过？古代改朝换代时平静还是“文化大革命”结束时平静？但社会越是动荡越是激烈，中国的山水画就越是平静，只让山水融于天地与肺腑，互相吸纳，主要讲个气。至于人物，那是山水画里最次要的点缀，隐约能看到个人影就不错了。越是轻脱的山水越是有它的分量。而且山水画的品质与画家的个人遭遇关系很大，也许越是那些颠沛流离的画家，画出的山水越是清幽，越是不染世俗一点烟火气，画里尽是高绝之气。你外公既然是画家，就不至于不懂得山水画的章法，你看他把人物刻意放大，且表情夸张，可见意不在山水，而是想通过这画中人物说点什么。你好好想想吧。

策展人夹着公文包走了，他说还有几个画家的没看，他得抓紧时间，下午还得赶到798参加个活动。李佳音一个人坐在画室里，灯也不开。八幅画像群弃婴一样安静懂事地簇拥在她身边。她对它们忽然有一种从未有过的疼惜，《时间》这个名字在这北方铁青的暮色下面听起来尤其苍冷遥远，好像伸出手去就能摸到它奇异的不同于任何事物的花纹和肌肤。她觉得自己又一次被世界抛弃了。

在它们的身后是那张没有名字的罗梵的油画，墙上是外公的《松林夜宴图》。它们像晦暗如海的背景一样站在那里，她与外公的画静静对视着，他要告诉她的莫非就是她现在的遭遇？他早已知道她会有这样的遭遇？

第二天一早便听说，昨天还是有几个画家的画卖出去了，其中有两幅画价钱还卖得很高，而且付的都是现款。她这才想明白策展人为什么夹个公文包。卖了画的画家张罗着中午在饭店大宴宾客，以示庆祝。李佳音找理由拒绝了这个聚会，她对那几个卖了画的画家嗤之以鼻，觉得附近的村民们被培训三个月也能画成那个水平。但与此同时她发现自己身上真的没几个钱了，再这样下去连买颜料的钱都没有了。再接下去，也许她也会像常安一样四处问人借钱。郭一原和她说过，常安几乎问宋庄所有能借的人都借过一遍钱，已经再借不出来了，她只好问那些新来的画家们借。借了她也还不了。李佳音问郭一原，你说她什么时候可能有钱？郭一原说，她也许就这样了，但无论什么时代，就是那些最疯狂的时代里也都需要有几个像她这样的人，一个时代才因这点疯狂而有了飞扬性。

这场庆功酒一直从中午喝到晚上，整个宋庄都像嗑药了一样兴奋。画家们纷纷从那些卖出去的画里窥视和换算着自己的前程，兴奋中又有些西出阳关无故人的凄惶，心中都很复杂，好在身边有一群同类相拥簇着，反正大家都在一条船上。酒一直喝到晚上时更有了壮士断腕的悲壮，李佳音一个人在街上溜达，远远就听见一帮醉鬼在鬼哭狼嚎，“今宵酒醒何处，杨柳岸，晓风残月。此去经年，应是良辰好景虚设……”

一条流浪狗一路跟着她，她于心不忍，去路边一家小商店买了根火腿肠喂给它。流浪狗一边狼吞虎咽，一边用感激涕零的眼神看着她，这目光立刻让她想起了常安问她借钱时的目光。她不禁立在那里打了个寒战。背景里是一片奇异的夹杂着哭声的歌声，“我欲乘风归去，又恐琼楼玉宇，高处不胜寒。起舞弄清影，何似在人间？”各种声音像电磁波一样干扰在一起，纷乱杂沓，中间却空出了一个寂静无声的核，她站在那个阒寂无人的核里，第一次想到，也许是该离开这里的时候了。

她走出很远了，回头一看，那条流浪狗还蹒跚着跟在她后面。想想自己比它也好不了多少，她只好挥手赶它走。再回头一看，它还远远跟着。只是她一回头，它便警惕地退后几步。她狠狠心，弯下腰假装捡石头，狗果然叫着跑开了。但空气里到处都是它的眼睛，湿漉漉地粘在她身上。她摸摸自己的脸，也是湿的。

又过了两天，郭一原给她带来一个好消息。他的一个朋友要在798办一个小型的画展，展出十来个年轻画家的画，每个画家提供一幅画，郭一原推荐了她的画。刹那间，她对郭一原简直是感激涕零，她像站在一大块海边的礁石上一样，已经眺望到了这个画展之后，海面上会有海豚，会有帆船，并且是大帆船向她驶来，接她到彼岸去。

她从八幅画中选了一幅，然后参加了这次画展。确实是小型，甚至算得上是袖珍画展。一间小展厅有点像居家的客厅，四面雪白的墙上稀稀拉拉一共挂了七八幅油画。她的那幅藏匿于其中，竟像放虎归山，也看不出有多显眼。

画展为期一周，她每天都要去画展上溜达一圈看看效果如何。每次去了都只有寥若晨星的几个观众，不是在校大学生就是退休的老头老太，他们花几分钟在展厅里转一圈就很快出去了，没有在任何一幅画前良久驻留。她假装成一个观众站在他们身后，她多么希望他们能久久伫立在她的画前，然后互相打听，知道这是哪个画家画的吗？有谁知道这个画家？那她一定会半是羞涩半是勇敢地忽然跳出来，对他们说，是我画的。

可是没有，没有一个人愿意在她画前多停留几分钟。他们更像在完成一个走马观花的程序，反正又不收钱。

直到一周时间结束，都没有一个人如她所预期的那样来一场良久的驻足。闭展那天更是人迹罕至，有两个画家模样的人进来遛了一圈，看见她站在那里，只和她交换了一下眼神就很快出去了。似乎怕被她抓住什么证据。看来和她一样，也是来看自己的画。她不肯走，一直待在那里，直到天黑下来，直到墙上的画都该被撤下来了，她还孤零零地站在那里。

四面雪白的墙合在一起像一张空荡荡的嘴巴，看起来分外饥饿，分外苍白。最后，直到搬运画的工人都要离开了，展厅要关门了，她还独自站在青白色的灯光里。看样子就像谢幕后的演员一定要等待一场来自墙角阴影深处的掌声。

但那掌声久久没有响起。

“月光那么白。除了白，它无事可做。多少人被白到骨头里。多少人被白到穷途里。”

六

深夜，李佳音独自坐在月光里，又看墙上的《松林夜宴图》。

《松林夜宴图》里的三个老者白衣胜雪，醉卧松涛，露白风清，不记流年。三个人中，那个向画外张望的散发弹琴者看起来有点像外公，但他眉宇间更多的是一种神秘的陌生感，不似外公的文弱，有些戾气，有些狰狞。而他的两个同伴则在专心饮酒听琴，表情祥和，他们三人的表情形成了一种奇怪的张力。墙角是罗梵那张废弃的画。那张画在月光下看上去如一座废弃已久的庄园，勾栏瓦舍已颓败成灰，凭栏处竹影横斜，凄草丛生，明月生凉。一个瘦长的人影正独自徘徊在庭院深处，也许就是罗梵自己的背影。他并不回头看她。他只是阒寂无声地站在画的最深处，并没有回头看她一眼。

他们全然不顾她正干枯地卑琐地立在那里，立在人间，如一株身陷泥土的植物。

如果创造出真正的艺术必须需要她是一个病入膏肓的病人，需要她的病与她的血去喂养她的画，需要她以凌空飞扬的姿势从人间一跃而过，那她也愿意。可是，她知道她真的只是这人间的一个再普通不过的人。

“我在这人间底部，着红装，仿佛被遗落的一颗朱砂。”

她终于决定，跟着其他几个画家去参观那个画卖得最好的画家的画室，去窥探一下他卖画的秘籍。去了那画家画室一看，她心里不由得冷笑一声，无非是在老实巴交的传统工笔画里加了些突兀的后现代元素，就像在肖邦的夜曲里硬邦邦地加入了朋克的音符。她回去不敢多想，提笔就照着这个路子画了一张，然后给上次的策展人打电话。策展人看了她的新画，一拍大腿说，这就对了，俗是俗点，但现在就是这种风格能在市场上有卖相。我现在就把画收走，你继续画，有了新画就通知我。

一张画了一周的画居然卖得这么容易。这，么，容，易。送走策展人，她一个人在画室里忽然有些手足无措，竟不知道该干什么，只好走来走去地收拾一下这里收拾一下那里。这时候她忽然发现自己心里其实正在隐秘地无声地唱歌，她正蹲在自己身体深处的一个角落里，悄悄地实在控制不住地唱着歌，她在唱卖报歌，啦啦啦，啦啦啦，我是卖报的小行家。不对，她又在唱今天是个好日子，今天真是个好日子。还不对，她竟然像是在唱国歌，起来，不愿做奴隶的人们。她愈加羞愧，一边在身体里严厉地训斥着自己不要再唱，一边不安地看着周围，生怕旁边有个人听到了她身体深处发出的可耻歌声。

她什么都不敢去想，把外公的画取下藏好，把罗梵的画盖上了一块白布。她怕他们斥责她，干扰她。她拉上窗帘，日日夜夜把自己关在画室里画行画，又唯恐被别的画家知道了她在做什么。这感觉不太像画画，倒像是躲在地下室里印制假钞的感觉，贪婪，恐惧，还有深深的羞耻。新画的两幅又被策展人收走了。也就是说，她终于开始卖画了。

在复制第五幅画的这个深夜，天上是一轮巨大的满月，画了一半她忽然停下笔，关了灯，拉开了窗帘。水银一样的月光汹涌而入，无声无息地流了一屋子。她倚窗而立，先是看着窗外的明月，然后又看着对面被遮上了白布的油画。白布上被月光投下了黑色的剪影，黑白之间有一种阴森森的肃穆。那剪影里有窗外的树枝，有窗前桌上的玻璃水杯，水杯旁边的画笔，而中间那团模糊的人影却正是她自己的。它像一只孤零零的魂魄一样晒在那里，供她自己参观。它在月光下看上去干枯瘦小而丑陋，好像不知是从她身体里的哪个地方忽然跑出来的。可是她知道这正是她自己的魂魄，她在这个月圆之夜再次现出了原形。

她清晰无比地回想起那天卖了第一张画之后，她心底发出的无法抑制的快乐歌声，在这个月圆之夜回想起那歌声来竟然觉得毛骨悚然。

此后，她便有了一种被打回原形之后的颓败和麻木，却还是坚持着又复制了两幅画。策展人来收画付的是现金，温热的钱摆在那里，像是刚刚被那些画孵出来的。她叮嘱他说，千万别和别的画家说我画这种画。策展人一笑，你还不知道吧，他们很多人现在都在画这种画，所以你不用担心。趁着这种画还有市场赶紧多画几张，市场可是会变的。我还是最看好你，你看你一学就会，悟性好，都不用我多说什么，我现在来了宋庄都是先找你要画，只怕别人暗地里还要忌妒你呢。快画吧。

他像在安慰一个开始年老色衰的妓女，一句快画吧倒像是在她的裸臂上又拍了一巴掌，催促着她，快，还要加油啊。她忽然想起了以前听过的一个无聊笑话，一个社经办的主任带着一个自己的科员赴一个宴会。宴会上有人开玩笑说，你们这社经办的名字怎么也不改改，听起来可是很容易让人误会啊。科员忙说，一切听领导的，领导说什么就是什么。主任喝多了，趁着醉意说，可不是，社经办是不大好听，不过我是他领导，我让他做什么他就会做什么，我让他射他就得射。快射。

一种独属于人的丑陋艳若桃花地开放在她面前，就像弗兰西斯·培根画中那些被解剖开的肉，鲜血淋漓之中满是跳动的神经。

策展人走后她拿着画笔继续机械地往下画，一笔都不敢停留，似乎只要稍一停留就永远无法再画下去了。她甚至存心要虐待自己，竟希望这让她一直画下去的强权命令更强大更阴森一点，让她毫无自由，毫无分身之术，让她情愿在这权力统治下做个奴隶。她甚至想，只要这命令足够强大，她是不是就可以借此宽恕自己？她是不是就可以在画行画的过程中蜕变成另外一种物质？变成一堆没有爱情的肉欲？或者是一个只知道砍树喝酒的伐木工？再或者，她干脆像一只寄生虫一样住到这强大命令的内部去，只要它活着她就可以一直一直活着。

一直坚硬地活着，像树木一样活着，像昆虫的标本一样活着，像动物的犄角一样活着，像大地上的泥土一样活着。

窗外的光线已经模糊下去了，天地之间在慢慢转暗，她变得更加焦虑，紧张地涂抹着那张没有画完的画，似乎她要抓住这一天当中最后的光线把这画画完。她必须画完。这张画仿佛是一根稻草。当整个屋子彻底沉到一片寂静的黑暗中，当月亮从东边升起的时候，她画下去了最后一笔。咣一声，就像一只手重重摁在了黑暗中的琴键上，满屋子里都是轰隆隆震耳欲聋的余音。

第二天一早她便去和郭一原告别，她说，想了一夜想好了，我要离开这里。

你要是想画画就还是留在这里比较好，在这个城市里，离开这里你怕是更孤独。

不画了。

那你不画画了打算去干什么？再回学校？

学校是回不去了，去找个其他工作吧，我打算找个设计公司什么的给人打打工。

为什么不想画了？

人还是应该给自己留一点最后的尊严，我想去找份真正的工作。

什么是真正的工作？

艺术家起码不是。

也是。

帮我找辆三轮车，我东西不多，一辆三轮车就搬走了。

对了，想不想知道关于老九的消息？昨天我听一个去美国办画展的朋友带回来一点他的消息。

……

他一开始出去，你都能想见，肯定过得不容易，估计连饭都吃不上。但是后来据说他遇到了一个很赏识他的美国女人，那女人很有钱，因为喜欢他的画，他们就住在一起了。按理说这应该不错了吧，落魄艺术家傍上贵妇的经典模式，但过了一段时间老九和这美国女人也分开了，不知又去了哪里流浪。

……

说不定他又去了法国、英国，所以你以后也别再找他了。老九是个把艺术和生活分不清的人，这样的人比常人单纯，但他们身上都有一个非常黑暗的区域。他当初为什么要辞掉工作，为什么要不停换地方，包括不停换女人，就是因为他心里恐惧，他害怕他再也画不出来了，那才是他的命。你想你找到他又怎样？其实你一个姑娘家待在原来的学校里就好，不该出来的，当老师，起码还有学生尊敬你。可在这个城市里，离开这里，你可能什么都不是，可能还得去住地下室。有地下一层的，还有地下二层的，二十四小时开着灯，墙上潮湿得长着蘑菇，枕头一拧都是水。你要想好。

我以前也以为我要找的是他这个人，但后来慢慢发现我要的可能只是找他的这个过程本身。所以他无论和谁在一起，其实都和我没有太大关系了。

我觉得这世上最动人的爱其实是徒劳之爱，就是一辈子表演给一个人看，而事实上这个人却根本不存在。

怎么活的人都有。三轮车给我叫好了没有？

我帮你去搬家吧。

在画室收拾东西的时候，李佳音取出那幅《松林夜宴图》让郭一原看，她说，这是我外公留给我的遗物，他活着时也是个画家，后来被打成右派。我给不同的人看过，每个人的说法都不一样。你能在画里看到什么？郭一原盯着画说，你外公当过右派？他活着时最大的爱好是什么？李佳音说，吃和画画，不过对吃的兴趣更大，那种兴趣大得让人害怕。他又看了一会儿，慢慢说，这不就是一张普通的山水图？三个老头在松下饮酒弹琴，优哉游哉，竟不知今夕何夕。李佳音说，你再看看，我总觉得这张画里有一种很诡异的东西，应该是外公临终前要告诉我什么。郭一原摇头，看来画行画久了就变迟钝了，我只能看到三个风神潇洒其乐融融的老头。既然是外公留给你的，你还是快收起来吧，不要弄丢了。

东西搬上三轮车，李佳音也坐了上去，然后三轮车突突突地开走了。走出好远了，回头一看，郭一原瘦高的影子还立在原地，一动未动。

“但是最后我依旧无法原谅自己，把你保留得如此完整。那些假象你还是不知道的好，需要多少人间灰尘才能遮盖住它。”

七

李佳音在中关村的一家广告公司找到了一份工作，又远在昌平租了套小房子，每天早上坐两个小时的地铁去上班，晚上再坐两个小时的地铁回家。因为在地铁里待的时间太久太长，它竟慢慢变成了一截庞大臃肿独立出来的时间。日日如此，这时间竟兀自向着别的物质，甚至幽灵的质地转化而去。

她每日在这车厢里或坐着，或站着，或者看书，或者发呆，或者睡着了，有时候猛然被到站声惊醒，醒来的一瞬间她会惊恐地看着四周，一时竟疑惑自己究竟在哪里。甬城，白虎山，宋庄，都不是，这只是一节飞驰在地底下的车厢，车厢里装满了千篇一律低头看手机的人。因为相同的动作和相同的表情，使他们看起来好像一大群孪生兄妹正在这车厢里相依为命又相互憎恶。偶尔有乞丐像鱼一样伸着乞讨的手，唱着歌从他们身边的缝隙里游弋而过。还有的时候她不看书也不睡觉，什么都不做，单单就只是呆坐在那里，从一站坐到另一站。每当这个时候她就会忽然有种正走在白虎山上的感觉，时间隐退，天荒地老，方死方生。只要愿意，似乎就可以一直这么走下去，走下去。永远没有到站的时候。

只是，在这样一节漂流在地下的车厢里，比白虎山上更加孤独。车厢里有男人有女人，有学生有民工，有为了找工作奔波的人，有因为刚分手哭泣的人，有准备去和情人约会的人，有刚刚在医院被确诊为癌症的人。她被这么多的人拥挤着，包围着，包裹着，甚至猥亵着，在最拥挤的时候，她只能伸出一只手抓住吊环，然后把自己的整个人都薄薄地吊在那只环上。陌生人的体温和汗味在空气中堆积着，摩挲着，让她想起了白虎山上的累累白骨，也是这样的拥挤，这样的相互依靠。这种错觉使她对周围这些陌生人忽然便有了一种奇异的宽宥。她恍惚间会觉得自己其实已经活了几百年或几千年，漫长得让她都有点厌倦了。她觉得自己此刻正像个老祖母一样慈祥地看着周围的这些男男女女。

在公司里她说话很少，完成图稿的速度不算快，完成了也不是最出色的。她努力避免和其他女职员一样，在早晨一进办公室先用马克杯冲杯速溶咖啡，中午的时候叫外卖送个快餐或者酸辣粉，瞅着缝隙在网上购物，嘴里永远跟着这个城市最流行的口头禅。她发现她没有办法和她们一样，没法和她们一起同出同进，一起议论这个月的薪水与奖金。

有一天下班她一个人过天桥的时候，天上正下着小雨，潮湿的车灯像一条大河一样从桥下缓缓流过，她就那么打着伞站在天桥上看了很久。不时有刚下班的年轻女孩子叽叽喳喳从她身边经过，没有一个人停下来站在她身边，一起往下看去。在那一刻，在那天桥边，她忽然就意识到，原来她是俯视她们的。她其实一直就在俯视着她们。她悄悄地骄傲地落寞地知道，她终究是和她们不一样的。

接着她又可怕地发现，事实上，她的要求根本不止这点，只有她自己一个人隐秘地知道这个事实是远远不够的。怎么能够？她其实是如此渴望她们每个人都知道她究竟是怎样一个角色。艺术家，一种怪兽与斗士的混合体。一个被大众嘲笑的符号和意淫的诺亚方舟。她是被贬黜到人间的地藏菩萨，即使她身上的泥塑金粉败落，可她的内胆也仍然是一尊菩萨。所以当她和她们同处于一间办公室里的时候，尽管她让自己处在一个位于她们下方的水底世界，她们乘坐的划艇恰恰位于她的头顶之上，但她的每一寸神情每一条丝巾每一只耳钉都在无声地叫嚣着，她和她们是不一样的，她是不可能和她们一样的。就算她每天早晨乘两个小时的地铁来上班，就算她三十多岁了还一无所有，她也是和她们不一样的。

她脸上那抹不合时宜的神情终于把办公室里的其他女孩激怒

了。一天在下班的时候她们找了个借口集体羞辱了她一番，她们嘲笑她，你脾气这么怪，不是更年期提前到了吧？不行就到医院去看看，旁边就是海淀医院。

等到所有的人都走光了，她还一个人坐在那里，最后，直到整座写字楼都要关门了，她才慢慢来到街上。她想，是不是应该给谁打个电话，随便给谁，只要能听她说话就可以。她使劲地去想一个电话，无论是谁的，可是她脑子里实在想不出任何一个电话号码，只有一堆坍塌的数字像被烤化的蜡烛。地铁已经没有了，她今夜也根本不想回去，就一个人在中关村大街上慢慢走着，走着。白天的小贩们都已经收摊了，他们有的在收拾行头，有的盘点收成之后，倚在天桥上独自喝起了一瓶啤酒。一个年老的乞丐驮着一只体积比他还大的编织袋，看起来像背着山的愚公在走动，里面大概都是捡来的空矿泉水瓶。老乞丐埋下头挨个在垃圾桶里翻找食物和空瓶子。在这城市里走在路边的时候，她经常会担心某一个乞丐忽然转过身来，她看到的却是常安的那张脸。

“如果我与你同行，就把你当作故乡。如果我有委屈，就哭成这世上的尤物。”

地上的广告纸屑在晚风中踟蹰向前，如同一个个隐身人的脚步。

周末的时候，她就独自待在昌平的那套小房子里，这是一套很老的一室一厅。说是厅其实就是个狭窄的过道，幽暗的光线中摆满了她四季穿的鞋子，看上去就像四个季节正繁忙地交汇于一个狭长的港口。卧室里有几件暗红色的家具，地上铺着菱花形的地板，每到中午时分，阳光从窗户里斜射进来，踩着菱花格子一寸一寸地往前挪。像极了小时候女孩子们在一起玩的跳房子游戏。她在周末有时候会一觉睡到中午，有时候会一个人走来走去地做些家务，还有的时候什么都不做，单单就只是坐在椅子里，看着地板上的光阴一寸一寸地生长，再一寸一寸地消亡。就像永寿街那些雨夜里的蕈子，就像白虎山上那些漫山遍野的白骨。

听说离她住的地方不远处有一片很大的银杏林，她便选了一个深秋的周末去看那片银杏林。公交车上空荡荡的，除了她和一名低头看手机的中年男子，就是售票员和司机。售票员体积庞大，状如河马，烫着一头爆米花鬈发，她大约嫌今天乘客太少，表情有些落寞，不时看李佳音一眼，可能想见缝插针地和她聊点什么打发时间。她假装没看见，只专心地看着车窗外。秋天算是北京最美的季节，道路两边的法桐、银杏、槐树、枫树、槭树的叶子或变成金黄或变成血红，正纷纷扬扬地往下落。公交车从这雨一样的落叶中缓缓经过，蹭了一身的落叶，还不时有落叶飘进车窗。她顿时觉得这早晨的公交车就像一头正在散步的天真的大象，不时有花草粘到它头上、耳朵上。它也不摘，只管缓慢赶路，一路就由那些花草去。

她从车窗里看着那些行走在路边的人们，行人们穿着这个二〇〇七年的秋天里最流行的颜色，木炭黑、黑檀木色、墨水蓝、砖红、炭灰、红宝石色、水晶紫、米灰、虾橙。她喜欢看这些路人，旁观他们的时候她觉得自己变成了一座古老的维多利亚时代的挂钟，他们的时间就在她手里。活在每个时代的小人物都会这样吧，把他们对美的观念刻在他们的服饰中，时间长了，甚至会渗透到他们的面部线条中，所以人们最终会变成他们愿意的样子。当时间褪成历史，丑一点的人们就成了漫画，美一点的则成了古代雕塑。

公交到了她下车的前一站停下，没有人下车也没有人上车。她坐在车窗边忽然看到公交站牌下站着一对老年男女，穿着破旧而古怪。老男人穿着一件肮脏的红白滑雪衫，满头的白发在后脑勺扎成一个小辫。老女人很瘦，满脸的皱纹，在深秋时节穿着一件破旧的长袖连衣裙，裙子下面是黑色紧身裤和一双脏成了灰色的白球鞋。她的头发是灰白色的，看上去像满头的枯枝败叶，却打成两条麻花辫垂在胸前。两个人在秋风中紧紧依靠在一起，好像正在等某一趟公交到来。老男人的手里还拖着一只破旧的行李箱。

在她隔着车窗与他们四目相对的一瞬间，老男人和老女人一起躲开了她的目光，他们的身体偎依在一起，瑟瑟地胆怯地看着远处，似乎在埋怨他们等待的那趟公交怎么还不来。在站牌下停了一分钟之后公交车再次缓缓上路，那对男女被抛在了身后。李佳音收回目光，把头抵在玻璃窗上，一动不动。只听售票员坐在那里高声自言自语，您瞅刚刚那俩人，瞅他们丫那操行，都捯饬成叫花子了还扎一小辫儿，不用瞧就知道是艺术家。

李佳音还是把头死死抵在那扇玻璃窗上，一动没有动，好像她的什么把柄刚刚被抓在了售票员手里。

下车之后走了一段路她便找到了那片传说中的银杏林。银杏叶几乎都已经变成了剔透的金黄色，厚厚地不顾一切地铺满了大地，脚踩在这大片金色上会听到吱嘎吱嘎的响声。这么浩瀚这么凶猛的金色让她在一个瞬间又想起了凡·高的金黄色，想起了白虎山上的黄沙与落日。它们怀揣着各自的秘密存在在这个世界上。她想起她曾对学生说，什么是颜色，它们不过是显示内在生命的手段，而这内在的生命就在那里，树、石头、墙、峡谷呈现它们最内在的秘密。

霍夫曼斯塔尔写给凡·高的一封信

我是注定要看见这些画，它们非常明亮，几乎像张贴画，不管怎么说和画廊的画不一样。第一眼看上去这些画似乎刺目，令人不安，非常拙，很奇异，要把第一眼看到的当成一个整体，我得好好调整我自己。然后我看见，我看见它们的每个都是那样，自然就在其中，人的灵魂的力量就在其中，还有画在这里的树、灌木、田野、山岗，还有更多的东西，在颜料的后面，某种完美，一种不可言说的命运的感觉。所有这一切我都看到了，所以我在这些画面前失去了自己的感受，又非常强烈地找到了它们，又再次失去。亲爱的朋友，我想要说而永远不能说出来的，我就给你都写在这封信里了。

1901年5月

无边落木萧萧下，她慢慢穿行在银杏林中。从下公交到现在，她像是终于积攒下了一点力气，能够去回忆刚才站牌下的那对老年男女了。她这才发现，刚才在车窗里看到他们的一瞬间，她其实是那么的恐惧，她可能比他们还要恐惧，她情愿没有看到他们。就在与他们四目相对的那一个瞬间里，她恍惚觉得她看到的是罗梵，而站在罗梵身边满脸皱纹穿着连衣裙的老女人正是她自己。他们正站在一面镜子里看着她。

她一边走一边捡着地上的白果，外套的口袋里已经塞满白果了，她还在不停地捡，好像这样的举动能有助于她抵挡他们一会儿。然而，就在某一个捡起白果的瞬间，她猝然站住，急刹车一般，一手心的白果全倾倒在了地上。阳光透进密林，她看到了落在自己前方的影子，那影子臃肿松散，羞涩地怯懦地残疾地栖息在厚厚的金色落叶之上。她的眼泪忽然就下来了。是的，她做不了艺术家，可是，她居然连一个普通人都做不好。

此刻，她是如此思念外公，他把她带到一条路上，然后又把她遗弃在人间。没有人知道她被遗弃在这里。她觉得自己就像一个好不容易上了船却又被放在孤岛上的乘客，孤岛上妖艳的食人花在夜间悄然开放，里面露出一颗人类的牙齿。这牙齿也许是六十年代来到白虎山的教授们艺术家们遗留下的，也许是高唱过大海航行靠舵手的工人们，下岗后年老后留在这里的。当年他们只顾着坐船去远行，不知路之远近，后来肉身被腐蚀殆尽，只把一颗最坚固的牙齿留在了食人花里，他们自己却从此永远消失在了美丽的花瓣中。

她在静静的密林中抱着一棵古老的银杏树放声恸哭。她的脚下是一望无际猎猎燃烧的金色大地。

一年之内她跳槽了四家公司，一家比一家更远，于是在地铁里的时间越来越长。她开始只拥有两种生活：地铁里的和地铁外的。两顿饭：午饭和晚饭。两个人：男人刘文波和女友白小慧。

刘文波是在一次画展上认识的。那是在一次画展快要结束的时候，她才有时间跑去看。是一次关于拉斐尔前派的画展，霍尔曼·亨特、约翰·米莱斯、但丁·罗塞蒂。《比娅特丽丝》《纳西修斯》《狄奥根尼》。这些维多利亚时代的画家们最忠实地记录了那个时代的机器兴起，两极分化，工人失业，女人们纷纷走上被包养的情妇之路的盛况。据说维多利亚时代的女人们脑袋都要上锁，和丈夫做爱的时候，只允许她们躺在男人下面想大英帝国。她在那幅最著名的《奥菲利亚》前面驻足良久，画中精神错乱的奥菲利亚即将沉入水底，裙子像水草一样在水底招摇，只有苍白的脸还浮在水面外，嘴唇半张，目光绝望地看着天空。周围的野草和罂粟正诡异地看着她。

奥菲利亚（兰波）

黑暗沉寂的波浪上安睡着群星，

洁白的奥菲利亚像一朵盛大的百合随风飘动；

枕着长长的纱巾，缓缓地漂着……
远处的森林里传来猎人的号声。
千年就这样过去，自从忧伤的奥菲利亚，
这白色幽灵在黑色的长河上漂移；
千年就这样过去，自从她温柔而疯狂地
在夜晚的微风中低吟着那支古老的谣曲。

这时候忽然有个男人主动凑过来搭讪，他说，你觉不觉得这些画里所画的时代和我们现在的时代不知哪里有几分相似？会不会是时代气质上的相似？她朝他看了一眼，看到这男人长着两颗很大的门牙，又正咧嘴笑着，看起来好像一只巨大的兔子忽然从哪里钻出来跑到了她面前。看完画展，男人又提出能否请她喝点什么。两人便来到了画廊附近的一家小酒吧。

他在威士忌里加了冰块叮叮当当地摇着，一边端详着她，一边推给她一杯浅粉象啤酒，说，这啤酒适合你。他抿了一口酒，嘴唇上的威士忌在闪闪发光，见她盯着他的嘴唇看，他又咧嘴笑了，说，我一进去就注意到你了，嗯，怎么说呢，我觉得你看起来很像个艺术家。她手里握着那杯啤酒，听到自己喉咙里异常清晰地咕咚了一声，像有什么东西刚刚深不见底地坠了下去。然后，她发现自己坐在那里，镇定地，倨傲地，又充满渴望地瞟了他一眼，她鼓励他继续说下去，他便又继续，你看起来就和其他人不太一样，挺像个艺术家的。你不知道，我从小就喜欢艺术，但小时候条件太差，没有机会学。不过现在只要有画展的机会我都会过来看。对了，你真是个艺术爱好者吗？

他的最后一句话让她有些微微的不痛快，她喝下一口酒，故意问他，那你都喜欢谁的画？他用两颗兔子牙咬着下嘴唇，皱着眉头，做出冥思苦想的样子。嗯，很多画我都喜欢，但是，但是我都叫不出画家的名字，你明白的，像我们这些外行就只是看画，至于谁画的其实并不那么重要。嗯，比如有一幅画我就很喜欢，是一个半裸的女人抱着一只水坛，水坛里有水流出来，画里的女人给人一种好纯净的感觉。

她有些厌恶地打断了他，她盯着啤酒上即将消亡的泡沫说，说说你自己吧，比如你没有去学画画，那你后来去做了什么？

他的目光忽然亮了一下，两颗兔子牙也忽然之间看起来更为巨大了，他看上去胸有成竹，像是抢到了一道事先知道答案的抢答题。他说，大学一毕业我就去政府部门当公务员了，但我做了三年公务员之后便辞职了……

说到这里他特意停顿了一下，以便能观察到她的反应，见她没有太多表情他只好又继续，我辞职是因为那时我觉得不能就那样在一个安稳的单位终老了，人这一辈子这么短，应该多点经历才好。你看现在的小孩子们什么都不想干，就想着能考个公务员，就是太贪图安逸了，我那时现成的政府公务员工作还不是被我自己辞掉了。那工作要放到现在，不知道多少人打破头地去抢呢，唉，但是当年却被我自己放弃了。

他又停顿下来，像是在等着她的反应。她把剩下的啤酒倒进嘴里，继续问，那后来呢？

他摇了摇杯子里的冰块，盯着那杯子怅然地说，辞职后我就去了公司，做过很多行业，基本上几年就跳一次槽。不过，跳槽这件事，多跳几次就习惯了。人活一辈子就应该多经历点事情对不对？我最近又在跳槽，旧的公司已经辞了，新的公司还没去，所以才有时间出来看画展……你说，我要是在当年的单位里一直待下来，现在是不是大小也是个领导了？可是现在，连公司的老板娘都可以随便挤对我，她本来是老板的二房，刚刚被扶正就这么嚣张，我都能当她叔叔了为什么要受这个气？所以我就坚决地辞职了。真的，我一点不后悔。但是我还是忍不住经常会去想，如果我当年没有辞职，现在不知已经混成什么样子了。不过话说回来，我现在毕竟是自由的，你说是不是自由更重要？比如我可以穿过半个北京城跑到798来看个画展，可以约一个美丽的像艺术家一样的女人在有阳光的窗前喝酒。

他的最后一句话让她愣了几秒钟，然后她终于冲着他迟疑地笑了，她摇了摇手中的空杯子，你说得对，啤酒确实不错。

“十里黄沙嚣张，百年鸡鸣温柔。衰落的河流，用岸裹紧身子。”

八

白小慧是李佳音在昌平的邻居，只是，白小慧住的那套二手房是她自己买的。两个人能成朋友，除了住的是对门，还多半因为都是单身的缘故。白小慧经常在周末强行给李佳音送来几个她刚烤好的面包，一来是面包烤多了吃不完，二来是为了不厌其烦地参观李佳音那套租来的房子。她往往是端着面包一进门就叹气道，我早和你说过人是不能一直租房的你还不信，你看看现在的房价还能买吗？亏得我是几年前一咬牙一狠心借钱也要买房，这不，我这房子现在又升值了，几年里房价已经翻了四倍了，你说我买得及时不及时？我大学毕竟是学财会的，还是有点理财头脑的。住在自己买的房子里和住在租来的房子里那感觉能一样？我告诉你，根本没法比，你没吃过猪肉还没见过猪跑啊。

她那套买来的二手房李佳音也参观过，大概六十多平米，客厅和厨房连在一起。房间装修得最简单不过，材料寒酸，屋子里所有的装饰、窗帘、家电和家具都是廉价的，但收拾得干净整洁。这种干净整洁使整套房子看起来有一种公事公办的办公室气质，让人很自然地联想到房子主人的性格，枯燥，坚韧，经济拮据，一丝不苟。但这套二手房毕竟是她在北京的唯一安慰。

她在相亲的时候也是同样的套路，不管对方在讲什么，她都拼了命地把话题往房子上引，咱们说房子吧，说房子好不好，求你让我先说说房子吧。或者先发制人，在对方还没来得及开口说话的时候，她就先把自己的这套房子搬出来往桌子上啪一放，定海神针一般镇住场子。然后她开始像个推销员一样喋喋不休地介绍自己的房子，这房子是我四年前买的，买的时候哪知道会一年一个价呀，四年时间里居然就噌噌噌翻了四倍。我这个人比较会过日子，能自己做着吃就绝不花钱在外面吃，省吃俭用就为了攒个首付，可还是攒不够，最后只好咬牙借了钱。这不，又省吃俭用了几年，居然连借的钱也还得差不多了。就剩每个月几千块钱的月供了，不管怎么说，好歹是住在自己的房子里了，心里踏实。

接下来，如果她一旦发现对方对她的房子表现出一点兴趣，她就准备立刻对对方说，你下次可以到我那里看看，尝尝我的手艺。你要是没房子，住到我的房子里也行，反正我一个人住着也害怕。远是远了一点，可是北京的上班族有一大半不都住在五环外吗，反正有地铁也不怕远。和有的男人见过两面之后，她便把他带到自己的房子里，让他参观房子，自己则像孙悟空一样变出五个菜来给他当作晚饭，再留他在自己房子里过夜。过完夜还要早早爬起来，在他起床之前给他做好早饭摆在床头，然后看着男人窝在被子里啃着煎鸡蛋喝着热牛奶。再然后，等着这过完夜的男人消失，再不和她联系。

在和刘文波约会几次之后，李佳音吞吞吐吐地对前来送面包的白小慧讲起了这个男人，她揉着一只牛角面包问白小慧，我不想再见他了，你说还要不要再见？白小慧一拍大腿，恨铁不成钢地说，见，为什么不见？听我一句，你就别再这么成天瞎晃了，不买房子也不找个人结婚，你说你要这样晃到什么时候去？在这座城市里除了我知道你是个画家还有谁知道？况且你这画家又不是什么有钱的画家，一张画也卖不出去。你可要当心你再这么晃荡下去别晃得非人非妖了，既晃不成个普通人，也晃不成个艺术家，最可怕的是等你年龄大了会变成被人取笑的对象，变成一个笑料。你信我一句吧，没有人会理解你的。在这世上，其实谁都不理解谁。

可是，你觉得他这样一个人可能适合我吗？

哪有那么多适合的人，我只是让你找个人结婚，这样起码能把你像钉子一样钉在一个地方，好歹让你有点安生的感觉。

可是我不爱他。

其实我和你一样，我对谁都不爱，所以我就总是把自己和男人们先绑上床再说，先让身体睡在一起了，身体不陌生了，不排斥了，再看会不会从这两个身体里生出一点点喜欢来。在这样一个时代里你想活着就不能期望和要求太多，还是先睡了他再说，爱不爱是以后的事。

等到下次再见面的时候，李佳音和这男人在一起吃了一顿晚饭，喝掉一瓶红酒。两个人都觉得这酒像跑步前的热身运动，彼此心照不宣，略有不安和期待。走出饭店，男人说，我开车送你回去。李佳音裹好围巾站在寒风中理理头发，我住得很远，在昌平呢，还是不要送了。男人的兔子牙在夜色里蹦了出来，怎么能不送呢，大冬天的，这么晚了我怎么能让你一个人回家。

于是开车把她送到了楼下。然后，又把她送到了房间。再然后，经过一番半推半就，两个人终于睡到了床上。男人开始亲吻她脖颈处的时候，她忽然想到他那两颗巨大的兔子牙仿佛正要像啃萝卜一样啃断她的脖子，便差点笑场。而他的手在她周身抚摩之处也没有一点情欲的痕迹，只有痒处，似乎她全身都是痒处。她终于忍不住笑了出来，继而是遏制不住的大笑。男人劳作半天不见丁点收获还被笑场，只得恼怒地退到一边和她并排躺着看天花板。她抱歉地对他说，真不好意思，不知怎么就是觉得好笑。说完实在忍不住还是要笑，笑，一直笑到最后浑身都抽搐成了一团。

"肉是培根怜悯的最高对象，也是他唯一怜悯的对象。在培根笔下，肉有那么多痉挛，脆弱的痛苦，但同时又有那么多迷人的新发现、色彩和高明的杂技。"

她躺在那里闭着眼睛想起了当年在白虎山下，她那些奇怪的不可遏制的情欲，她忍不住去勾引一个又一个的男学生，让他们和她做爱，但是她并不爱他们。是的，她对他们，从来没有爱过。那现在是怎么了？难道真的是因为几年过去就老了？她已经苍老到没有情欲了？

男人起身到阳台上抽烟，她独自在黑暗中浸泡、融化、消散，彼时的秘密与现世的光阴交错生长，杂花生树。在那个瞬间她忽然就明白了，那时在白虎山下的她其实是多么恐惧，现实的逼仄与山上的白骨让她觉得每一天都是向死而生的，情欲则最大程度地消解着死亡。而现在，当她独自坐在昌平窗前那些不停变幻的光影里的时候，当她坐在地铁的一节车厢里看着芸芸众生如蚁群一样徒劳奔波的时候，却时常会觉得自己已经活了太久太久，简直古老得像一段长满褶皱和年轮的树木，而这生活本身更是古老无耻得长满了青苔、木耳和虫豸。现在她连恐惧都没有了。她时常会觉得她已经没有了那么多无限活下去的耐心。

人是必死的动物，人是应该有一天死亡的动物，人是知道自己将要死亡的唯一动物。

无论是白小慧买来的那套房子还是她租来的这套房子，都不过像两只飘荡在时光里的风筝。时光太长了，看起来永无尽头，她在人群的炫耀与虚荣之上厌倦，栖息在自己身体里厌倦，在尘世间每一天的绽放与凋谢中厌倦。当那种恐惧消失的时候，她便发现，那些与恐惧相伴而生的情欲也同时消失了。戛然而止。

男人抽完烟回到床上，试图再试一次。情欲消退之后的身体如同枯竭的河床，她对那只手忽然感到无比厌恶。她再次想起了罗梵，其实她现在已经不再明白她是否爱他，她甚至不再知道她是否真的爱过他，她只知道，此刻，她是如此强烈地愿意去爱他，愿意去爱这样一个也许并不存在的虚空中的人。就是这种虚无之爱看起来反而有了一点意义。她忽然明白，外公说的美与徒劳大约就是指在这种虚无的胁迫中，仍然相信会有某事物到来和发生，宣布并非一切皆尽。

她挪开那只手说，我们聊聊天吧。那只手挣扎了几下便也讪讪退去，两个人像两条沉船一样搁浅在黑暗中。她起身打开台灯，一束灯光斜斜追过来，流淌在他们身上。她取出外公的《松林夜宴图》让他看，你不是喜欢看画吗，那你看看这幅画，在画里你能看到什么？男人的两颗兔子牙在灯光下一闪一闪，他不假思索地说，就是张山水图吧，三个老者在一起弹琴喝酒，传统的文人雅兴嘛。她说，不对，你看这三个人一起喝酒一起听琴多么快乐，可是我外公他们当年在白虎山上根本没有什么吃的，那里只有一望无际的黄沙。

男人说，这还不好理解吗？就是因为挨过饿才会想象出这么快乐优雅的生活，艺术不都是高于现实的想象嘛。她说，我外公总是告诉我，他和另外两个同伴的关系非常好，喏，你看，我觉得画里的这三个人其实画的就是我外公和他那两个同伴。他说后来那两个人都回家乡了，只有他一个人留在了西北，他说他每年过年都要给那俩人寄去西北的土特产。他去世后我在家里还翻出了厚厚一沓邮寄包裹的单据，全是寄往两个地方的，无锡和岳阳。但是，每一张单据都是被退回来的，上面写着查无此人。可是，奇怪的是，明明被退回来了，到下一年他居然还是要给他们寄去包裹。

这次他犹豫了片刻才说，是不是那两个人早就去世了，只是你外公不知道，所以还要给他们寄东西……这也不对啊，邮局给他退回来就说明人已经去世或者搬家了啊，难道你外公的神志因为年龄已经不清楚了？他其实根本不知道那两个人到底是死的还是活的？我明白了，我可是有心理学硕士学位的，你听我说啊，是不是这样，你外公还一直给他们寄东西，是因为那两个人是死的还是活的其实和他根本没有一点关系，他要的只是相信他们还一直活着。也就是说，那两个人其实只活在他的脑子里。他需要他们活着。他这么需要他们活着，那原因很可能是，他太思念他们或者是对他们太愧疚。

她说，我后来去问过人，他们农场当年的二队就活下来我外公一个人。如果是这样的话，他那两个同伴其实在白虎山上就已经死了。

男人一惊，早死了？那就是说，你外公不会不知道他们死了，却还要给他们寄东西。那很可能是因为他对他们太愧疚，但又无法弥补，所以患上了一种心理学上的幻想症，就是他会幻想他们还活着，给他们寄东西则是为求得自己内心的安宁。会不会是你外公当年害死了他们？

男人的目光和她忽然对视了一下，里面闪过一丝阴凉的寒战。两个人忽然都不说话了，都觉得分外寒冷。正是午夜时分，没有月亮，窗外只有几颗寒星在闪烁。那束灯光惨白地追打着画中三个长发白衣的老者，其中一个弹琴长啸，另外两个对酒当歌。盯着看久了，恍惚便觉得画中的三个人动了起来，只是不知道他们下一步将怎么动，将怎么做，只是觉得他们如此诡异，如此令人害怕。李佳音伸出手去，啪一声关了台灯。画中三个人齐齐消失了，床上的两个人则重新陷入了黑暗。窗外的星光更加璀璨寒冷。

李佳音的声音在黑暗中慢慢慢慢地往一个深不见底的地方爬行，你说，人饿了会怎么样？我是说很饿很饿饿极了的时候……会怎么样。

人很饿了会吃树皮吃草根吃土吧，总之只要能吃的都吃，人饿极了是很可怕的，就不太像人了。小时候听我奶奶讲过，她在村里见过饿极的穷人吃自己家的草席，就像牛一样干嚼下去。还听她讲过村里的右派们当时专门捡马粪，因为马粪里有许多马没有消化掉的豌豆，他们把马粪淘洗几次，淘出其中的豌豆来煮了吃。还听我爷爷说他们一九六〇年挨饿时吃过一种汤粉，是用草籽熬的汤，把那草籽煮着煮着，水就变成了青白色的粥，看起来很像淀粉汤，还能拔出丝来。我爷爷说，这个汤一定要放凉之后再吃，凉了就变成一团一团的面筋，那东西是嚼不烂的，只能咬成一块一块咽下去。吃一顿能挺三天，因为那东西是不消化的。但如果趁热喝下去，就会结成硬块堵在肠子里无法排出去，人就会被胀死。还听说当年有个饿极了的人一口气吃了二斤炒面，结果胃彻底不蠕动了，无法消化，人被活活疼死了。

你说人饿极了的时候在想什么？

什么都不想，就想吃什么，人都有求生本能啊。对了，我还曾听说过一件事，那是六十年代的事了，有一个人因为成分不好被抓了起来，在监狱里待了两年就死了。他临死前曾给他母亲和哥哥写过一封信，信的内容很有意思，真是作家们都想不出来的。信是这样写的。

妈妈：

我实在饿坏了，快给我送点吃的来吧。我要馒头、大米饭、菜团子、大饼卷油条、肉包子、炸酱面、炸鱼、炸虾、炸果仁、煮螃蟹、炖肉、炒鸡蛋、烧豆腐、锅贴、饺子、糖包子、炒虾仁、爆肝尖、葱爆肉、酱牛肉、猪头肉、回锅肉、麻花、炖鸡、炖鸭子、炖肘子、炒肉片、煎饼、烩饼、烩大肠、红烧羊肉、红烧牛肉、红烧猪肉、红烧鸭子……如果没有，提两个糖饽饽来也行。快点吧。快点吧。求求你了。

你说……人饿极了的时候，还可能……做什么？

什么都可能。历史上记载的那几次大饥荒里，人饿极了做什么都有？

……

与挨饿相比，画画算个什么。这一定是他后来一边回忆往事一边画的，给自己的当年留个纪念嘛。这很正常的，你怎么对它兴趣那么大？对了，我的情况我已经大致告诉过你了吧，我现在在一家公司上班，贷款在郊区买了套房子，有辆帕萨特。可以聊聊你自己吗？你也知道的，现在的人都很务实，都没有多少耐心去恋爱了，我也不想谈多久的恋爱，太累。我不知道你想不想结婚，我是挺喜欢你身上这点艺术家气质的。嗯，我也不嫌弃你没有北京户口，人不能那么务实对不，我不说过吗，我喜欢你身上那点气质，有点像女艺术家。我在北京奔波了这么多年一直安定不下来，现在奔四十岁了，有了点条件，真是想找个人安定下来了。哎，如果我当年不辞职也许早就结婚了，也许早有了一官半职，也许现在孩子都上小学了。不过人哪能看到自己的下一步会怎么样，永远都看不到的。

外公活着时总是鼓励我要去爱那些美而徒劳的东西。我以前其实一直不明白。

你说什么？

没说什么。

“而今夜光阴皎洁。我不适宜肝肠寸断。”

九

这晚之后这个叫刘文波的男人便消失了，再没有和她联系过，就像他出现之前一样，再次在人群中无影无踪了。

时间还是地铁里和地铁外的，一截两半，地上和地下，春天与冬天，桃花与白雪，月亮与夕阳。朋友只剩下了白小慧，她仍然像尊金刚一样守着自己的房子与刚出炉的面包，定时出现在李佳音的菱花地板上。这天她手捧着几只金黄的牛角面包又站在李佳音的一大堆鞋子里，四季的鞋子五颜六色，形态各异，如一块小小的植物园。她失望地对李佳音说，你真要这么一个人过下去？两个人总比一个人好吧。你生病了怎么办，老了怎么办。我好歹还有个自己的房子呢，你说你有什么。我看那男人除了两颗门牙大了点，别的条件也还说得过去。

那转让给你吧。

看看你说的什么话。哪天我真的找人结婚了，不能总来看你了，看你一个人怎么办。其实有时候我觉得找人结婚的话找谁都一样，找了谁还不是一样要看到作为人的猥琐，一样要失望，一样要后悔。

暖气很足，屋里有些热，她放下面包去开窗户。这才发现不知从什么时候开始外面下雪了，两个女人把头挤在一起看窗外的雪。雪越下越大，好像整个北京城都要消失在茫茫大雪之中了，连同她住的这栋老楼也要连根消失了，只剩下这扇遗世独立的窗户，像只热气球一样飘荡在空中，载着两个异乡的女人一起看雪。

这个冬天李佳音在北京的街头再次看到了常安，只是她已经留起了一头齐肩的乌发，或许，她想，她戴的只是假发。她们在人群中只短暂地对视了一眼，在她还来不及把她看清楚，也还来不及和她打个招呼的时候，常安已经匆匆走过去，消失在了人海中。李佳音循着那个方向急急追过去，想把她再找出来，可奇怪的是，常安的背影已经消失得无影无踪了，好像她根本就没有出现过。李佳音在那里站了很久很久，仔细地辨认着身边来来往往每一个人的面孔。都不是常安，都不再是常安，都不可能是常安。夕阳照着路边的积雪，整个世界忽然看起来晶莹剔透，宛如童话。她站在那里反反复复只想起常安说过的那一句话，可是我最怕的是我的老母亲，怕我母亲看到我那些作品。

她站在冬日的夕阳下，当着来来往往的陌生人群，忽然就泪如雨下。她这才发现原来她竟是如此地高兴，如此地放心。是的，她终于可以放心下来，终于不用担心某一天晚上走在北京的街头时，一个翻找垃圾桶的光头乞丐忽然转过脸来，那张脸却是常安的。

她愿意为此在大雪与夕阳中痛哭一场。

“我不停地跳，桃花不停地落，雪花不停地飘。结局处，我一定伏在地上，风拂动长发。”

她离开宋庄后第一次给郭一原打电话。郭一原的声音像他的人一样，高瘦倨傲地立在电话里。他说，你说常安啊，她一年前就离开宋庄了。离开之前她搞过一次轰动一时的行为艺术，为此被拘留了两个星期，放出来后就离开宋庄了。离开宋庄前她和画家们道别，说如果她还活着，她欠他们的钱就总有一天会还。如果她死在宋庄外面了，就请兄弟们原谅她吧，她绝不说有什么来生再还的话。然后她拎着一个小包就走了，此后就再没有了音信。你不说我都不知道她是死是活。不过听你说她现在终于不再是光头了，我也真是替她高兴啊。还有个消息，我正犹豫要不要告诉你。罗梵回来了，他没去法国英国，倒是又回到北京了，但回来了也没有和任何人联系。是前几天一起吃饭时听我朋友说在朝阳的一个文艺酒吧里看到他在那做行为艺术，我这朋友还奇怪，想罗梵这把年纪了怎么也去做行为艺术去了，表演完才知道原来他是为了卖自己的画。搞得像募捐似的，据我朋友说问津者也寥寥。你说他这个人，在美国和那有钱女人在一起好好的，人家又欣赏他的画，他却一定要回来。

她听到自己声音干燥，没有一点水分，像踩在落叶上一样，听起来沙沙作响，她说，我最近一直在想，人在最饥饿的时候会做什么。

老九这个人啊，有时候我想起他的时候心里又是难过又是高兴，我高兴这年头还有他这样的人，我也难过这年头还有他这样的人。

你说，人在最饥饿的时候会做什么？

听说他在酒吧做的行为艺术的名字叫《献祭》，他在自己那截断指上装一截假指头，再当众掰断假指，露出断指的创面给人看。在澳大利亚就真有一种手指切除的古老仪式，手指切除代表着最高形式的献祭，我猜他是从这里取的名字。可是你觉得坐在酒吧里的那些人能看懂他在说什么吗？人家还以为他在玩魔术。

你能不能告诉我，人在最饥饿的时候到底会做什么？

你知道他为什么需要断指？因为只有通过自残，献祭这样庄重的事情才会失去它纯粹表演的特点，不至于显得滑稽。

你说人在最饥饿的时候到底会做什么？？？

一定要问吗？你外公的那幅《松林夜宴图》不是已经告诉你了吗？

……你说，人在最饥饿的时候，为了活下去，会不会——？

你为什么非要一个答案呢？为什么一定要往里面看呢？他画了三个老头在松下弹琴喝酒你就相信他们只是在弹琴喝酒就行了。这就足够了。你为什么一定要找出你外公留下的这个谜底，他在死前把画留给你是因为他知道再没有机会告诉你了，可是他也许并不希望你能找到这张画的谜底。

……你是说人可以想象出真相，也可以忘掉真相。

你要知道，并不是真实的历史造成了现在，我们生活的现在其实是由部分人的权力和部分人的记忆造成的。真的，无论发生过什么，无论真相是什么，人类其实都应该感谢自己的理性，那点理性让我们情愿相信这谜底不是真的。那点理性其实就是住在我们身体里的神。

……

记住，人是会遗忘和原谅的动物，不然在这世界上只是作为动物都是生存不下去的。生存尚且如此，生活就更艰难。

……

李佳音在一个深夜烧掉了那幅《松林夜宴图》，然后病了一场。生病期间，白小慧每天来给她送饭，她说，你看看你看看，让你结婚是害你吗，生个病都没人管你吧，除了我。李佳音蓬着头发歪在床上并不说一句话，阳光在她身上踽踽行走，她看起来像株失去了水分的植物，分外苍白柔弱。

病好之后李佳音便开始四处寻找罗梵。这是她所能找到的对她最有意义的事情。她找到朝阳那家文艺酒吧的时候，罗梵已经从那里离开了，不知去了哪里。他做行为艺术的那张海报刚刚被撕下，弃置在墙角。那是一张喷成红色的海报，看上去血淋淋的。中间有一只空白的手的形状，大约是喷颜料的时候就把手放在那里，喷完之后便在那里留下了一只手掌的图形，仔细看会发现，这只手掌上的小指是残缺的。

李佳音到处寻找罗梵，四处向画家们打听他的消息。白小慧试图阻止她，你找他干什么，你真的找到他又有什么用？他会和你结婚吗还是你会和他结婚？就算是他愿意和你在一起，你就真的敢和他在一起吗？你应该远远逃离开这个男人，越远越好。

李佳音说，什么都要讲有用吗？我没有说找他就是为了要和他在一起。

她去所有罗梵可能出现的酒吧、展览馆、画廊去找他。她一个地方一个地方地寻找着关于他的任何一点点痕迹。此刻，她已经不愿知道什么是好的生活，什么又是坏的，什么是可喜之物，什么又是反物质，什么是事情本身，而什么又是事情的消亡。它们看起来彼此相似，如孪生姐妹，而她已经不愿意再对它们加以区分。

有的地方罗梵确实来过，来卖他的画或者来做他的关于断指的行为艺术表演。他听起来正在渐渐地面目模糊，像一个艺术家，像一个小贩，像一个杂技演员或者魔术演员，像一个新石器时代的大祭司，像一个乞丐，像一个剑客，像一个刚刚从外公画里走出来的长发白衣的神秘老者。

她寻迹找到海淀一家小画廊的时候，罗梵刚刚离开，他好像事先就知晓了她要来，总是在她找到之前就提前一步离开，可是，他们已经多年没有任何音信，他应该不可能知道她在找他。她问画廊老板，你这里有罗梵的画吗？老板摸着手里的紫檀手串笑道，听别人言语，这哥们儿先前在画家圈里也是一大拿，身边还果儿从不断，前些年去美国溜达一圈又回来了，今儿个画儿老是趸不出去，都不能行人事儿了。这倒好，连妞儿都省得泡了。现在倘乎谁跟大街上一口一自个儿是艺术家，八成被人当成癔症，或是动物园里撒出来的大马猴儿。平日里进项没多少，还得勒紧裤腰带过日子，不够跌份儿的，又面啖。但有人自个儿不觉得啊，还贴脸上嘚瑟。

她继续在整个浩大的北京城里找他，她对他的寻找看起来越来越荒谬，像是鱼之走路，岩石之歌唱。而与此同时，这座城市，这周围的整个世界在她眼里越来越像是一大群用奇妙的手之舞打着手势的聋人，大家都在同时说话，手指飞舞、剁切、拉展、缠绕、指着、摸着，惊人而美丽，喧哗而可怖。然而她还是继续，她像条长着翅膀的大鱼一样从他们上方赤裸的空气中游过，波光粼粼，溯游从之。

白小慧恨恨道，真的没有人会在乎你是什么样的人，多你一个少你一个都没有关系，你只要过好你自己的生活，这就是一个利己主义的时代。你能不能像我一样，开始为自己买套小房子的首付着想，你能不能现实一点？听我的，自己有个房子的感觉和没有房子真的是不一样的。

她又兀自从白小慧的上空游过。这么多年里，她从没有过这种失去了恐惧之后的任性与骄傲，从没有过这种生活失重之后近于荒谬的喜悦和轻盈。她对她即将看到的东西越来越确切、清晰和渴望。

她已经不再去想那幅《松林夜宴图》，但她却越来越感觉到外公离她如此之近，她都能如此清晰地看到他脸上的每一根皱纹，每一个毛孔，能如此清晰地看到他活在世上每一天的痛苦和恐惧。他对她想说的太多太多，她明白，她都明白。她看到了他身上最可怖的那一面的同时，却愿意像他的祖母一样，泪流满面地抱紧他，告诉他，都已经过去了，忘了他们吧，你们的血肉合为一体，你便也为他们活过了这人世间的每一天。外公，放心吧，我们会忘记的，我们终究还是人类。

她要找到罗梵。她必须去寻找罗梵。他们之间有太多的话还没有来得及去说，就像她和外公一样。然而罗梵似乎真的感觉到了她对他的寻找，每次都是在她即将找到他的时候，他便再次消失不见了。她几乎找遍了所有能找到的画廊，没有一家画廊里能看到他的画。那也就是说，他一直在被拒绝。又听到更多的同行说看到了他的行为艺术，他把掰断的那截假断指种进一个花盆里，再在花盆里种上植物。他那截多年前的断指似乎此时才真正隆重地登上了舞台，在一次又一次的表演中越发娴熟。

频繁的外出请假引起了公司老板的不满，她便辞去了公司小职员的工作，专门寻找罗梵。白小慧为此差点要和她绝交，她痛心疾首地说，你还有没有一点理性？你看看你到底在做什么，连收入都没有了你靠什么生活？

她不理会她，她仍在寻找罗梵，她四处向那些曾经在宋庄待过的画家们打听他的消息。那个姓焦的画家后来也离开宋庄，在东城开了一家小装饰公司，后来是他告诉了李佳音一点关于罗梵的下落，我也是听别人说的，情况不一定属实，罗梵在慈寿寺那边表演过几次行为艺术，前些日子他好像在那边被车撞了一下，还进医院躺了几天。据说他这已经不是第一次被撞了，已经进过两次医院了。所以还有一种说法就是，他其实不是被撞的，是自己吃不起饭去碰瓷的。多年没见到他人，他和谁都不联系，我也不清楚，但说他碰瓷我还真不愿意相信。他这个人啊，其实随便画点什么还赚不了钱？给人画广告牌子都成啊。

“草木有大命，枯而又荣，荣而又枯。相信我，我从此可以无限地活着。像喜鹊永安于大地之心。”

十

她看到罗梵已经开始走进外公的画里了，他正在变成画里的第四个长发白衣人，和其他三个人一起在血一样的大片玫瑰花丛里品茗下棋。一起在杏花如雪中独立小桥。一起醉卧月夜松涛下，抚琴长啸不知今夕何夕。

她每日去慈寿寺附近寻找罗梵，她在大街上贴出了寻人启事，她问路边碰到的每一个人，有没有见过罗梵，一个把掰下的断指种到花盆里的艺术家。有人说见过，有人说没有见过。她一天天地来到这条街上寻找罗梵，看到一群人围在一起就心跳加速，等到挤进去才发现是两个老头在下棋，其他人在围观。一天天过去了，她始终没有见过罗梵。然而这一天，她正在路边看着来往人群的时候，忽然看到一个高瘦的中年男人正在车来车往中猛地横穿马路。她一怔，忽然站在那里下意识地大叫了一声，罗梵。那男人猛地回头，看到她的时候他愣了一下，她看到了，他站在马路中间愣了一下，但那只有短暂的一秒钟。她想，他真是罗梵吗？为什么她连他的脸都看不清。然后，在她还来不及向他走过去的时候，那男人已经回过头去，用尽全力地朝着一辆正开过来的银灰色丰田撞去。他整个人都飞了起来，像只黑色的大鸟。

“一个越来越老的人啊，往事越少越好。走的时候，我会深深鞠躬。他若哭泣，我就把这眼泪当作相认。”

一阵像把神经撕扯开的紧急刹车声，丰田几乎像匹马一样前蹄立了起来，但那个撞上去的男人已经脸朝下趴在一片血泊中。

警察赶来做笔录，问司机和行人，身上没有证件，碰瓷的？还是自杀的？谁看清楚了？李佳音哆哆嗦嗦地看着躺在地上的男人，血还在从头部汩汩涌出，把他的整张脸都遮住了，以至于她无法确认他到底是不是罗梵。她害怕他不是罗梵，却更害怕他是罗梵。

围观的人们正在渐渐散去，这时她在围观人群的脚下看到一个旧速写本，不知是谁掉在这里的。她捡起那本子，翻开，纸张已经发黄，一页一页地看过去，里面全是铅笔速写。古明州的百川映月，各种亭台楼阁，月湖中随潮涨落的水则碑，粉墙黛瓦下的月光竹影，秦氏古戏台上流光溢彩的金色穹顶。还有一张是雨中的小巷，一条湿漉漉的青石板路，路边有一棵香泡树，一只熟透的香泡已经沉沉坠落在青石板上。一扇雕花的斑驳木门紧紧闭着，门前有一口莲花缸，缸里浮着两朵睡莲，莲下是一抹安详诡艳的鱼影。莲花缸的旁边，立着一个女子的背影，只是一个背影。画的角上落了一个时间，1995年7月2日深夜。

画中的女子静静地站在雨中，不知在那里等待什么。

光辉岁月

一

冬至这天大雪初停。

不知谁家店铺又在踏雪开张，鲜红的鞭炮屑溅在白雪之中，血滴般真挚。一只大喜鹊乘着一道黑白的弧度冲下来，在雪地里小心翼翼寻找着食物，留下两排白骨般嶙峋的脚印。鸟爪，炮屑，白雪，在这个冬日的黄昏里一起烈烈燃烧。天尽头是大块大块铁灰色的云朵，如一座浩大的堡垒耸立天边，预示着另一场雪将在午夜到来。

梁姗姗手搭凉棚看了看天边巍峨的云堡，这铁灰色的堡垒正镇压着人间的这座小城，使这小城看起来颓败羸弱，好像已经在这里被流放了一千年。小城里错落着新拔起的酱红色楼房，灰色的低矮平房，还有大片早已被废弃的工厂，二十年前这里曾是人声机声鼎沸的繁华之地，后来在一夜之间，这些工厂吐出了所有的工人，此后渐渐沦为无人的沙漠。只剩下杀气腾腾的野草和诡异的蝙蝠，静静吞噬着钢铁的机器。小城中央有一座没有来得及拆掉的牌坊，朱漆斑驳，苔痕青润，斗拱间住着几代燕子，不知是哪个朝代留下来的。破旧的牌坊后面，便是这座新建起来的超市。

超市老板是外地人，刚把超市建在交城县的时候，便把当地的很多小商店挤去了生意，店主们一度每天跑到县委门口告状，想把超市赶走，但因为超市价格相对便宜，终究还是挡不住每天拥进超市的人们。超市老板每天变着花样推出几样特价商品，人们便排着长队去哄抢那些特价的东西。再到后来，为了能抢到特价商品，离超市开门还有两个小时，老头老太太们就已经在门外排起了长队，只等门一开就往进冲。

没有早自习的时候，梁姗姗也挤到超市买菜。她几乎每次买菜都会在超市里遇到一个老头带着一个脏兮兮的小孩子，他们会在卖零食的地方停下，假意挑拣一会儿，老头会让小孩尝点果脯杏仁什么的，尝完了老头大声说，不好吃吧，我就说不好吃，快走吧。便拉着小孩走了，过了一会儿，他们会像两辆轨道上的火车一样再次徐徐靠站，又一次停在零食前面，小孩会假装刚看到果脯，两眼放光，趁人不备，再往嘴里塞一把。他们会整整一上午就这样盘桓在超市的每道褶皱里，吐都吐不出去。梁姗姗还见过一个肥胖的戴帽子的中年女人买了一袋苹果，付钱的时候，掏出的全是一毛钱的零钱，皱巴巴的灰色零钱像蚂蚁一样爬满收银台。女人挥汗如雨地数那堆零钱数了很久很久，以至于等在后面的梁姗姗都快睡着的时候，她终于数完了最后一毛钱，把那袋苹果甩到了自己肩上准备离去。在她转身的那一个瞬间里，梁姗姗忽然注意到她低低的帽子下面只有一只眼睛,另一只眼睛是个皱巴巴的黑洞。独眼里的目光警惕而锋利，这使她看起来周身有一种绝望卖力的东西。

有时候需要买大袋面粉的时候，双美丽便选个黄昏时分和她一起去超市。自从梁帅帅进了监狱之后，买面粉这类事便落在她们身上了。现在他已经在监狱里待了一年,等到来年三月,就可以出狱了。梁姗姗和双美丽抬着面粉袋子刚站到牌坊下面，便有七八辆红色的三轮车像群苍蝇一样从雪地里拥簇过来，车夫们坐在里面眼巴巴地瞅着她们，都希望她们能上自己的车。双美丽站在雪地里开始砍价，去却波街几块？

三块。

她把头一昂，两块。

两块去不了啊。

她把脸扭向另一个三轮车夫，两块，走不走？梁姗姗过来拖着她，想强行把她拖进其中的一辆三轮车里。然而她力大无穷地甩掉梁姗姗的胳膊,抱着面粉袋,岿然站在原地比画着两个冻僵的红指头,就两块，走不走？

梁姗姗气急败坏地一个人试图把面粉袋拖走，脚下一滑，差点摔倒在雪地上。她羞愧地向那些车夫们解释着，去却波街什么时候两块就能走。然而这时候，双美丽已经成功砍好了价，一个车夫答应了两块的出价。两个人合力把那包肥白的面粉先扔上车，面粉袋泰然占去了一个人的位置，母女俩只好挤成一团。车窗玻璃外面挂着厚厚的霜花，车里倒不冷，没想到三轮车里居然还生着一只袖珍型的蜂窝煤炉，还有一支细细的烟囱从车顶上捅出去冒着烟。

双美丽使劲搓着两只红得剔透的手，在车里还生个炉子啊？你这发明都能申请专利了。

不生怎么办，这又不是人家小汽车有空调，一天到晚坐在里面，手脚都要冻掉了。

一个月能挣多少？

也就几百块钱吧，现在的钱不好挣啊。可是多的挣不了，少的也要挣啊，不然全家人喝西北风去？

这几年的钱真是不好挣，原来的那些工厂企业早都倒闭了，这两年听说连洗煤厂和焦煤厂的效益都不行了，估计山里的煤挖得也差不多了。

我原来就是煤矿上的工人，挖了二三十年了，我们那煤矿已经枯了，工人们只能各回各家。你们是不知道那些矿上的头头啊，他们是最早知道煤矿快要挖枯的人，就在煤矿被挖枯之前，他们还在煤矿上又建了两座办公楼，为的就是能通过工程最后捞一笔钱。结果，等新楼盖好了，煤矿也挖枯了，这不，整个煤矿集体放假，那两座新楼一天都没用过就成了鬼楼。我们这些工人也只能去做点小本买卖，可是现在做什么的都是铺天盖地的。卖菜挣不了两个钱，开饭店的开不了两天就都倒闭了。跑出租车的为了省油，一天到晚就在车站边蹲着守着。小老百姓的日子就这样。

双美丽使劲拍拍那袋面粉，好像那里默默蛰伏着一个人的体重，啧啧，你看看超市里的物价涨得哟，你拿一百块钱进去，还什么都没买呢，一百块就没了。也就能买一袋面。

可不是，这超市把周围的小商店都挤垮了，自己再涨价，你能把它怎么样，总不能不买面不买米了把嘴吊起来。

如今的钱真不好挣哟。

可不是……到却波街了。

下车的时候，梁姗姗还是把三块钱塞给了车夫。一看外面果然又飘起了雪花，便又悄悄多塞给车夫两块钱。车夫刚准备说谢，她连忙冲着他悄悄摆手。三轮车头顶上的烟囱冒着烟，像节火车头一样在雪中蹦蹦跳跳地走远了。两个女人就着邻居家喜洋洋的红灯笼，弓着腰把那袋痴肥的面粉往回拖。

却波街上有十几户人家，多是些卖粮油的、开货车的、开理发店的、开小杂货店的、开五金店的、下岗工人、退休小学老师。刚到冬至，对门邻居家就迫不及待地挑起了两盏红灯笼，一副打算提前过年的样子。灯光泼在雪地上猩红如血，有大片的雪花不时葬身进去。邻居家住着个老鳏夫，一年前死了老伴，一双儿女都已成家，怕老头寂寞，便从附近村里为他搜罗来一个精明能干的寡妇，模样周正，腿脚利索。名义上是请来的保姆，实际上是来接替死者续弦的。一双儿女又怕老头的财产被寡妇劫走，虽说老头年过六十，但枕边风的威力还是不能不防。便像一双家长一样替他们立了规矩，只许同居，不许老头和寡妇领结婚证，每月发给寡妇八百元的服侍费，寡妇如果想给自己添置点什么行头，必须打书面报告提出申请。谁让她是乡下人进城呢，如今村子里的人十个倒有八个挤进了城里找工作，租在城里人的屋檐下，情愿在城里摆地摊都不愿回村里种地。因为种地分明是在赔钱。前几年是没人愿意种小麦，现在连玉米都没人愿意种了。

看来是那双儿女不在，老鳏夫又实在按捺不住庆祝自己续弦的喜悦，退休前好歹还是个小学老师，毕竟心里埋着一两寸情怀，便趁着雪夜挂出两盏红灯笼直抒胸臆。

两人费力地把面粉安置进院子里，双美丽站在雪地里的枣树下掸落一身的雪花。院子里有一棵枣树一棵葡萄树，冬天的葡萄树早入了葡萄窖冬眠，此刻的葡萄窖被埋在大雪之下，看起来像座安详的坟墓。枣树早已落光了一身的叶子，在冬夜里铁画银钩，带着冰凉的侠气。双美丽一边掸着肩上的雪花一边开始低声嘀咕，你花钱可真是越来越大手大脚了，两块钱能到怎么就非得出三块钱？你自己一个月工资能有几个钱，还不说省着点花……

不知从什么时候开始她就变成了这样，连数落她的时候都是轻声嘀咕着，倒更像是躲在一个角落里偷偷自言自语，生怕被梁姗姗听见了似的。梁姗姗抓起扫帚茫然地在雪地里扫了几下，说，下雪天滑得很，他们还得开三轮车也不容易，怪可怜的。

双美丽依旧站在那棵枣树下不肯进屋。直刺向夜空的枣树看起来像肃穆的教堂尖顶，喑哑，笃定，阴森。看样子她今晚一定要说点什么，这些话可能已经被她发酵了不短时间。果然又听她轻声说，你看着别人都可怜，那谁可怜你了。也不知道你怎么想的，上了那么多年的学把博士都读完了，三十多岁的人了再回县里当个中学老师。不知底细的人还以为你是哪里出问题了。

我自己乐意。

你看看整个县里就你一个博士回来了，别人读完博士就留大城市了，你倒好。这不说，在县里带的班级还每次考试都是倒数第一，你也不怕被人家开除，还要每天没事干买了火腿肠偷偷喂房前屋后的几只流浪猫，买东西人家要四块你非要给五块……哪一样都是你自己乐意的。

双美丽像一件迟钝笨拙的武器久久立在枣树下，梁姗姗感到今晚的她身上有一种崭新的陌生的东西正在徐徐发射。她想，她今晚可能会发怒，甚至，她可能会流泪，会哭泣。知道自己终于要与一样暌隔已久的东西对视了，梁姗姗忽然有些紧张，握着扫帚的手在微微发抖，刚被扫出来的红砖又落了一层毛茸茸的雪花。她已经两年没有见双美丽落过一滴泪了。失去了眼泪的人会变成另一种生物，坚硬，干涸，周身长出厚厚的锌质盔甲，任是什么物质都戳不进去。

两年前，双美丽的失眠症越来越严重，已经到了彻夜不眠的地步，她没日没夜地醒着，自我吞噬着睡眠，这样硬醒了快一个月的时候，她表面上还是原来那个人，内部的机理却悄悄地进行了一轮新的排列组合，她变得越来越焦躁不安，终日在喋喋不休地自言自语，或者没有由来地号啕大哭。医生开出了大剂量的镇静药，说必须通过镇静神经才能控制失眠，而且要长年累月地服药。

长期服药的结果是，笨重而机械的人造睡眠被整整齐齐地切割打包，再整块整块镶嵌进她的夜晚。每晚服药半个小时之后，巨大而浓黑的睡眠便如一架宇宙飞船准时降落下来，她打着呼噜独自轰然闯入睡眠，窗外打雷也听不到分毫，好像她已经独自沉到了很深很深的海底，任是谁也别想把她打捞出来。随着睡眠的稳固、夯实和牢不可破，她的情绪也开始变得单调得可怕，她不再激动，不再发火，不再焦虑，不再恐惧，甚至不再流泪。她脸上终日只剩下了种平静到寸草不生的表情，如一只没有装饰的家具静静立在墙角。

一个失去睡眠的人是可怕的，但一个失去眼泪的人的可怕程度并不亚于前者。就是说，她们看上去都不大像人类，更像是由人类繁衍变异出的另一种近亲。

自从双美丽不会流泪之后，梁姗姗便总是怀念起从前的双美丽，从前的双美丽虽说性格急躁冲动，但毕竟有血有肉，说哭就哭，说笑就笑，真实可触，她又心性要强，处处怕输给别人。梁姗姗初三那年父亲就病故了，此后就靠双美丽一个人上班供她和梁帅帅上学。梁姗姗的中学时代永远是中午一回家便看到饭菜已经做好扣在碗里，母亲却已经上班走了。从小到大她不止一次地见过双美丽哭，她见过她大哭，见过她躲着抽泣，见过她哭得最愚蠢的时候鼻涕一直挂到下巴上，还见过她有一次听着广播里的《二泉映月》在搪瓷脸盆里洗头发，长发像水草一样茂盛地长满脸盆，等头发洗完了，才发现她满脸都是泪水。泪水的咸湿与青苹果味的洗发香波绞在一起，使整个屋子里弥漫着一种时光随河流退尽的荒凉与清冽，一切的一切都在刹那纤毫毕现，平静到狰狞的地步。在那一瞬间，她急忙转过身去，泪也下来了。

到后来，睡眠痊愈之后的双美丽忽然就不会流泪了，她像一个被流放到人间的奇怪罪犯，刑法是阉割了她的眼泪，让她沦为一个无泪之人。她几年前已经退休，和从前一样，在家里仍然会终日找活干，忙着做饭洗衣打扫屋子，可是梁姗姗就是觉得她身上的什么地方不对了。她终日面无表情地在她身边走来走去，她的脚步变得很轻，几乎没有分量，简直像在身体里住了一只猫。她即使在表现自己愤怒的时候，语气也像棉花一样平坦蓬松，随时会化掉。她整个人看起来都失去了重心，那就是，她没有了痛苦的能力，没有了一种尖利疼痛的东西撕扯着她整个人往深处坠。这种轻盈和平坦让梁姗姗在开始的时候很是恐惧，她感觉眼前和她朝夕相处的女人只是披了一件酷似母亲的皮囊，里面住着的却是一个陌生的魂魄。

她一度想各种办法激怒她，故意和她吵架，故意说些难听的话，好让她受伤，好让她难过得流下泪来。可是双美丽面对她的挑衅一声不吭，最多只是叹口气，她仍然没有一滴泪。原来的双美丽好像已经被药物侵蚀得片甲不留了，现在矗立在她面前的只是一座双美丽曾经住过的废墟，砖瓦依旧，却只有风声过耳。最让她感到毛骨悚然的是，就在得知梁帅帅被公安局抓走的那天，她居然都没有流下一滴泪来。她只是像一件锈迹斑斑的家具一样窝在那把躺椅上，不说话，也不流泪，只是全身走风漏气地叹气。

那晚有青白的月光之脚鬼魅地行走在窗前，梁姗姗站在窗前想起了幼时的自己和那时的母亲，如果她哪里碰着磕着了，先流下泪来的不是她而是母亲。那时不管发生什么，都知道有母亲在，都知道这世界上有个母亲正保护着自己，就什么都不用怕了。她站在窗前怅然想起了母亲的怀抱和怀抱里自己那婴儿的微笑，她忽然就变得无比愤怒，她转身冲到那把破旧的躺椅前，对着躺椅里窝成一团的人影歇斯底里地大叫起来，你为什么不哭，你现在为什么连哭都不会哭了，你为什么都不哭一声都不流一滴泪？

然而，躺椅里的老妇人只是温驯地沉默地保持着缩成一团的状态，她甚至看到，老妇人在月光下对她抱歉地羞愧地笑了一下，没有反抗，仍然没有一滴眼泪。最后那个号啕大哭的人却是她，等到她终于哭完了哭累了，再抬起头的时候发现，在午夜青白色的月光下，躺椅上的老妇人正一直昂着头看着她哭，她的头高高地干枯地锈迹斑斑地昂起，如神话中昂首吐舌的神龟。它看上去古老，干渴，壳背上生满了青苔，她甚至感觉到了它壳下深不见底的悲伤，可是，它那一抹眼神里仍然没有一丝泪影。没有。

此后，她时不时就会故意挑起一些事端去挑衅她，试图激怒她，逼她流泪，逼她现出原形。可是，她只是一味地驯顺。驯顺。驯顺。在这个大雪之夜，梁姗姗预感到双美丽终于要愤怒了，也许，也许，她今晚终于要流泪了，她即将看起来像原来那个母亲了。她为自己的这一预感感到紧张和恐惧，还有些更锋利更无耻的喜悦，她一边扫雪，一边等待着，等待着。但是，枣树下的那个人影只是呆呆站了一会儿，便平平静静地，无声无息地回到了屋子里。屋里的灯光啪地亮了，窗户挂着霜花，看起来像一种磨砂容器，容器里装着一个已经不再像母亲的老妇人。

梁姗姗不想进去，便不停地扫雪，雪不停落下来，她扫了一遍又一遍，然后，把所有的积雪都堆在了枣树下面，她把它们顺着枣树砌了起来。最后，干枯的枣树看上去仿佛是插在了一只冰雕玉砌的瓶子里，它忽然变得稚拙可爱，似乎在这个雪夜里都可以被插在瓶子里，捧在手心里，可以被注视，被带走，被遗忘。

她在雪夜里久久站着，像个巫师一样仰观天象，预测这场雪的终点。直到双美丽一声悠长的呼唤，姗姗，该睡觉了。

二

她应声回屋，这才发现双脚已经冻麻，笨拙得不像是自己的脚。

炉子被捂上了，屋子里游荡着一层稀薄的余温。双美丽已经坐在床边准备吃药，她捧着一把药片，像一个站在断崖边的人回过头慢慢对梁姗姗说，你明天记得再去买条烟吧……这个月给帅帅送烟的时间到了……被关在里面的人要是再没点烟抽可怎么活呀，听说犯人们烟瘾犯了就捡地上的烟屁股抽，一直抽到烧了手指，可怜啊……再给大宝也买条烟，老是问人家打听监狱里的情况，总得孝敬人家……你听他说，那些犯人们不管老的小的，一大早起来就得到车间里做衣服。一个连针都没拿过的大男人家在里面学会了一针一线做衣服……你说好笑不好笑。

说到这里她竟真的短促地迟钝地笑了一下，好像梁帅帅正坐在她对面埋头缝纫衣服，她甚至看到了他笨拙缝纫的样子。笑完之后是两个人之间突如其来的坚硬沉默，两个人都没有说话。然后，双美丽开始往下吞咽那把镇静药。药片咽下之后她让自己仰面躺在床上并盖上了被子，现在，她躲进了自己的基地里，准备迎接那即将降落的庞大如恐龙的睡眠。

半个小时后，机械的鼾声如期响起，梁姗姗孤零零地站在窗前，从窗花里挖出一个小洞看着外面。雪还在下，院子里扫出的红砖再次被白雪覆盖，在玻璃的窗花里她看到了自己模糊的影子也如一只晦暗的容器。

她隔雪眺望着一九九五年的大学，白云苍狗之间，有旷风吹过，青绿乔其纱下吹起一截桃红衫。当年的宿舍，八张上下铺铁架子床。

床前拉着五颜六色的布帘子。中央一张斑驳破旧的木桌，八个人在上面泡方便面，打牌，抠脚丫。八只还没有长出轮子的行李箱像群残疾人一样被垛在一个角落里。生锈的铁丝上夹的袜子。贴在水房墙上的手帕。五元一支的口红，拿棉签蘸了细细涂在唇上。用摩斯固定卷起的刘海。宿舍楼下的公用电话，宿管阿姨以雷霆万钧之声在楼下高呼，某某某，你的电话，接着是楼道里拖鞋的狂奔。黄色的塑料饭票上写着一元，一元五角。图书馆里写满往昔名字的借书卡，“一九九二年五月七日，王贵彩”。录像厅。回力鞋。健美操。窄腿萝卜裤，偶尔还能见到黑色健美裤，短暂流行的上下一色马甲配长裤，让女生们生平第一次尝到了中性的帅气。

到一九九八年，那时候梁姗姗正在读大四，毕业后工作是要分配的，铁定各回各地，已经几乎没有人去上课。她躺在上铺吃着山楂片读《静静的顿河》《战争与和平》。她的下铺坐在窗前给外地的男友织围巾，用的是灰色马海毛，马海毛毛茸茸蓬一堆，娇嗔地蜷在她怀里，她不时疼爱地打理它们一番，目测一下它们还能织多长。下铺和男友每月通一封信，手写的稿纸蓝色的墨水密密麻麻几大页。有时候她还会在信里夹上风干的银杏叶，玫瑰花瓣，菊花，槐花，蒲公英，一只蝴蝶的翅膀，或是一段白桦树的树皮。

周末的晚上，她随着女生们打扮起来去参加学校的舞会。舞厅就是白天的学生食堂，晚上把桌椅摞起来，把灯管包上彩纸就成了舞厅。女生们在散发着饭菜味的油腻椅子上端坐着，等着有男生过来请自己跳舞，穿着黑西裤白球鞋的男生组团走过来，伸出一只发抖的手邀请各自心仪的女生。男生搂着女生，女生抱着男生，在昏暗的灯光里下饺子一样走着笨拙的三步，四步。互相不敢直视一眼，却是男生手心出汗，女生面若桃花。有时候跳着跳着，众人便会忽然禁声让路，就肯定是那个女王蜂一样的女生携带着她的舞伴杀进舞场了。女王蜂身量高挑，长发长裙，无论春夏秋冬，脖子里系一条红色丝巾作为标志。女王蜂从来只跳探戈，跳的时候目光专注犀利，仿佛爱极了此刻的自己，探戈舞步华丽彪悍，在她们这些小妖面前她分明已是修炼千年的白骨夫人。她的男舞伴恪尽职守，居然搜寻来一件不合身的西服穿着，目光警惕深情，真像极了佩带匕首随时准备刺杀情敌的情人。女王蜂舞步所到之处，众小妖纷纷让步膜拜。

舞会是属于女王蜂的，但梁姗姗们自有她们的快乐。夏天的时候她和宿舍的女生们拿着靠三顿吃馒头省下的钱，一起去布料市场扯布料。各种花色各种质地，纯棉布、冰棉布、人造丝、雪纺纱、色丁缎、乔其纱、奥丽纱、福乐纱、顺纡绉。桃红、翡翠绿、麝香黄、石榴红、湖蓝、玫瑰红、卡其、乳白、嫣紫、姹蓝、绯红、墨绿、橘黄。自己做衣服终究要比买的便宜不说，样子还可以自己设计，倒能别致几分。做衣服余下的布头还可以做个同色系的发带绑在头发上。梁姗姗自己设计了一条葱绿色的百褶裙，校园里罕见的大V领，两条清爽的锁骨浮出水面，从收紧的腰身处忽然礼花一般泻下无数条褶子，羞涩中带一点小女人的傲娇，着实让她在校园里风光徜徉了几日。

不时有男生会喜欢她。隔三岔五便有人派信使(多半是室友)给她送来情书。她虽不回，却也一封一封收藏起来，没事的时候一一都打开摆在面前当几个未完的连续剧来看。看来看去只觉得还是一个叫潘小兵的男生字迹风流潇洒，行文之间也最见华彩。等真的见了人，又觉得他太高太瘦，简直是风一吹就会从中间齐齐折断。又嫌他见她几次都是穿同一件衬衫，可见实在是没有别的衣服来换。但一件洗白的旧衬衣倒让他身上始终带着一种落拓之气，像个百无聊赖的废人，倒也算一种异域的吸引。在某一个晚上，她答应他的邀请，晚饭后一起到校外散步。

她记得那个晚上是满月，他们沿着学校后面的小路一直往前走，走着走着，周围越来越荒凉，野草越来越高，乱石嶙峋，两个人忽然都不敢高声说话了，话越来越少，只是没有目的地，默默地往前走。就在这时候，他们的前面，从天尽头忽然升起了一轮巨大的月亮，月亮焦黄中略带血色，因为夜空过于澄净，竟连月亮上暗色的斑纹都能看得明晰如画。它那么辉煌那么澄净地挡在他们面前，以至于让他们觉得，自己每走一步，都是朝着那月亮里走去，沿着这条路再往前走，他们就一步跨进这月亮里去了。就是天上人间，就是最狂野与最旖旎之所在。

她奔着那轮月亮只顾往前走，好像里面有一种巨大的离心力正吸着她，要吞了她，不觉已是一脸泪水。走在旁边的潘小兵也眼眶潮湿，走着走着忽然便抓住了她的一只手，她没有拒绝。继续往前走，两个人脚步都开始踉跄，潘小兵忽然伸出手来把她抱在怀里。

他们开始恋爱，中午一起去食堂打饭，下了晚自习一起在校园里散步，一见到黑暗的角落就钻进去接吻，直到要把对方的舌头咬折吮掉。或者是拥抱，几个钟头几个钟头什么都不做地抱在一起，最了不起的就是他把手伸进衣服里寻找她的乳房，劣质的胸罩下，小小的乳房摸上去寒凉而惊惧，像是上面布满了心脏，手到之处都是心跳声。总之都是一些免费的事情，谈一年恋爱下来都花不了几块钱。

等到大学毕业的时候，她被分配到一家大型国有钢厂的宣传科做干事，潘小军则被分回安徽原籍的一所中学。经过一番挣扎她决定放弃潘小军，她说服自己，一个公家的稳定工作远比一次恋爱重要。有一份这样的安稳工作，一辈子的生活就基本有保障了。不然在这个世界上什么是可靠的？她想起父亲临终前生病的那一年，经常靠两块豆干下酒，直到把自己喝醉。他喝醉会耍赖，把椅子掀翻，自己倚着墙坐在地上大声痛哭，像个小孩子一样把衬衫的前襟哭湿一大块。她听见他经常一边哭一边重复着一句话，被骗了，我们都被骗了，我们这些人就是被骗了……我十四岁就被叫去参加大串联了，什么都不懂，学也不让上了，就从我们村一路走到省城，扛着红旗，就带着一卷褥子一把炒黄豆，最后走得两只脚板下面都是血……工人阶级当家做主……呵呵呵呵呵，呵呵，就是被骗了啊。

离校那天，潘小军到火车站送她，火车站到处是毕业痛哭的学生。两个人隔着绿皮火车的车窗洒泪道别，她嘴里说，写信啊，一定要写信啊。心里却明白，这一别就再不会见面了。

大学四年里给她写信的还有一个人，就是梁帅帅。梁帅帅比她早出生三年。一九九二年高考落榜，顶替死去的父亲名额进了木器厂。一九九五年木器厂宣布破产倒闭，梁帅帅二十二岁的时候随其他职工一起下岗失业。

她大一寒假回到家里，他已经赋闲在家，不出门，很少说话，终日窝在沙发上看那台破黑白电视机。他脸上带着死去父亲的轮廓，鼻子，嘴唇，让她觉得他离父亲是那么近，以至于她想走近，想靠近他，就像靠着父亲的遗骸，靠着他拿命偿还给人世间的乌有。可是，他窝在那里变得日益痴肥，裤子只能拉到胯骨处，上身穿着一件早已变窄变瘦的毛衣，一截肚子露出来悬挂在中间，像装满食物的袋子一样左右摇晃。她站在窗前，一缕冬日的阳光越过罐头瓶里的白菜花，迟疑地落在沙发上，她有些厌恶地看着他努力想躲藏的肚子，她还看出他有些害怕。是怕她，就像害怕一种比自己更庞大的生物。

她终于把脸别向玻璃外面的冬日，不是抗拒，而是不忍。

四月，桃花尽处飞纸鸢的时候，他给她来了一封信，告诉她他要与人合开一个小饭店，他说小县城里还没有这样好玩的饭店，饭店里会卖五颜六色的炒米饭，还会卖很多好看的饮料，等她暑假回来了就来吃炒米饭喝饮料。六月，石榴花开透帘明的时候，他又来信说饭店开不下去关门了，他们几个合伙人的钱都赔进去了。在信的最后他说，能不能先借给他一百块钱，他实在不好意思问母亲张口要钱，还求她一定不要告诉母亲。

她没给他回信，一个字都不回，却当天就通过邮局给他汇过去一百块钱。

当天晚上她又梦见了父亲，她不知道自己在哪里站在什么地方，却知道视野里的一定是父亲。她远远看着他的正面他的侧面他的背影，看着他生他老他病他死，却始终无法靠近他一步。

半年后，他又来信，说他要开个小装饰店，说他学会了用塑料花、泡沫塑料、小彩灯和零碎的水银玻璃做一种好看的摆件，已经有好几个人问他要了。他信里说他要创业，他一定要用废品材料做出县城里最流行的装饰品。最后，在信的末尾，她看到他匆忙地简短地问了她一句，能不能先借给他两百块钱，他要开店的钱还不够。她知道他之所以说得那么简短急促，是因为他害怕，因为他是使劲屏着呼吸，就像一个潜在水里的人提着一口气写完这句话的。

到过年之前，装饰店就因门可罗雀而很快关闭。当时学校正放寒假，她去店里帮他搬东西。巴掌大的门面店里没有生炉子，塞着一团固体的寒冷，地上、桌子上到处是零碎的五颜六色的塑料花，盛开在这个冬天。还有满地大小不一的碎玻璃片，从每一块玻璃里都能看到一双她自己的眼睛。像一个奇异的荒诞的春天的现场。她听到他在她身后轻声嗫嚅着，钱以后我会慢慢还你的，等我做出一点事情来，你别告诉咱妈啊。

大学四年里，她最恐惧的事情就是收到他的来信，一看到又是他寄来的牛皮纸信封，她便一阵不寒而栗。信扔在窗台上一天，两天，三天，仿佛这样它就会自行渴、饿，自行消散，自行死去。晚上她梦见了他，他们抱头痛哭，像在悼念一场共同的死亡，却看不到彼此的脸。第二天一早她便把窗台上的信拆开了，被拆开的信像一只被剥了皮的兽，瑟瑟地血淋淋地蜷缩在她面前。与那只兽对视良久，她的泪还是下来了。

三

炉子里红色的炭火更暗淡了些，那点红在漆黑的午夜正向一种深不见底的幽暗处落去。双美丽机械整齐的鼾声如坦克碾过整个房间，熟睡的她不知道此刻炭火将熄，也不知道窗外正下着漫天大雪。她知道现在双美丽一天中最盼望的时刻其实就是躲进这样的人造睡眠里，那把药就是一个启动按钮，所以双美丽每次吃药的时候，她都能从她脸上窥视到一种小心翼翼掩饰起来的充满羞耻的喜悦，因为她即将登上自己的飞船，与白天的一切，与这嬉闹荒凉的人世间，与古怪的女儿，与监狱里的儿子都暂时作别。她为此充满了喜悦。所以，每次双美丽沉入睡眠的时候，梁姗姗都会觉得她这充满荒诞性与神圣性的睡眠可能会兀自越长越大，越长越硬，直至从肉身上长出一座永不再消失的坚固城池。

每到双美丽不顾一切沉身睡眠的时候，梁姗姗便开始怀念童年时的母亲。一个让她什么都不怕的母亲，无论发生了什么，只要想到还有母亲，便不怕了。她把脸贴在长满了雪白窗花的玻璃上，窗花邪寒，冰凉入骨，她贴着它却有一种近于自虐的快活，就像最初和陈天东在一起时的那种感觉一样，一种自虐的快活。

她知道双美丽再不可能像从前一样，半夜还要起床去她的房间看看她睡着了没有，台灯关了没有，盖好被子没有。她知道，再不可能了，一切在时光之液的侵蚀中再也回不到原形了。双美丽现在只剩下要迫不及待地沉入自己饕餮一般的睡眠。她怕老，怕死，怕这干旱的人世间，怕自己的女儿，也怕自己的儿子。

她听见双美丽在梦中又发出了低低的抽泣声，她在梦魇，不知她是不是又梦到了自己已经去世二十多年的父亲。她经常在早晨给梁姗姗描述同一个梦境，梦中的父亲还是那么的年轻，穿着他临死前的那件灰色衬衣，没有一根白发。而她在他面前却已经是一个臃肿不堪头发半白的老妇人，怎么也变不成当年那个梳着一条麻花辫低头含笑的姑娘了。他在梦中从来没有和她说过一句话，似乎，他从来就不认识她。

趁第二天下午没课，梁姗姗出去买了两条烟，又带了些换洗的内衣找到了钟大宝。钟大宝在监狱工作，每月收她一条烟，就会给她讲点梁帅帅在监狱里的情况。

每天就是做衣服，从早做到晚两头黑，一到晚上就按时睡觉，监狱里晚上也不关灯的，就开着灯睡。那能怎么办？防止犯人逃跑啊自杀啊。只要进去了就只能那样睡，习惯了也就睡着了。

是不是又瘦了？

是瘦了不少，但也没办法，只能慢慢习惯。逢年过节的还会给他们吃顿饺子改善一下生活。

里面还有饺子吃啊。只是……他真的就不该进去，他其实什么错都没有犯就稀里糊涂进去了。

谁让他收容别人吸毒了，就是他自己不碰那东西，那也已经是犯法了啊。怪他太糊涂。

麻烦你把烟给他带进去，告诉他要省着点抽，不要一天到晚就想着怎么讨好别人，恨不得自己有点什么都要分给别人。

他老把东西分给人就是怕别人不喜欢他。

……连你都看出来了。

这样的犯人我以前也见过，就是生怕别人不喜欢他们。其实坏人也不是那么好做的。

……

从钟大宝家出来才不过五点，已经在天边看到了苍青的暮色，空中又飘起了大片的雪花，凌空飘荡，鸟羽一般。准备卖夜市的人们已经推着四轮小车陆陆续续地走在了雪地里，猪头肉、千层烧饼、炒灌肠，都被一盏盏昏暗的风灯装在了玻璃匣子里。出来摆夜市的多半是县城里那些没有稳定收入的人，或是下岗的工人们，所以就是下再大的雪，也得出来摆摊。风雪中的摊主都把自己裹得严严实实，穿着旧军大衣，厚棉靴，围着围巾，只露出两只眼睛。

风雪越来越大，一眼看过去，觉得整个小城都像是装在了圣诞老人的玻璃瓶里，分明是可以捧在手心里看的。她在雪中踌躇着走了几步，竟不知道该去往哪里。红色的雪地靴踩在松软的雪上，发出了嘎吱嘎吱裂帛的声音，六角的雪花在灯光下闪着琉璃的光泽。她站住了，决定给陈天东打个电话，忽然发现有好几天没见他，也没和他通过电话了。

他们一般都在陈天东买的翠山苑里的那套房子里见面。陈天东的老婆女儿和他住在另一个小区里，这套房子平日里就一直空着，成了他和梁姗姗幽会的固定场所。这套房子在三十层的高楼上，有一个阔大的落地阳台，他们两人时常在黄昏的时候站在阳台前观看天象。一日当中的时光，最美最浓缩的就是黄昏时分了，天边的颜色会一直变化一直变化，像一场盛大奢华的魔术表演。橘红，玫瑰红，绯红，粉红，金黄，浅草黄，黛绿，宝石蓝，湖蓝，深蓝、墨青。血色的夕阳似乎要将整个小城焚尽，烧得片甲不留。

她和陈天东的认识是因为梁帅帅。梁帅帅被警察抓走之后的那个晚上，母女俩都没有吃饭，双美丽没有眼泪，只是垂着眼睛一声接一声地叹气，叹了许久，她忽然坐在椅子上呆呆地说了一句，兴许明天就放出来了，他又没有杀人放火又没做什么坏事。见梁姗姗不搭话，她便慢慢站起来，蹒跚着去找自己的药，倒比平时早服了一个小时。梁姗姗知道她是想提前躲进睡眠里去了，那种古怪的绑架式的睡眠。她像一个深入骨髓的斯德哥尔摩症候患者，心甘情愿被这睡眠劫持而去。

第二天第三天，一连几天过去了，都不见有放人的迹象。家里本属于梁帅帅的那个肥大的空间忽然被腾出来了，使这房间骤然之间好像膨胀了好几倍，有一种空荡荡的生硬的孤寂。梁姗姗上完课回来的时候，恍惚间会觉得只要一推开门，梁帅帅一定还坐在那只旧沙发上，衣服中间挂着一截啤酒肚，像枚土豆一样正在看那些乱七八糟的电视剧。他有时候还会一边看一边跟着剧情哭得稀里哗啦，在身边扔下一堆拭过鼻涕的卫生纸。有时候一进门的时候听到他正和双美丽在聊天，他告诉双美丽，今天有个熟人给他介绍来一个客户，他得给人家一条烟吧，好让他以后多带人来。双美丽说，那就买便宜一点的烟吧，你看你，原来不抽烟，现在也跟着学会了抽烟。他说，现在二手电脑生意也不好做了，怕房租都出不来，还得靠人托人，人家抽烟我不抽，显得我不够热情。有时候又听他在讲，那个乞丐今天又去我店里乞讨了，要给我拉段二胡，我说不用了，还给他买了一碗羊肉面，他吃得一口都不剩，原来是个真乞丐啊。末了，她听见他这么说。他的声音痴肥，天真，像个长在他身上的婴儿。

还有一次是夏天，她走到院门口正要推门进去，忽然听见梁帅帅正和人在院子里说话，估计是又和那几个称兄道弟的男人们在葡萄架下喝啤酒。他只要身上有点钱，就要请那些不知道从哪里搜罗来的一堆闲杂人吃饭。来家里吃完饭不说，还要让人家看着什么好就随便拿去，想拿什么拿什么。其实就是平日里他也极喜欢送人东西，这已经成了他身上一种最牢固的嗜好，似乎除了自己的底裤，其余的都可以随时扒下来送人。只要人家往什么东西上扫一眼，他就立刻豪气冲天地一挥手，拿去，快拿去，喜欢就拿去。人家要是不要，他还觉得委屈，倒好像成了对他的侮辱，一定要追着送给人家。

这种特殊的嗜好沉甸甸地坠在他身上，有时候像件奇特可怖的配饰一样令人望而生畏。她听见双美丽说他好几次，帅帅你怎么这么喜欢把自己家的东西送人，我看你快把整个家产都送出去了。她又听见他说，不送人东西不请人吃饭怎么能处得下朋友？人家平白无故为什么要和我交朋友啊？朋友多了好办事，没朋友要被人小看的。

只听他在院子里亢奋地说，我妹妹可是在北京读的博士，你们想想啊，她把博士都读完了，把能上的学都上完了，光是上学就上到三十多岁了……她回来那是她自己愿意，她要想在外面找工作什么工作找不到，她真想去哪还去不了？她本来可以去大学当教授的……别看我们是亲兄妹，她和我可不一样，厉害着呢。

她站在门外竟然久久不敢推门进去，只好在门口无所事事地游荡了很久，直到夜色阑珊，路边小摊上风灯明灭的时候，才听到院子里的喧哗声渐小，估计是要散了，她这才假装刚刚下班回来走到门口。

现在她每次推开家门进去的时候都会有一种错觉，觉得梁帅帅还坐在院子里屋子里的某一个角落里，沙发上，葡萄架下，无论他坐在哪里，她都能感觉到他落在她身上的目光，谦卑的，讨好的，仰视的，畏惧的目光。像另一层皮肤一样冰凉地黏在她的身上、脸上。她会在那一个瞬间又想起他们小时候，他拉着她的手一起上小学的情形，他比她高一截子，嫌她走得慢，就把她的书包也背在自己肩上。他还经常会花两毛钱给他们一人买一袋蜜桃粉，每次的惊喜是，会从里面吃出一把不知什么形状的塑料小勺子。她把那些小勺子一把一把都攒在了一个火柴盒里，连同她那些塑料珠子的项链、红色的发卡，还有一个装满一分硬币的铁皮盒子一齐锁在了柜子最深处的角落里。

可是，没有。她走进空荡荡的屋子里，再没有那样的目光偷偷从某一道缝隙里挤出来蹒跚来到她面前。梁帅帅真的从这家里消失了。

没有判刑之前是不允许家属去探视的，梁帅帅不知怎么在里面认识了钟大宝，托他给家里送个口信，钟大宝捎来的口信是，一定要把话带给他妹妹，让他妹妹给他想办法，把他救出去。

那个晚上，钟大宝已经走了很久了，梁姗姗还一直呆坐在沙发上。她用眼角的余光看到双美丽一直就活动在她身边的半径范围之内，她佯装有事，一会取东西一会又把东西放回去，不停在她身边晃来晃去，却始终不敢过去和她说话。梁姗姗虽不敢去看她，却还是无时无刻不感觉到双美丽拖着她那个肥大松弛的臀部，正像一颗卫星一样一刻不停地环绕着她。她知道，她正窥视着她的表情，刺探着她现在正在想什么。

僵持许久之后，梁姗姗听到了拧药瓶的声音，哗啦哗啦，大得惊人。双美丽在以此宣告，她马上就要进入睡眠状态了，那是另一个星球，现在她就要回那个星球去了，她让她放心。想到双美丽马上要入睡了，梁姗姗埋在那里偷偷松了一口气，仿佛终于是把这一天打发过去了。再一抬头却忽然发现，双美丽已经擎着药瓶从天而降地出现在了她面前，她像拿着一件自卫的武器一样紧紧挟持着那只药瓶，不等梁姗姗开口就抢先一步说话了。

姗姗，你想想办法吧，现在只能靠你了……我知道我老了，跟不上这个社会了，我没用了……他虽然无能，没什么出息，可是还是个好人啊，你知道他只是想拉拢别人，想多交几个朋友，多带给他点生意，他只是想让别人喜欢他，他就是生怕别人不喜欢他。你知道的，他什么坏心眼都没有的一个人。你一定要想办法救他出来啊。

她的声音里竟然有了一点哭腔，她在告诉她，她真的很想哭，她很想流泪。但她眼睛里却仍然是干旱的，一滴泪影都没有。这干旱使她的声音听起来像是一种布满裂纹的哀鸣，她像一只奇怪的鸟类一样昂着脖子，对着梁姗姗干巴巴地哀鸣着。

梁姗姗只是盯着她那只药瓶看，似乎那是一只炸药，却始终不敢看她的脸，几分钟之后，她忽然沙哑着嗓子说，法院和警察局又不是我开的，谁让他自己不动脑子。

他在里面不知道会受多少苦，吃不好睡不好，还要挨打受欺负，烟瘾犯了就捡烟头抽。可是他没有做过什么坏事啊。

梁姗姗的脸已经痛苦地扭成了一团，她的声音开始暴躁开始卷曲，我不过就是个中学老师，我能有什么办法。

可是你把博士都读完了，你是这个家里读书最多的人啊。

梁姗姗亲眼看着双美丽在她面前愈加干旱，萎缩，不停变小变矮，她正伸长脖子崇拜地，咸干地，畏惧地仰头看着她，乞求她。梁姗姗不寒而栗，忽然就从沙发上跳了起来。

却又听见双美丽在地上说，我明天就把我的一张存折给你，你拿去买烟买酒，给人送礼，实在不行就去求他们吧。我这一辈子都这样，凡事都得求人，这就是小老百姓的活法，想办成任何事情都得求人，那些大大小小的官都得求，都得送礼。他们就等着要呢，他们是有权的人啊，小老百姓们最怕的就是他们手中的权力，要不怎么人人打破头想当官呢。

梁姗姗疾步回到自己房间，伏在窗前泪如雨下。没有月亮，一点淡青色的星光透过葡萄枝洒在窗前，空气里弥漫着青葡萄的寒香，还有不知名的飞虫在嗡嗡呻吟。梁姗姗在黑暗中坐了很久，一直试图捕捉着外面的动静，不知过了多久，大约是后半夜了，她忽然再次听到了双美丽机械的鼾声。梁姗姗先是松了口气，然后又是一阵莫名的厌恶。

梁姗姗直到第三次才见到了陈天东。陈天东是她托了好几个人才打听到的，说这个文化局局长和法院的院长关系最好，可让他帮着到院长那里求情。他的特点是喜欢抽烟，还有点好色。她第一次找到陈天东的办公室的时候，陈天东出去办事不在。第二次去的时候陈天东偏偏又下乡去了。第三次去的时候已经快到黄昏，楼道里静悄悄的没有一个人。她在陈天东办公室门口敲了许久，里面都没有人开门，还没到下班时间，看样子是人已经提前走了。她屏息站在门缝前，仔细听着里面的动静。里面虽然很安静，但还是隐隐约约能听见敲击键盘的声音。她冷笑一声，心想，有本事你今天就不要出来。

她不再敲门，只是抱起双肩，静静地不怀好意地蛰伏在这扇门前。外面的夜色正轰隆隆地降落下来，楼道里的光阴在她脚下一寸寸变瘦变枯，直至于消遁，死亡。只有走廊尽头的感应灯随着一点点骤然的响动而惊悚亮起，呆呆亮一会儿，见没有什么更大的动静，便又寂然暗淡下去。楼道重归黑暗。黑暗中的时间不再有真身，也不再有体积。

然而，有前两次扑空的耻辱炙烤着她，倒也不觉得这等待的枯燥与冗长。大约七点半的时候，估计这楼上的人几乎都已经走空的时候，那扇门忽然吱嘎一声，在寂静的黑暗中裂开了一道口子，里面的灯光哗地倾泻出来，追加在门缝里的那个人身上。

口子开始裂大，然后整扇门都开了，一个人的影子出现在门口的地上。那个人一抬头猛然看到黑暗的楼道里还站着一个人，顿时吓了一跳。

陈天东终于还是把梁姗姗让进了他的办公室。梁姗姗环顾四周，果然见没有关掉的电脑屏幕上正下着一盘象棋，已是残局。眼前的男人介于四十到五十岁之间，或者五十岁到六十岁之间，不过很多男人到了这个年龄都界线模糊，而且心甘情愿忘记自己的年龄。她教学的中学有个退休老教师，单身了一辈子，六十多岁了还在孜孜不倦地相亲，并且因为不小心忘记了自己的年龄，导致在六十多岁的时候还发誓要找二十多岁的小姑娘做老婆。曾有好事者想把梁姗姗介绍给老教师，说反正你们俩都是单身嘛，搭个伙过日子嘛。老教师咂咂嘴，三十多岁……有点老了吧。梁姗姗则冷笑一声，你让他想想晚上自己脱光衣服后像袋鼠一样露出一身松弛的褶子，光皮肤的褶子都能给小姑娘当睡袋用了。

梁姗姗把思维从老教师身上收回，打量着眼前的男人。头发还是正统的六四分，看起来略显油腻，眼镜片不薄，大约是高度近视眼。两片暗红色的嘴唇很薄，一只嘴角略带讥诮。陈天东把刚披到肩上的外套又脱了，点起一根烟，才像个伟人一样眯起眼睛对梁姗姗说，说吧，找我什么事……听说你已经来找过我了？

来找您两次都不在。

我就是事情太多了，就怕有人来找我办事。

他的神情越发像一个缩略版的伟人。梁姗姗再次打量房间，百叶窗是拉下来的，房门已经关上，整个房间严丝合缝，只有暖气管里的热水在喑哑地打着呼噜。她心一横，不再犹豫，从自己包里迅速取出一条中华烟，烟在包里装了多日，四角已经磨糙。她把烟摆到陈天东面前的时候忽然觉得自己此刻不过就是另一个版本的双美丽，心里不由得一惊，继而是一种深不见底的悲凉。不管你走多远，上多少学，还是要回到一个双美丽的起点。但此番来之前她就已经知道了，只能如此。那条中华镇压着她的心情，她倒算平静地说明了自己的来意。

陈天东听完她的来意，又朝那条中华轻轻瞟了一眼，极轻的几乎可以被忽略的一眼，这一眼刺痛了梁姗姗。此刻她很想从包里再掏出更庞大更锋利的兵器来砸到陈天东面前，可她知道包里只剩下了两本上课用的教科书。她忽然想起了今天在课堂上她又跑题了，她本来正在讲试卷上的一道古文题，却忽然就对着学生们讲起了魏晋风度。

“现在再没有人效穷途之哭。再没有人抬棺狂饮，散发山阿。再没有人白眼向权贵，折齿为美人。再没有人为杯酒放弃身后名，再没有人闻美人殁而往吊之。我多么希望你们能在心里对他们有一点向往，因为就是这一点向往也会让你们在漫长的后半生有一点风骨，有一点可爱。”

讲到最后两眼湿润的永远是她，而不是那些学生。

她与这条烟怔怔对视了十秒钟。他显然是嫌一条烟的分量太轻了，只听他说，这个事啊，这种事我实在办不了，这是法律上的事啊，说判多久就判多久，没有办法的。快把你的烟拿回去吧。

前两次的扑空与这一次的羞辱搅拌在一起产生了剧烈的化学反应，双美丽的眼睛远远窥视着她，前世今生如舟行水上，烟云浩渺。梁姗姗忽然听到自己轻轻叹了口气。她一惊，她听到自己极轻极轻地叹了口气。

她站起身来脱掉了身上那件厚厚的外套，取掉围巾，又脱掉身上的毛衣。然后她直盯着那男人的眼睛半是邪恶半是无辜地一笑，陈局长，你要分清楚，就只是性的欢愉。可不是贿赂。

她从他办公室出来，在雪地里走了很久了才发现，那条中华居然又回到她包里了。她隐约记起穿好衣服之后他说的最后一句话，这烟你还是拿回去，给你父亲抽吧，我这有。

父亲生前也是抽烟的，不过一直抽最便宜的那种。

她坐在路边的石阶上把那条烟拆开了，问行人借了个火，就在漫天的雪花里给自己点了一根。

是的。这个世界上再没有人效穷途之哭。再没有人抬棺狂饮，散发山阿。再没有人白眼向权贵，折齿为美人。

她久久坐在风雪中，身上已经落了一层厚厚的白雪。她一根接一根地抽下去，红色的烟头落在雪地里烧出了一个又一个黑色的小洞，如同往事的某一种肌理。她想起了遥远的二〇〇一年。

四

二〇〇〇年。梁姗姗分配进钢厂的第三年，她正要被作为团支部书记的待考察对象，钢厂忽然之间宣布破产，工人们分流下岗。失业后的梁姗姗决定考研，从小到大她都是从不惮于考试的人。复习半年之后，她便在二〇〇一年秋天重返校园。

二〇〇一年的大学校园。如今她细细抚摩它，觉得它就像一枚戴在小指上的戒指，戒指上是那粗糙简陋骇人的铜兽造型，不觉经年，戒指早已经长进肉里去了。她垂首之间仍能见到那铜兽在皮肉之下窃窃私笑，或招摇而泣。

拖着两只轮子的行李箱走进宿舍。四张铁架床，床下面是桌子，桌子上是笨重的方块电脑。书架上垛着书、镜子、胭脂香粉、电热杯、速溶咖啡、苏打饼干、烧卖、吃了一半的凉馒头、永远的方便面，挤在一起危如累卵。宿舍墙上挂着IP电话。偶尔有学生拿着诺基亚黑白屏手机边走边发短信，会一路享受到被行注目礼的殊荣。蓝色的校园一卡通狗牌一样挂在脖子上出入于食堂。网络。网络。网络。周末舞会基本隐遁，取而代之的是上网、聊QQ、找网友、泡网吧。麻辣烫配椰蓉面包。熟胡萝卜补充维生素。五种蔬菜熬烂不加盐制成巫婆汤用来减肥。尖头皮鞋出现，鞋尖越来越尖几成钉子状。窄腿萝卜裤摇身变成宽脚喇叭裤。阿依莲。真维斯。美特斯邦威。离子烫拉直的僵硬长发风靡校园。《八月未央》杂花生树般的阴郁、颓败、灰暗。《上海宝贝》里亨利·米勒式的纵欲、酗酒、狂欢。《第二性》告诉女生们女人不是天生的，是被造就的。

二〇〇一年的梁姗姗穿着尖头高跟皮鞋，阿依莲粉色连衣裙，离子烫过的直发垂肩，靠每周出去带两次家教来养活自己。仍然不时会有男生喜欢她，古老的情书基本绝迹，取而代之的是忽然袭来的陌生电话和短信。潇洒风流的钢笔字已成为压在故纸中的明日黄花，永不再见天日。但因为比周围的同学大出几岁，又因为经历过下岗潮，梁姗姗对这些没钱又充满荷尔蒙气味的毛躁男生已经实在没有了兴趣。她知道若是她赴约，他们必定用省下的生活费带她去学校门口廉价的小餐馆吃一顿，在一天里还得一直打着这油腻的饱嗝。她把自己压制成一枚冷香的刀片对付着一群只知打篮球流臭汗的小男生。

她时常想起父亲醉酒后反复说的那句话，被骗了啊，就是被骗了啊。她又想起自己工作的第三年就被遣散回家待业。人生虚妄，万物膨胀，大学四年就为最后能分配一份稳定的工作，没想到最后连这份安稳也是假的，一戳就破。她站在宿舍阳台上看着夕阳即将落山的天际线告诉自己，一切都还来得及，二十五岁，她还足够年轻。阳台上洗过的衣服已经被晒透，她一直用洗衣粉洗衣，为的是衣服晒透之后的坚质挺括，盔甲似的扣在身上，这种粗粝和洁净提醒着她本身身体的存在。

她从阳台上取下一件干净衣服换上，心里为今晚的家教暗暗喜悦。家教对象只是个顽劣有多动症的小男孩，让她喜悦的不是他，是他的父亲，一个年近四十岁的男人。姓刘，她暗暗叫他老刘，似乎只有如此才能把她和他的年龄划清界限。

每次辅导完功课，老刘都要请她吃饭。她说不用不用，他已经付她工资了。老刘说，你还是学生嘛，要多补充点营养才好。餐厅的桌面是青绿色的冰裂纹玻璃，玻璃瓶里插着一束茉莉，花叶之间散发出一缕绝细的幽香。五彩的贝壳灯慵懒地罩在他们头顶斜上方，月光一样的音乐从脚下淙淙流过。梁姗姗小心翼翼地笨拙地使用着刀叉，眼角余光里效仿着对面漫不经心的男人。男人衬衣领口和袖口熨得笔挺，身材已经开始微微发福。他正在讲述自己二十年前的大学时光，她只听见他说自己那时候很瘦，极瘦，一顿能吃三个馒头，可还是瘦。

吃完饭他执意开车送她回学校，一直把她送到学校门口再像个父亲一样目送她进去。她踩着尖头皮鞋假装仪态万方，头也不回地袅娜走完那段进校门的路，进了校门差点连路都不会走了。那一刻她想与什么人无声地相视大笑，以庆祝这种轻触到声色犬马之后的荣光与罪恶，这点罪恶感像大麻一样加倍刺激了她，让她的内里空间忽然间比平日里膨胀了好几圈，简直可以在里面呼啦啦站一大群人。

走在校园里她心里只渴盼着世界上所有的人都注意到此刻的她，都能看到她那点卑微与骄傲，看到她如烟花般绽放水上的跋扈和寂寥。

周末的家教刚一结束，老刘便说带她出去兜风。老刘戴着墨镜，迎着夕阳开车，她坐在他身边看不到他的眼睛，只能闻到他脸上有刮胡水留下的清香。她是如此渴望能见到他又怕见到他，每次见到他她就会想起梁帅帅看到她时近于恐惧的笑容，和那截挂在衣服之间饭袋一样的小腹。他们漫无目的地绕城一圈，出城后干脆把车窗大开，晚风猎猎，铁骑野马，头发都被吹得落拓不羁。似两个不要命的骑士，纯为了追逐那马上要落山的血色夕阳。夕阳终究落山，此时车到旷野，银河垂顶，宇宙澄澈，月华如练。梁姗姗忽然觉得不复在人间。《上海宝贝》和《第二性》告诉她，这已经是一个不同于以往的时代。怕什么。今晚的一切景象都是她的城池。她年轻，且美丽。她与老刘在车上接吻，他在逼狭的空间里教她做爱。

彼时的梁姗姗并不知晓什么是肉的欢愉，也无从知道这是一个肉欲时代的开端。她并不知道，在那个时代的开端，每天都有难以计数的寂寞的或不寂寞的人通过网络寻找一夜情，寻找精神或肉的欢愉。那是一种猛然拔开瓶塞后被放出来的猝不及防的肉的欢愉，力大无穷，所有的人不知道肉身还可以这样挥霍，不知道性爱竟可以如此廉价，甚至不必付出一分钱的情况下就可以与一个陌生人见面，交欢。人们不必再去舞厅灯光下捏腰搂臀，甚至都无须再去嫖娼。网友成为那个时代里一个最新的多功能复合型词组，像蠕动在城市骨骼上的一群蛆虫，性感、浪漫、邪恶而剿杀不尽，死而复生。每一个道貌岸然的人的电脑里可能都正寄生着十几个网友，全部等着在夜色阑珊中斑斓复活。

一个网友的时代。又过了多年梁姗姗才慢慢想明白所谓一个人跟上一个时代的感觉，就是，你把整个头埋在水下溺着水行走，然而你却并不知道自己其实正在水中。

与老刘的关系保持了半年，在这半年的时间里她曾想过老刘可能会因她而离婚，因为她的年轻她的容貌她的学历皆在他那个老婆之上。不过，他若不是跪着向她求婚，她都必须得犹豫一下。她几乎已经可以断定老刘是更爱她的。但这点想象破灭起来却没有费任何力气。她过生日的时候老刘送她一支包装精美的钢笔，说这可是为她大费脑筋精挑细选的。她对这钢笔很是珍爱。这日她在老刘家做家教的时候，老刘不在家，倒是老刘的老婆在。她忽然看到了梁姗姗手中用的钢笔，惊讶地咦了一声，说你这钢笔怎么和我们单位前不久发的那支一模一样，你这是从哪买的？我正奇怪我家那支放在抽屉里怎么忽然就不见了。

梁姗姗面色如土，握笔的手开始发抖。恰好在这段时间里，老刘的一个多年好友老赵，一个生意人，正暗地里使劲向她献殷勤。老刘或许是觉得既是密友，便可放心去做番展览，也不失为一种可炫耀的战绩。一来二去，三人的小型聚会倒颇有几次，老赵再三表达了对老刘的羡慕之情。几次见面之后老赵竟开始在暗地里频频向梁姗姗示好，直说自己是多么欣赏她这样的女子。她开始只装作不懂他在说什么，心下还愤愤地想，这种朋友交他做什么，哪天恼了揭发了他。不料忽然之间情转急下至此，为了报复老刘，她公然投到老赵名下，自己做主把自己转让给了老赵，而且还一定要让老刘知道。随之结束的还有她在刘家的家教。

所有的记忆都是被剪辑过的，以至于所有的事实看上去并不像事实，或者，即使明知道是事实，也无论如何都觉得是被谁杜撰出来再着上了颜色，怎么看都不是真的。再或者，这些事实在后来都集体穿上了隐身衣，根本无从辨认，如雪地鸿爪，也根本无迹可循。

和老赵的关系也只保持了半年左右。老赵是一个四十度灰的中年男人，不爱穿衬衣，一身打扮是经营过的不经心和随便，即使松松垮垮随意搭一个双肩包，也和校园里中规中矩背着双肩包的男生自是两样风情。吃饭的时候，有些菜动一筷子便再不动第二筷子，显然是因为味道做得不够地道。高脚杯里的红酒喝一小口，便能准确说出它的酿造年份。只要逢节日，不管大小节日，他都会给她准备一份小礼物。她生日到来的时候，他送她一条水晶项链，一看便知价位和档次都是拿捏好的。她开玩笑地说，不会是把自己老婆的项链转送的她吧。老赵连忙发誓，怎么可能，绝无可能。你要是不喜欢这一款我送你一款别的。现在就去商场，随你挑。

梁姗姗自然是不会去的，但她喜欢他在她面前这点半真半假的惶恐，仿佛唯恐失去她。她想，就先维持着这种关系，不能逼他离婚，等他离不开她了自然会去离婚，逼不得。她再次有了信心。

老赵开车接送她回学校不止一次被同学看到，渐渐没有男生再追求她，他们明白她已经与他们云泥两隔。而她在四十度灰的中年男人这里养刁了口味，越发看不上他们的一举一动。他们和她看着彼此的世界就像中间隔了一道玻璃，透明的，却知道走不过去。

读研期间仍然一直在收到梁帅帅的来信，他不打电话不发短信，只是固执地使用着白纸黑字的方式，似乎只要换种方式，两个人便面目全非，若是打电话，只怕那声音所到之处更是异国他乡了。他在信封上大大写着梁姗姗，这也让她觉得恐惧，好像她在他这里已经死过一回，然后提前超生，重新变回了人形却已不似旧颜，但她的前世仍旧蜷曲在他手里。某天他忽然给她寄来了一只巨大的洋娃娃，还夹着一封信。在信中他兴奋地告诉她，县里刚开张了一家大型娱乐城，他在里面找了份领班的工作，他说他现在的工资在县里都算高的，不出两年他就是个体面的白领了，现在他一切都要好起来了，他会让母亲和妹妹的生活都跟着好起来。他又说他记得她小时候连个像样的洋娃娃都没玩过，现在给她补一个大的。

她和那娃娃黑色的琉璃眼珠一连对视了好几日，一半是高兴，一半是阴森，总觉得那黑色眼珠背后似乎还有更大的阴谋。她翻出他这么多年里给她写的信，一封一封叠在一起，那些许久不碰的信像是已经生出了潮湿的青苔，一层一层，年轮似的长在那里。

果然，不到两个月她忽然接到了他的电话。这是多年里他第一次给她打电话，电话还未接起，她就知道要发生什么了。他是在拘留所里打来的电话，他所在的那家娱乐城涉嫌卖淫活动被查封了，他作为工作人员也被拘留了起来，需要交三千块钱的保释金。他在电话里反复哀求着她，妹妹，这件事千万不要和妈讲，不要让她知道了。妹妹，你就帮我这一次吧，求你了，你就帮帮我吧，只有你能帮我啊。

这时候的梁姗姗虽然还做着兼职，但也只够勉强养活自己，仍然几乎没有积蓄。最后她决定向老赵借这三千块钱，在此之前她其实从未向老赵要过一分钱，老赵也从未给过她一分钱，她宁可做着三份兼职。她要让他明白，她选择他其实不是选择了别的，她只是选择了一种勇敢的姿态。单单就是一种姿态。就像一面插在地上的旗帜，清风吹过自会生出风情。她深信老赵懂得这份勇敢和风情。当她终于开口向老赵提这三千块钱的时候，她还是无可回避地清楚看到了老赵在那一瞬间里的目光，老赵犹疑了片刻之后还是勉强答应了。答应之后又硬生生地续了一句，说什么还不还的话呢。

然后，在接着马上就到来的中秋节里，他没有再送她任何小礼物。她独自冷笑很久，觉得自己如同一个住在四角深宫里的小宫女，反正一年到头的饷银就那么多，要提前透支也行，只是后面就没有了。她忽然又想起了那一年夏天父亲已经重病在床，不能再喝酒，也没机会再去大醉大哭。正逢暑假她便终日守着他，那日只有他们两人在家，下午他忽然有了些精神，只说屋里太闷热，让她把他扶到葡萄架下的竹椅上躺着。架上的葡萄正在着色，紫色的红色的黑色的，玉器一样参差在绿叶间。一旁的枣树蓊蓊郁郁，不时有青枣扑通一声落在红砖地上，像梦里深处发出的叹息。指甲花、月季花和雏菊开得正好，微风过处，花瓣簌簌落地，如胭脂满地。

父亲躺在那里只剩下了一点点，竹椅驮着他，嘎吱嘎吱地轻轻摇动着，他已经几天不吃东西，瘦，仿佛竹椅上只剩了骨头和一张皮肤，皮肤是暗淡混浊的黄色，下面没有一寸血液。那个下午她一直坐在竹椅旁，她不敢看他一眼，因为知道他正看着她。他们没有说一句话，他伸出一只枯槁的手握住了她的手。她知道他还不甘心，可也只能不甘心。她从没有觉得和父亲这样近过，她紧紧抓着他的那只手，觉得这样他就不会离开了。就在他死的那一瞬间里，她忽然觉得他们已经靠近得不能不感觉到陌生，就在他们靠得很近很近几乎相依为命的瞬间，他离她而去。

她又辛苦做了一份翻译医用材料的兼职，省吃省喝，一个多月之后便还清了老赵的三千块钱，不出她预料，他略略推辞一番还是收下了。见完这面之后，她沐着下午的阳光大步往学校走，边走边拔出手机卡，随手扔进了路边的下水沟里，从此以后永远地消失在了他的世界里。

那个黄昏她站在宿舍阳台独自观望天际，像抱肩站在楼顶眺望层云的星象师，已经看到了云堡尽处。云堡拆散的尽头是青黛色的夜晚，她从玻璃窗里久久观赏着自己浮游在夜色中的影子，忽然一声冷笑。

为了惩罚自己，她通过上网筛找了一个想找情人的中年男人。她发誓一定要把这个男人与老刘老赵区分开来，见过一次之后她直接向他提出费用，那男人竟答应得毫不犹豫，似乎尽在情理之中，在校学生，年轻美丽，好像她若不提钱，反倒可疑。但和这个男人只见过两次之后她便再次换掉了手机卡。于她而言，和他的第一次交往是纵容自己去感受到一种自由或堕落的过程中必然伴随着的刺骨快乐，第二次则是允许自己收费之后来临的无边无际的恐惧与羞耻。

五

早晨，下了一夜的大雪终于停了。

梁姗姗要七点前赶去上早自习，双美丽要一直睡到八点起床。不过即使睡到八点了，在药物的余威把控下，她还是得把自己转移到沙发上再瘫半个钟头才能勉强清醒过来。梁姗姗匆忙吃了一点昨晚的剩饭就出门了。满院灼目的积雪，枣树已是玉树琼枝，她想，这样的大雪中，就是要在墙上树上贴点红底黑字的春联，挂些红色的爆竹，才叫好看。

她裹了件羽绒服，步行着去学校。路上积雪厚，很多人都是小心翼翼地步行走路，又因为裹得严实，一个个看起来摇摇晃晃得像大大小小的不倒翁似的。走在路上趁人不注意的时候，她双脚并在一起，试图从一片冰面上滑过去，一回头，发现一个戴着帽子和手套的小学生正津津有味地观看着她滑冰。她顿时脸红耳赤，好像刚从小学生那里偷了什么东西。继续往前走，路边那只风化的石狮子也顶着一头积雪，这石狮子不知是被哪个朝代遗弃的，就蹲在那路边一蹲上千年，这条街上的人都生生灭灭死了十几茬了，它还在那里蹲着，春天一席风，冬天一头雪，后来又有人在它脖子里系了一条红色的纱巾。石狮子旁边是油条摊，即使是雪天，那对炸油条的夫妇还是半夜三点就在雪地里生起了血红色的炉火，清晨，金黄的油条被捞出来，一条一条整齐地被码在架子上。

再往前走，路边有个小广场，八个中年女人不分春夏秋冬，每个早晨和晚上都在这里跳广场舞。下雪的时候她们集体换了红色的毛衣跳。下雨的时候则更为跋扈，她们集体穿着雨衣雨鞋跳。她几乎每天经过这里，但从来记不住她们单个的脸，却觉得只要她们八个在一起时便能成为一种奇特的建筑，而她能记住的只是这座建筑本身。这建筑造型圆满而奇异，因了每个晨夕的风雨无阻，看起来已经有了近于不朽的宗教气质。

她一度撺掇双美丽加入她们的广场舞，就当锻炼身体了。双美丽听了她的话，也在旁边默默旁观了几次，音乐响起的时候，她嘴里跟着音箱轻轻为她们打着拍子，脚在原地跃跃欲试，一边偷看着周围有没有路人在欣赏她的舞步。据她自己回忆，她年轻时曾是厂里的文艺骨干，也是跳过忠字舞的。但观摩了几次她还是退下阵来，终究没有勇气走过去一起跳。她自卑地说，你看人家几个的腰身，穿上什么都好看，我吃药吃成这个样子，一身的肉也下不去，穿什么都不好看，还是算了。梁姗姗说，那又不是戏台，你又不是跳给别人看的，管别人做什么。但双美丽最多只翘起脖子眯着眼睛观望一会，就此作罢。

梁姗姗继续往前走，前面是一处古旧的皮坊和一座破败的四合院，院门的雕花飞檐上也落了一层积雪，福字的影壁下堆着蜂窝煤和大白菜，都用旧棉被小心盖好了。院子里合住着几户人家，都是些无业游民，白天躲在家里看电视，一到晚上就出动在这街边摆夜市，像隐居在这个小城里的夜行生物。

有时候梁姗姗觉得自己和这些小贩们其实没有区别，都是些隐居在尘世里的生物。若是没有课的时候，她便很少出门，终日和双美丽蛰伏在屋里两个不同的角落里，各做各的事情，有时候一天都说不了一句话。很多时候她把自己安置在一个固定角落里看书，更多的时候她什么都不干，单单只是坐在那里发呆。双美丽卡着精确的时间做一日三餐，一分钟不多一分钟不少，两人一到点就吃饭，吃饭的时候一起看会儿无聊的电视剧，吃完饭两人又重新缩回各自蚌壳一样的寂静里。

梁姗姗有时候忍不住会满意于自己选择的生活方式，在她看来，她现在所选择的生活方式与古人隐居于竹林隐居于山谷溪涧没有什么本质区别。她是在北京读完博士，在城市里生活了将近二十年的时候忽然做出这个决定，回县城。回县城之后她在县城中学找到了一份语文老师的工作，然后开始这种隐逸生活。开始的时候她难免觉得生疏，觉得与县城的人们格格不入，但她知道那是因为他们是这里的土著，而她却离开太久成了一个外来的入侵者，一个面目可憎的外星人。

有时候深夜躺在床上睡不着的时候，她还会想起城市里的那些只光碎影，在这样的深夜里，那些碎片带着自身幽暗的磷光，如河流一般无声地缓慢地从她身下流过。

二〇〇四年硕士毕业她去报社做记者，二〇〇五年她辞职去做前卫的服装杂志，二〇〇六年她入职某外企做文案，二〇〇七她跳槽到一家银行内部金融刊物，二〇〇八年她改行做银行信托业务。

那时她深信这已经是一个物的时代，一切依物而生，比如衣服，比如名牌，以及由名牌构筑而成的格调。物与物砌成了一座繁复驳杂绚烂的蚌壳，里面裹着人们日渐透明和脆弱的神经与血管。

蕾丝镂空压烫出贝壳纹，复古的低胸紧身大蓬裙，灰色系亚麻中渗出的磨砂寒香，垂坠感百褶裙代替A字性感裹臀，不规则乔其纱与浆洗布搭出新的参差，巴洛克风的垫肩与大领，妩媚纱缎与粗犷牛仔的微妙结合，酒红一字领配破洞乞丐装，波西米亚长风衣下的豹纹热裤。

CHANEL、DIOR、VERSACE、KENZO、GUCCI、CERRUTI、BURBERRY、GIVENCHY、ARMANI。

不喝木桐和蓝山便会死的女人们以及不用古驰和阿玛尼就会死的男人们。

物的本质就是迟早要腐烂的。物质的泛滥正好契合一路失去的人类气质。果然，如今它们就像一些瓷器的碎片，其光泽或如刀锋或如玉石，都已沉身河底深处。而她坐在岸边，在这个深夜里正慈眉善目地注视着它们的前世今生。

再往前是魁星楼，过了魁星楼就是学校的大门了。

到了学校她进教室巡视早自习。小城里的学生们早早知道了不考大学别无出路，都早早到了挤在教室里搓着手背书。巡视一圈之后她把他们喝停了，她说，我和你们说过多少次了，不要总是背这些课文，有什么用呢。不如多背背《诗经》背背《宋词》，像这样的雪天，你们就应该背背舒亶的那首《虞美人·寄公度》:“芙蓉落尽天涵水，日暮沧波起。背飞双燕贴云寒，独向小楼东畔倚阑看。浮生只合樽前老，雪满长安道。故人早晚上高台，赠我江南春色一枝梅。”你们不觉得很美吗？它们可能对你们眼下的考试没有直接的用处，但是会让你们有一个诗意的内心，你们总有一天会知道，这个世界是怎样的孤独。

学生们茫然地看着她，有几个学习不错的学生不耐烦地皱起眉头，两只手捣着耳朵，嘴里继续悄悄背课文。教室最后面几个学习差的学生则一边听她说话，一边兴奋地窃窃私语，好像她刚刚讲了一个不高明的笑话。她有些受伤，站在那里有些绝望地看着他们。她嘴里喃喃自语，你们真的不知道我在说什么吗。就在这时，学生们齐刷刷把脸扭向了教室门口，她随之扭脸一看，是校长正阴沉着脸站在门口。

校长又把她请到办公室进行了一次训话，校长披着外套给自己续了一杯茶水，并不给她倒。他先是怒气冲冲地盯着那杯茶水看，就好像她正被浸泡在那只茶杯里。盯了半天他觉得可以开口了，梁老师，我这已经不是第一次说你了，就算你是老师们当中唯一有博士学历的，你也不能总是鼓动学生学些歪门邪道与考试无关的东西，学生们离高考还有多少时间？这样下去怎么能行呢？我们这只是一个县城中学，没有那么高的教学质量，就是应试教育，学生要想考上大学尤其是好大学就必须得做题做题做题，必须适应考试，你以为让他们背两首诗词就能考上大学？就能改变他们的人生？考不上大学他们去做什么？这么年轻就出去打工去工地上做建筑小工？梁老师你带的班级的语文考试已经连续两次是年级倒数第一了，你是不是也应该反省一下自己的教学水平？

灰头土脸地返回教室，好不容易上完最后两节课，上到最后简直是饥肠辘辘，等学生走得差不多了，梁姗姗才蹒跚着往出走。走到校门口她忽然想起一年前的现在，也是在这里，她刚走到校门口忽然听见背后有人喊她，一回头，却是陈天东站在那里叫她，他背后还停着一辆黑色的大众。这是第二次见陈天东，她心里竟一紧张，略微安抚了自己几秒钟，然后便一只嘴角扬起，似笑非笑地向他打招呼，是陈局长啊，假装是故人意外在雪天重逢。陈天东略微低了一下头，像是并不好意思看她，他这点拘谨倒让她觉出了几分可爱。他东张西望不看她，只说，记得你说你是县中的老师，刚才问你们门卫，门卫说你上午有课，过会就出来了，所以就在这里等你。要不中午一起去吃饭吧，反正已经是中午了。

两个人坐在一家小饭馆布帘后面的小包间里要了一只铜火锅，一斤玫瑰汾。铜火锅下面木炭正烧得鲜艳，锅里炖着白菜豆腐粉条丸子烧肉，丸子一个个被煮得圆肥可爱，在雪白的热气里活泼泼地蹦来蹦去。陈天东先是自顾自地喝下去两杯酒，脸色开始转红，他往上理理头发才忽然开口说话，语气也是不同于上次的，就像是一个新鲜的他忽然从那具喝了酒的皮囊里蹦了出来。他借着那具皮囊的掩护，重新上上下下打量了她一番才说，刚才等你下课的时候和你们门卫聊天才知道，你是县中唯一有博士学历的老师。你博士毕业？

她淡淡一笑，不置可否，好像如果回答了这个问题，倒显得她不够档次。她用身上的毛孔感觉到他有点微微的紧张。

看她埋头吃菜，他便又悄悄把她仔细打量一番，好像在参观一座早已听说过的建筑。

果然，她听见他说，早就听说县里回来一个博士，还以为是人们开玩笑，原来是真的，没想到居然是你。

她又夹了块土豆塞进嘴里，以表示她是一个真实存在的活物。

不等她开口，又听他继续提问，可你为什么要回来呢，是不是外面的工作实在不好找？现在的工作是不好找，我女儿大学毕业我想把她塞进个事业单位什么的都不容易。现在的工作真是一年比一年难找，现在人们活着的目标好像就是在哄抢各种资源，抢工作抢房子抢男人抢女人，现在的小孩一到二十岁就开始忙着结婚，唯恐资源被抢光了，你看，这时代的流行趋势又从晚婚变回早婚了。可是工作再难找，一个博士毕业总还是能在城市里找到工作的吧，教大学多好啊，教一个县城里的中学有什么意思？

其实在哪不都一样？想明白了就知道，在哪都一样。与其披挂着一身名牌一定要让别人知道自己是谁，不如在离亲人近一点的地方，在离埋葬亲人的坟墓近一点的地方，自在地生活，就是蓬头垢面披个麻袋出去也没人管。

……你还真有趣。刚才还听门卫说你经常被校长批评，因为老是教学生一些乱七八糟和考试没关系的东西。

说着他哈哈大笑起来，像成功地拆穿了一个关于她的恶作剧。笑得略有些夸张，正好掩饰了刚才的那点紧张。

她也喝下去一杯酒，酒精的刚硬中夹杂着一缕玫瑰花香的妖媚，身上暖和了一些。她看着他说，你知道吗，我只是害怕，有一天这些学生们忽然发现其实他们是被骗了很多年，我就总想让他们早一点明白……人就是一直在被自己活着的那个时代骗，但是所有的时代终究都会过去，在很久以后回头再去看自己的那个时代总会觉得像场骗局，你说是不是？

我回头看看我自己的青年时代，也觉得不像自己的。

你说人在这个时代里最缺的是什么？

安全感。

好像所有的人都没有安全感。

其实活在哪个时代里的人都这样。

我想我这几年可能真的开始变老了，不怕你笑话，我现在看谁都觉得可怜。你看看在路边卖菜的那些农民们，辛辛苦苦种的菜一斤卖几毛钱。你看那些开三轮车跑出租的，跑一趟赚三块钱还要被砍价。你看那些超市里的营业员，整整站一天，再在下班时买点超市的特价商品回家。我见到过七十多岁的老人坐着轮椅还要在街边卖鸡蛋，我去医院看病的时候，看着周围来来往往的人，看到每一个人都被各种疾病折磨着，千奇百怪的疾病，千奇百怪的痛苦，而每一个人都想尽一切办法要活下去。那些失去亲人的人则比死去的人还要悲伤。无论是你还是我……都可怜，真是万物刍狗啊。

他的眼睛盯着那口咕咚咕咚的铜锅，她便也看着那口锅。好像他们正共同面对着一个秘密，而这秘密把他们两个人已经连缀在了一起。看着火锅咕咚了半天，他终于又开口，那天你托我的事我已经帮你问过了，法院的院长说这种事已经是犯法了，不可能不判刑，他唯一能帮忙的只是量刑多长的问题，原本应该判两年的，他说他最多能帮着减到一年半。

……你信吗，他真的是个好人。

信。不过你不要着急，现在不是还没判下来吗？我再帮你周旋，尽量判最少的时间就出来。

……不管怎样都谢谢你。

真不要谢我，我都没帮上什么忙。上次的事，我一直觉得不妥……你看这样好不好，现在我带你去我家，上次在办公室紧张，没有发挥好。就算我们是一对狗男女的关系，你也得真的享受到快乐才能算扯平，我怕你把自己置于一个被睡的位置……那是会很难过的。上一次算我睡你，这一次你睡我，我们就算扯平了。不要把我想得多么猥琐，好像就知道占女人便宜。其实，我虽算不上什么好人，但也绝对不是什么坏人。怎么样？

她先是一愣，接着便哈哈大笑起来，本已经笑完了却不知道该怎么停下来，直到笑累了才忽然幽幽说了一句，都一样，我算不上什么好人，但也绝对不是坏人。

他坐在她对面，涨红着一张一本正经的脸，以至于她总觉得还没有真正看到他的脸，她觉得他此时正藏在这张面孔下面窥视着她。只听他又说，真的，我愿意把一些不堪尽量修补成别的东西，起码不是交易，那就是日后想起来也不至于厌恶，也不至于会让你看不起我，也看不起你自己……你明白我的意思，你可不是有求于我，你应该这么想，老娘就算读完了博士也是正常女人，有权利让自己快乐，凭什么不能睡男人。在这世上，越是受苦的人越是有权利让自己快乐。

六

陈天东说自己翠山苑的这套房子一直就空着，他偶尔带朋友过来喝茶。辽阔的客厅里几乎没有家具，灰色地毯上只有一张矮茶几和四处扔着的坐垫。坐垫五光十色，有一个上面是蜡染的椰林，有两个是繁复的土耳其花纹，一个宝石蓝，一个金橘红，还有一个是用绿色的细毛线一针一线勾出来的南瓜坐垫，也肥胖地歪在地上。阳台上的青玉花瓶里插着一大束干花，风干的玫瑰和莲蓬散发着一种隔世的冷硬香味。茶几上放着几只丑陋狰狞的粗陶杯，还有几只光艳四射的天目杯。有一只巨大的彩绘玻璃盘子摆在地毯上做烟灰缸。到处是横七竖八扔着的书，书旁边是一张巨大的床垫。

她随手翻起一本书笑道，看不出你还是读过几本书的人，我真以为你们这些局长们都是不学无术只知道收钱的。

他看着窗外说，我要是现在还像我二十多岁时一样就成笑话了。就像人们指着一个六七十岁满面皱纹的老太太说，瞧，那老太太还在等待她的爱情。听着是不是很心酸？

窗户没有拉窗帘，反正是悬在半空中的三十层，不怕对面有人看。只有一轮硕大冰凉的明月挂在窗外，屋里的灯关上了，月光从窗户里进来像落了一层薄薄的霜，干花的香味在深夜里像固体一样砌满了整个房间。他从身后抱住她的一瞬间，她的泪忽然落下来了。

两个人赤脚站在这青白的霜地里，可以从玻璃里看到自己的影子，这影子依稀与月亮消融在一起，构成了夜空中一种晦涩斑驳的纹路。她从玻璃里看到了身后他半透明的面孔。

他们情知这窗前明月下的性事是一场绚烂的烟花，都是留给自己看的，更是留给自己以后的记忆，好覆盖掉前一次的丑陋，所以都分外卖力。梁姗姗这时候才发现，原来只是肉的欢愉都可以这样盛大肥熟这样富丽堂皇这样理直气壮，看来自己真的是开始老了，没有爱都可以做爱了。她死死抵着那扇玻璃，玻璃外面就是悬崖，悬崖外是亘古的明月。在那一瞬间她忽然又想起了梁帅帅，想起了他在信中说，监狱里喝不到热水，不能洗澡，不让关灯，被褥潮湿身上长满红斑。又想起了已经沉身于人造睡眠中的双美丽，又想起了现在正在与一个男人交媾的自己。悲伤、恐惧与羞耻以断崖式的力量带给她双倍的情欲，一种情欲之中包裹的情欲，几乎与悲伤同等重量，都追加在她的身上，以至于她的肉身马上就要飞起，燃烧，片甲不留。她趴在玻璃上几乎是号啕大哭，却同时用淫邪的口吻命令着身后的男人，不要停，不要停下，让我死掉，我是个该死的人，我就是个该死的人。

黑暗中干花的香味更加邪恶了，他紧紧抱着她，她只依稀记得他在她耳边说了一句话，不要怕，我会尽力的。

这次见面本是做好了所有诀别的准备，如在悬崖上的纵身一跳，想着下面本该是尸骨无存，不料却成了另一个开端。此后两人的见面地点多数都在这翠山苑三十层的高楼里。他每次一见面就先安慰她，说梁帅帅的事他还在想办法，这不是还没判下来嘛，没判下来就有希望。然而她觉得在做爱之前他对她做这样的抚慰，那就还是交易的意思。她说，一码归一码，帮忙是帮忙，性爱是性爱。既然已经划分清楚了就不要再搅到一起了，可别让她时时有在卖的感觉。陈天东笑，我就喜欢你这点性格。有的女人啊，你一旦和她有点什么关系，她就要挟着你为她办这办那。

她说，你们这些手里有一丁点小权力的人就这样，心里总防着别人，生怕别人觊觎你们手里的那点权力。你倒给我讲讲，你怎么就落下了一个好色的名声。

他又笑，那只是传说而已，其实这几年里我有时候对女人简直是避之不及。说实话，如果说我现在喜欢一点享受，那也是因为年轻时候过得苦。我大学毕业后就开始在这机关里熬日子，我又是外地人，老婆在外地，我们一个月才能见一次面。很多年里我都是白天在办公室上班，晚上住在办公室。回家的时候要坐五六个小时的客车，就是那种恨不得连车顶上都绑上人的小客车，见人就停，走不走？而且那时候还是土路，坑坑洼洼漫天灰尘。等到下车的时候整个人都快被土埋了。那时候年轻又是夫妻两地，每次见到老婆连女儿在一边哭都顾不上我俩就开始了，一边做我一边还要对旁边哭闹的婴儿说，女儿啊，千万不要怪你爸啊，你爸也不容易。就这样一年年熬着，从科员熬副科，再等着从副科熬正科。在一个县城里熬个正科就到顶了，别的就不用想了。

那你老婆现在呢？

我当了局长以后才把她调过来，调过来没几年她就内退了。现在每天就干两件事，打麻将和做美容，据说这是县城官太太们的标准生活模式。我看她也是觉得自己年轻时候亏大了，一心想补偿自己，把脸上的皮拉得和有机玻璃似的，都不会笑了。我看这个国家的人啊都是这样，觉得自己亏下的地方就一定要给自己补回来，那些老头们喜欢小姑娘是为什么，就是觉得自己年轻时候亏了，没有享受过，一心要补回来。说来说去就是因为我们什么都不信，就信这一辈子，我们信自己死了就是一把灰尘，没有惩罚也没有来世，内心根本无所畏惧，不怕神不怕鬼，不信耶稣不信佛陀，所以才会不顾一切地享受着今生今世。

我也常想，就是怕点什么都比什么都不信的好。

这不，老婆的电话已经打过来了……该回家了。

他们在楼下道别，反向而去。知道他有妻女，她则回去又要对双美丽进行一次新的抚慰。她得不停地给她希望，这不是还没判刑吗，今天刚问了，那局长正在活动，还没判就是有希望的，说不定就把他放出来了，还能在家过个年。回到家中，双美丽刚切好一碟腌萝卜，她给她盛好小米粥，摆好腌萝卜丝，然后疑惑地看着梁姗姗，想从她脸上找到确切的证据，她小心翼翼地试探着，你说的那局长，能耐到底有多大？

梁姗姗忽然有些被戳穿的气急败坏，把小米粥推到一边，说，我又不是法官，我怎么能知道。说完又有些后悔，也不敢看双美丽，只是无声地回到自己房间。她躺在床上都能想见，此刻双美丽一定正不安地窥视着她的门，却不敢走进去。她想如果现在能听到她的哭声，她一定不顾一切冲出去抱住她。可是，她只听到双美丽正迟钝而犹豫地在外面活动着，喝粥，走动，刷碗，吃药。安静片刻之后她便听到了她的鼾声准时响起，她再一次不顾一切地睡着了。

又过了一个月，马上就要过年了，这天陈天东又约她见面的时候终于对她说，审判已经下来了，梁帅帅被判了一年零两个月的有期徒刑。他有些歉意地对她说，他真的尽力了，没有办法，这个国家的法律再不健全也终究还是法律，以他的能力也只能如此了。

她站在三十层的窗前久久看着远处苍灰色的天际线，好半天才对他说了一句，不管怎样还是要谢谢你。他在她身后讪讪地为自己辩解着，你也知道，我就是县城里的一个小局长，虽说越是小地方人脉越重，但我的能力确实是有限的。她忽然打断他，侧过头对他翘起一只嘴角笑着，说，不要说这个了，现在和我做爱吧。他连忙低下头不敢看她，别……我知道你难过。她使劲摇头，真的，真的，难道无求于你就不能和你做爱了吗?

就在他抱住她的一瞬间，她忽然又落下泪来，哀求一般死死抱住他，对他乞求着，你让我死，让我死了吧，真的，我是该死的，我是个该死的人。

他们在地毯上一直躺到天完全黑下来。没有月亮，巨大的猎户座正清冽庄严地悬在他们上空，寒夜里的星光分外璀璨。她说，你看我其实是一个多么无用的人，可是我的母亲我的哥哥都把我当作是他们的天，他们仰视我，相信我，甚至害怕我，他们觉得我见多识广无所不知，觉得我是博士毕业便高人一等，他们情愿在我面前卑微下去，等着我去救他们。我知道我哥他在监狱里每天唯一的指望就是我。我的母亲每天靠镇静剂度日，过量的镇静剂甚至让一个人都无法再流泪。可是事实上，我只是这个时代里的一个最卑微的小人物，一个县城里的怪物。我痛恨法律被权力压制，可是你看我又拼命参与其中要加剧这种不健全。我就在离亲人最近的地方却什么都帮不了他们。

其实谁都是可怜的小人物，你看看大街上的众生们，有哪个不是。别看我表面上人模狗样，实则也不过是蝇营狗苟，为了升官发财不得不绞尽脑汁去巴结我的领导，背过身去都觉得自己可怜。而领导们则需要去巴结更大的领导。都一样的，一样。

所以我现在看谁都觉得可怜，我买东西都不忍心和小贩杀价，还恨不得能多给他们两块钱。那种感觉，就好像是我欠了他们很多，都还不清楚。

有时候我觉得自己在一个县城里也算个人物了，有人巴结有人送礼有女人投怀送抱。有时候又觉得自己其实就是一粒沙子，什么都不是。所以当我知道你学历竟然那么高的时候，心里真生出了对你的几分向往。

忽然发现自己睡了个女博士？

我不是立刻补救了嘛。睡与被睡其实都是一样的。

知道吗……有时候做这种被人不齿被人唾弃的事情我反倒觉得痛快。

知道，我也是。

第二天晚上吃过晚饭很久了，梁姗姗还在犹豫，最后看看时间已经快到双美丽的睡觉时间了，她才一咬牙把这个消息告诉了双美丽。双美丽正坐在沙发上看电视，听了梁姗姗的话，她坐在那里一动都没动，眼睛还是不错珠地盯着电视屏幕，好像她压根就没听见她在说什么。她坐着，梁姗姗站着，两个人都静悄悄地盯着电视，屋里有一种阴森的寂静。屏幕上有两个古装的女人在边走边说话，梁姗姗只看到她们的嘴唇在一开一合。忽然，她听见双美丽犹犹豫豫地打了一个饱嗝，缓慢地迟疑地呆滞地，然后她又连续打了两个，这不合时宜的声音听起来像一种古怪的悲伤的哭泣，从人身体里一个深不见底的地方挣扎着跑出来跑到了她面前。然而她竟然还是要偷看双美丽的眼睛，她的眼睛里还是万里干旱，上面布满了红色的血丝，像皲裂的土地，被深埋在地下的火炙烤着。

双美丽忽然看上去干枯而苍老，她犹豫着，然后还是慢慢把手伸向了桌上那只放着镇静剂的药瓶。她抓起药瓶的时候都不敢看梁姗姗一眼，好像有点羞愧，有点不好意思。她把白色的药片一片一片细细数好，握在手心里，然后慢慢站起来去厨房倒水，始终没有和梁姗姗说一句话。梁姗姗一个人久久站在原地，用力盯着电视屏幕里那几个来回走动的人影，好像要一直把他们盯出屏幕为止。

除夕夜到了。却波街上家家户户都挂起了红灯笼，血红色的灯光一团一团地落在了雪地里。陆陆续续地放鞭炮放烟花的人家多了起来，五颜六色的烟花带着翅膀和尾巴飞到了空中，然后像流星一样碰撞，炸裂，彩色的羽毛纷纷扬扬飘向大地，整个小城忽然像童话一样晶莹剔透。梁姗姗和双美丽在屋里包饺子，包着包着，双美丽说，你们小的时候，每年过年我都是早早就给你们做好新衣服，早早给你们买好瓜子花生和奶糖，你哥哥总是让着你，大白兔奶糖都让你先挑完，你哪有他的脾气好啊，他仁义啊，对谁都好。

两人沉默了一会儿，双美丽忽然又说了一句，不知道里面是怎么过除夕的，明天给他送点饺子去吧。梁姗姗应道，监狱里过节也给犯人们吃饺子的。双美丽包饺子的手忽然停住，高声对她叫起来，不要说监狱两个字，好像他真的犯了什么杀人放火的大罪，好像他真的犯了什么法，我还不知道他吗，他不就是怕人家不喜欢他吗？他不就是想多交几个朋友不就是老想讨好别人吗？他就是生怕人家看不起他。

说着她的两只手开始剧烈发抖，她用手撑住肚子，把半个身体都伏了下去，好像这样就可以减少某种疼痛。她伏在那里又自言自语着，我现在白天都不敢去街上，就怕别人问我，听说你儿子进监狱了？当犯人了？你们小的时候我一心只盼着你们什么时候就长大了，连做梦都是梦见你们长大了，可是等你们长大了却是这样……

还有我陪着你呢。

你读了那么多年书，却一定要回到这小县城，你说你能有什么出息。

小县城就真的不好吗？

马上就午夜时分了，窗外的鞭炮声越发密集，红色的鞭炮屑在夜空中盛开得到处都是，又有雪花陆陆续续落下来，如红梅踏雪。忽然有一只巨大的金色礼花飞上了夜空，在半空中轰然开放，顿时整个雪中的小城都亮如白昼。

梁姗姗在窗前看着渐渐熄灭下去的礼花，想起了二〇一〇年的校园。

二〇〇五年到二〇〇九年的梁姗姗一直在城市里频繁跳槽，到二〇〇九年的时候，金融市场大萧条，对物的迷恋行到末期，便自虐到近乎求死，空气里弥漫着物欲炸裂之后丝丝缕缕的神经末梢，带着诡谲的异香，湿漉漉地搭在人的脸上、身上。梁姗姗做投资的同居男友因公司破产，连招呼都没和她打一声便一夜之间从人间蒸发。贷款未还，房子被银行收走，而车在男友消失之前已被用去抵债。

梁姗姗就是在这个时候决定考博的。于是，二〇一〇年的秋天梁姗姗第三次回到校园。

她推着四个轮子的硕大行李箱再次走进校园，又是秋天，北国的白杨开始泛黄，开始横七竖八地零落，落叶飘在空中如无数种哑语的手势。博士宿舍里有两张单人床，两只摆满书的书架，一瓶插在水中的绿萝，一面钉在墙上的穿衣镜。薯片、巧克力、奥利奥、盒装方便面。笔记本电脑。智能手机。微博的刷屏声。梨花头、香菇头、外翘荷叶头。短裤开始在校园泛滥成灾，梁姗姗从没有见过这么大规模的光腿，各种款式的光腿，长的、短的、胖的、瘦的、直的、罗圈的。长裤的裤脚再次收紧，由喇叭裤摇身变为哈伦裤、铅笔裤。尖头皮鞋再次变回圆头。紫橙粉黑搭配的妖魔拼贴色成为当年最前沿的流行色。娃娃装与露背装平分秋色。热风、优衣库、卡玛。论文，论文，论文。写论文写到半夜，绝望地抱着电脑看《甄嬛传》《越狱》。舞会彻底绝迹，上网不再算作娱乐，恋人们周末抱一桶爆米花去影院看《阿凡达》《长江七号》《盗梦空间》《杜拉拉升职记》。

七

彼时的梁姗姗已经三十二岁，在博士生里几乎是年龄最长的。她身上有一种继性神话、物质神话相继陨落之后的萧索与幽旷。她背着电脑每天早出晚归地泡在图书馆，身上偶尔突兀地跳出一件GUCCI或ARMANI，也都是过去的遗物，再出现在身上反倒不伦不类。物质性的幻灭已让她疲惫和麻木，仿佛紫绸掀开是麝香黄，暗示着她身上曾生生灭灭过的另一个帝国，像一切文明一样，繁盛到尽头便是必死无疑。这时候的梁姗姗一心要留在京城的某所高校做大学老师，至此开始心灵餍足的后半生，所以读书颇为卖力。作为一个老女博士，校园里追求她的男生已经基本绝迹，而此时的她对那种四十度灰的中年男人早已经失去兴趣，她开始厌恶他们身上那种荤腥而摇摇欲坠的肉感。梁帅帅还在给她写信，他像以往一样向她汇报他的近况，说他自学了电脑维修的一些技术，现在电脑市场正火，他租了一间小门面店，打算做电脑维修和翻新二手电脑的生意。她觉得他似乎终于找到了些正规的事情可做，暗暗替他高兴了好几天。他这次虽然没有开口要钱，但她还是去邮局给他汇了一千块钱。

开始博士生涯的梁姗姗在每日早出晚归的读书写论文中，坚信自己可以把过去五年的光阴一分不少地抓回来。她几乎惜时如金，看书经常看到头痛欲裂，开始大把掉头发。每天早晨五点起床雷打不动地学习一个小时的英语，为的是能更顺利地看英文原著。表面上的梁姗姗似乎真的再次与五年前的学生时光天衣无缝地对接起来了，好像中间这五年是根本没有存在过的，她凌波微步般地从时间的表面上自由穿行，一点痕迹都不留。时光于她来说好像是无效的，可是只有梁姗姗自己感觉到了内里的变化。

那是一种表面看不出的内在肌理的变化，就是说那是一种最深最幽暗处的结构上的变化。表面上她像个学生一样穿梭于图书馆和宿舍，而事实上她是游离于整个校园之外的，校园里正在发生的一切与她根本就无关。同宿舍的女博士比她小六七岁，见了面像对待长辈一样客客气气和她打招呼，却始终是远隔千里的疏离。错位的痛苦像多年前的一场核辐射埋下的隐患，终于开始显山露水，她拿着书本坐在图书馆里的时候，会忽然觉得很荒诞，很滑稽，觉得自己在这里像一个披着袈裟的异教徒，越是虔诚反倒越是让人生疑。

因为与学生的疏离，她便更多地与老师们交往。她发现这些大学老师们有的四十岁的年龄还在租房住，有的一年有上百万的科研经费得想法子花出去，有的除了给学生上课在社会上还有多重身份多种兼职，有的老师开着保时捷来上课，有的老师坐地铁来上课。然而这些老师们在一起扎堆的时候最喜欢的事情除了诉说头上的科研压力，接下来便是评论自己的同行。

那人不行，博士六年才毕业，学术搞成那样还总以为自己在这里屈才了。

我听见那谁谁对别人夸口说，论文包在我身上，我找个学生帮你写，最后加上个学生名字就是。

你看看那谁谁谁上课穿的衣服，再听听他上课的那些言论，真是把自己搞得像风流名士一般。

论文谁有他发得多？根本就不是人，就是个学术机器。你不见他头发都掉光了，你说他晚上回去摘了假发哪个女人不害怕？怪不得一直都不结婚。

那谁谁怎么都买第三套房了？还是复式的大房子，就靠工资？他是不是自己开公司了？

……

读博期间关系和她最近的是一个同门师兄，说是师兄，其实比她还要小三岁，也属于高龄博士，两人多少有些惺惺相惜。一次两人一起在校外的小饭馆里吃饭，都喝了不少酒，她趁着酒意忽然便问道，师兄你怎么看这些大学里的老师？师兄长叹一声，我也一直在想这个问题。传统的士大夫精神虽然也注重现世的安稳，但文化核心价值却是超越现实功利的，对精神追求还是有自信的。就是说他们终究是有底气的。但现在的知识分子的内心价值已经没有根基了，资本时代替他们提供了价值和目标，其实他们已经没有了可以保持自己价值系统的条件，也就只能随波逐流了。相反，那些执意要保持自己内心价值稳定的知识分子，就会越来越痛苦和孤独，而且会越来越被社会边缘化。

即使是一个知识分子，在这个社会上如果到四十岁还没房没车也是没有尊严的，对吧？

从前知识分子们的精神启蒙根本抵挡不了一个资本时代的普世价值。

那该怎么办？

要么随波逐流，要么在内心偏安一隅。

她对着他举起了手中的杯子，两人隔着一只酒杯遥遥相望。那一瞬间里她忽然想起了无数年少的时光，也是在校园里，她和一个少年手拉手走在泡桐树下。现在她很想很想问一句眼前的人，是不是愿意在校园里拉着她的手走一段回宿舍的路，就像他们曾经那些年少的时光。话始终未说出口，眼睛却湿润了。师兄先开口了，来，再喝了这杯吧。说完便先一饮而尽。在小饭馆的灯光下她忽然发现他此时也是泪光闪闪，他们却一句话都没有再说。又过了一会儿，有夜风夹着紫藤的花香从饭馆的窗口吹进，夜色已深，梁姗姗顿时觉得酒意全醒，她摸摸自己的脸颊说，走吧。他还是默默看着她的脸，像是要说什么，但最后也不过说了两个字，走吧。

他们走出小饭馆，走进校门，并肩走在那条回宿舍的路上。路两边长着高大的白杨，夜风温柔如水，他们静静地拖着各自长长的影子往前走，一直往前走。走到她宿舍楼下的时候，她站在楼前那棵巨大的白杨树下礼貌地对他说，谢谢你送我，我进去了。他说，去吧，我看着你进去。她转身进去，绝不回头，却满脸是泪。

转眼就是来年三月，博士论文初稿已定，找工作的事情提上日程。梁姗姗这时候发现因为自己的年龄，在北京已经很难找到愿意要她的高校。也就是在这个时候，她听说那个师兄最近有女友了，可能毕业以后就结婚。对方是本地人，家里有房子。

梁姗姗就是在那一个瞬间里决定的，回故乡。回到离亲人和亲人的坟墓最近的地方。

“昔我往矣，杨柳依依。今我来思，雨雪霏霏。行道迟迟，载渴载饥。我心伤悲，莫知我哀。”梁姗姗后来在课堂上对学生们讲起这首诗的时候不禁怆然涕下。

凌晨时分，鞭炮声渐渐小下去了，烟花像开过一季的植物，在除夕的夜空中渐渐凋零。窗外的雪花越来越大，简直是在迎风飞扬，炉子发出轻微而迟钝的鼻息，双美丽的鼾声响起，她已睡熟。梁姗姗也回到自己房间，挨着枕头躺下，一伸手，却摸到枕头下塞了什么东西。拿出来一看，一个两百块钱的红包。是双美丽给她塞的压岁钱。据说除夕夜悄悄把压岁钱塞在小孩子的枕头下，可以保佑小孩一年到头无病无灾。梁姗姗无声地笑了，然后眼泪一滴一滴落在了那个红包上。

二月二龙抬头这天下了一场小雨，算是春天就来了。却波街上倒是终年热闹得很，梁姗姗家对门的老太太新近刚烫了个头，据说是老头特批的并给她发了烫头钱。老太太顶着一头新烫的头发在门口频繁出出进进，唯恐邻居看不到。房前邻居的儿子给县里的某个领导开车，据说最近刚开着领导的车撞死了一个人，邻居们都传说他得去偿命了，没想到几天之后人家又被放回来了，安然无恙，继续开车。斜对门邻居的儿子刚留在美国，给他寄回一堆在奥特莱斯买的打折衣服，他便每天穿一件在却波街上炫耀一圈，喏，是美国货。房后的邻居是大货车司机，出去拉煤一走就是十天半月。老婆留在家里专职打麻将，货车司机早起了疑心，这天半夜回家直接翻墙进去，一推门，发现老婆和一个五十多岁的麻友正光光地睡在一起。这跑掉的麻友还是有公职的人，货车司机便拎着一条木棍，日夜蛰伏在其单位门口，终于有一天等到了奸夫出现，便二话不说先上前把奸夫一条腿打断。又据说那奸夫家住六楼，那一日不知是怎么拖着一条断腿爬到六楼的。

却波街属于交城县的贫民区，富人区便是城北以翠山苑为首的那几套高档小区。却波街上盛传，那些高档小区里停满好车，到周末的时候，那些住在小区里的人们都不用出小区的大门，和情人直接就在小区里车震，省时省力省钱还省空间。

梁姗姗一次问陈天东是不是真的，陈天东哈哈大笑，说这个你也信？不过小老百姓们不容易，他们愿意怎么说就让他们说去吧，历代百姓，谋生都不易，说点什么不过都是苦中作乐罢了。梁姗姗站在窗前看着夜色中的翠山苑，说，我现在发现我们却波街对你们翠山苑可真是仇视啊，都成两个阶级了，没想到就一个县城里都会这样。陈天东说，你是不是有点后悔回来了？

窗外的万家灯火越发把三十层的高楼似断崖一般衬在空中。她说，没有什么后悔，就是发现在哪里都一样。扫地的清洁工也罢，披挂着一身名牌的贵妇也罢，都一样的可怜。香车宝马怎样，倾国倾城又怎样。

他们会不定期地见面，有时候在翠山苑三十层的高楼上，有时候他开车带她去大山里转悠一天。小城就蛰伏在山脚下，大山里是一望无际的森林，蜿蜒的山路上人迹罕至，偶有松鼠抱着一只松果跳来跳去。一次他们路过一个山村，全村只有七户人家，还都是老人。中午到了，他们就在其中的一个老人家里吃了一碗酸菜面。老人还把自己种的苹果拿出来给他们吃。临走前，陈天东给老人留下两百块钱。两人上车继续在弯曲的山路上无目的地游荡，梁姗姗说，看不出你也是略有几分心肠的人。陈天东大笑，不是早和你说过吗，我不是什么好人，但也不是什么坏人，其实绝大多数人都是这样的。

夏天来了，葡萄满架，架下的指甲花和月季花又开得排山倒海，粉色的花瓣落了一层又一层，微风过处，便像雪花一样盖住了红砖的地面。双美丽在院子里收衣服，晾了一天的衣服已经干透了，和梁姗姗记忆中的一样，粗粝硬挺，穿在身上会有割着皮肤的阴凉和清醒。梁姗姗拿回一封钟大宝从监狱里捎来的信。梁帅帅在信里说，他真是后悔啊，本来觉得自己好不容易开了个电脑维修店，小本买卖，就怕没有顾客，有人来他店里玩，他哪里敢把人家赶走，只盼着人家多来几趟，还能给他招揽来一些顾客。没想到会把自己也抓进去，他真是后悔啊。又说在里面每天就是起早贪黑地做衣服，晚上休息下来了就在一起聊天，什么都聊，他在里面还认识了几个朋友。在里面没有烟抽一天都活不下去，烟对他们来说太重要了。他又说自己现在的缝纫做得越来越熟练了，等他出去了要给妈妈和妹妹先各做身新衣服。信的最后像是怕她们忘了，他又叮嘱了一句，记得下个月给他送烟，一定一定。

双美丽把信揉搓在手里读了一遍又一遍，读完了又不放心地问了一句梁姗姗，你今天把烟给钟大宝了吗？梁姗姗不说话，表示不屑于回答这个问题。知道双美丽正偷偷看着她，她便越发不想说话。双美丽连连叹着气，进去自己屋里，拿出一卷钱硬要塞给梁姗姗，姗姗你拿去买烟，不要用你的钱啊，我还有点退休金，你买烟就问我要钱，这个钱不能让你出的啊。梁姗姗看到那卷伸过来的钱，叫了一声跳到了一边，双美丽双手捧钱又掉转头来继续求她，姗姗你拿了这钱去买烟，不要让他在里面受罪，你想想他才在里面半年，还有大半年要过呢，不抽烟怎么活？姗姗……要是有一天我不在了，还要你来照顾他。

她的声音忽然就变尖变细，像分叉成了无数条蛇芯子一样在空中痛苦地呻吟着。然后她猛地停顿了一下，像渴极了一般只是张着嘴却发不出任何声音。梁姗姗不敢看她，一心只想从这里逃走。她刚要向门外走去，忽然听到双美丽的声音又紧紧追了过来，这次她说得很快很干，像是必须保证自己一口气说完，她说他没有你聪明没有你学习好没有你学历高……她的声音听起来已经开始哽咽，梁姗姗惊恐地回过头，看着她，不知道她下一步还要做什么。然而她也只是哽咽了两声，眼睛里仍然是一望无际的干旱，事实上她看上去全身都是干渴的干旱的，像一个被困在沙漠里太久的囚徒。梁姗姗再一次觉得眼前的双美丽只是豢养在母亲身体里的一个自己，她并不是那个真正的母亲。

她疾步走出家门，走过却波街，又走过一条沙河街的时候才决定给陈天东打电话。陈天东却把她电话挂了，她又打他又挂，她正要第三次打过去时，他发过来一条短信，现在在家呢，接电话不方便。梁姗姗说，出来，我想见你。陈天东回道，在家呢，有事明天再说好不好。刚才在家中受的委屈此时忽然就变成了一种怒火，他什么时候想见到她就可以随时见到她，她需要见他的时候就这么费劲，一句在家里就把她打发了？她往手机里扔进去一句话，我就要今晚见你，出来不出来？陈天东立刻回过来一句，今晚确实不行，出不去。梁姗姗连连冷笑，出不来？你老婆用铁链把你锁在屋里了？你到底出不出来，你今晚要是不出来见我，我明天就再找个男人给你看你信不信？短信发出去之后，梁姗姗正提起精神准备迎接他从天而降的回复，却半天没有了音信，她那条恐吓短信掷出去之后好像掉进了水里，竟连点回声都没听到。她只好再次把电话打过去，结果是已经关机。她立刻有一种撞到墙上又猛地被弹回来的感觉，以至于独自坐在路灯下喘了好半天气。

第二天上午陈天东的电话打过来了，她看了一眼，挂掉不接。那手机便灰头土脸地独自喑哑下去，绝没有像她期望中的一样摁下再响起再摁下再响起没完没了地纠缠她一天。手机像面瓜一样闷声不响，她索性关机去上课，下课第一件事就是忙不迭地打开手机，没有短信，没有她想象中陈天东一路追杀过来的短信。她独自抱着空空荡荡的手机在办公室呆坐了好半天，才开始踉踉跄跄出校门。走到校门口又疑心陈天东是不是就在那个老地方正等着她，便器宇轩昂目不斜视地往出走。走出校门口才发现周围十米之内连个鬼影都没有，只有一个保安坐在传达室里正饶有兴趣地看着她。

又生不如死地等了一下午还是没有等到陈天东的电话，下午她一边开一个无聊的教研组会议，一边盯着手机屏幕。到最后，冗长的会议都开完了，手机还在她手里装聋作哑一声不吭。她面色灰白，像个准备炸碉堡的英雄一样扛着两只肩膀，直挺挺地走到了大街上，在街上漫无目的地乱晃了一圈之后，忽然看到几个男人刚从路边的一个小饭店出来。其中有一个长得高大魁梧，把一件外套胡乱搭在肩膀上，颇有几分拓落的邪气。她走过去，几个人身上散发着浓烈的汗腥味。她对那高个子男人笑了笑，能帮我个忙吗？男人疑惑地打量着她，没说话。她掏出手机说，我觉得你长得很帅，想和你合个影，不知可不可以。周围几个男人嘎嘎大笑，一边笑一边推搡着那个男人，快去快去，和人家照相去。高个子男人有点窘迫，又有点得意，便也龇着牙笑，脸涨得通红。梁姗姗走到他身边，请旁边的人给他们拍合影，梁姗姗又嗔怪那男人，我又不会吃了你，把手搭在我肩膀上拍一张啦。男人们又大声哄笑，嘴里说，快快，手搭到肩膀上去。男人扭捏一番还是把一只手僵硬地搭在了梁姗姗的肩膀上。梁姗姗说声谢谢，拔腿就走，男人们在身后叫她，留个电话，哎，电话还没留。

等到下午快六点的时候，陈天东终于发来短信，说开了一天会，马上下班了，约她在翠山苑见面。她冷笑一声，把她和那高个子男人的合影发给了陈天东。可是手机那头的那个人像潜水艇一样再次无声无息地沉潜了下去，连个水泡都没有冒。这种绝对的寂静让梁姗姗忽然有些害怕，害怕他就此永远消失了，便又后悔自己行事鲁莽，不该给他发这样的照片，想着要不要打电话过去道歉，又觉得这样打过去更要被他小瞧。内里的火山独自在体内横冲直撞，最后她挣扎着用意志勉强按捺住摇摇欲坠的内里，向家里走去。

八

第二天是周末不上课，梁姗姗几乎整整一个白天都活动在自己手机的半径内，她手里无论做什么，眼角一点余光都系在那只手机上。双美丽显然感觉到了她的不对劲，一边偷偷观察着她，一边不时对她说一句，姗姗啊，要是闷了就出去逛逛去……这个我来做，你去忙……姗姗啊……她正坐在葡萄树下择一把豆角，她的声音听起来不安且软弱，自从梁帅帅进了监狱之后，她在白天就几乎不再出家门，只有在黄昏或晚上的时候才出门散散步或买点菜，又生怕撞到熟人，一路上左顾右盼躲着人简直像个道行不深的鬼魅。

这个时候电话忽然响起来了，她扔下手里的书扑过去一看，已经涌到脸上的血立刻倒流了回去。是一个小学同学打来的，小学同学说他们一家四口明天要去一个有山有水的好地方游玩，想带她一起去，问她有没有时间去。一家四口？梁姗姗眼前立刻出现人家一家四口两个大人两个小孩错落有致地坐在一辆车里，而她则像个多余出来的包袱一样被随意镶嵌在车子的某个角落里，而且他们一路上还要对她充满怜悯，展现优越感。她客气地说她很忙，真的没有时间。对方表现出仁至义尽之后的遗憾和狐疑，也挂了电话。她自从回到县城之后就在被各路人马同情，以至于不得不一看见就远远避开他们，好像他们是生活在阳间的，而她是独自生活在阴间的。

黄昏如期降临，院子里的树影和花影都再次陷入了失去颜色之后的灰色梦境中，葡萄在黑白墨色之间散发着植物的寒香，月季褪去颜色之后露出一种故纸的颓败，远处的一切都变成了天边的沉淀物。双美丽拿起自己的小包出去散步，顺便买点明天的菜。梁姗姗独自坐在院子里心想他今天是不会再来电话了，忽然就周身一阵软弱，想着进屋躺着，扶住竹帘呆呆站了好一会儿。

正在这时忽然听见有人走进了院子里，又走到了葡萄架下，她以为是双美丽回来了，心想今天怎么这么快。一抬头却看到是陈天东那张忽明忽暗的脸。她惊叫一声，你怎么找到我家的？

他跟着她进了她的房间，她拉上窗帘，刚把台灯打开，他就一言不发地把几张纸扔到了她脸上。她拿起一看，几张纸上全是关于一个男人的资料，详细得不能再详细，年龄，家庭，父母，婚姻，子女，工作，简直像是出自情报局之手。她再仔细看那男人的照片，觉得有些面熟，忽然发现正是那天她在饭店门口搭讪的那个高个子男人。陈天东站在她面前，口气冷峻异常，看清楚了没有？再看看。看看你找的是什么男人，我已经帮你调查清楚了，是个下岗的煤矿工人，今年三十七岁，小学文化程度，基本是无业游民，目前在建筑工地上打零工,老婆孩子还在瓦底村。其他详细情况你自己慢慢看，那不好几页嘛,你一页一页慢慢往后翻。她脸上已经轰隆隆烧成一片，嘴里却为自己争辩道，你怎么知道的，你怎么能随便调查人家。陈天东站在那里岿然不动，声音听起来散发着一种生铁的气息，我在这个县城里想调查清楚一个人还是容易的。

梁姗姗扔下那几张纸，把脸别过去仍然不看他，只盯着那盏台灯，仿佛在和台灯对话，不看，有什么好看的。陈天东把那几张纸又捡了起来，自己又欣赏了一遍，才直逼到梁姗姗眼皮底下，嘴里说，看啊，看啊，你快好好看嘛。梁姗姗忽然意识到这男人是吃醋了，心中有些窃喜，便抬起头来佯装得更加愤怒，我就愿意找他，煤矿工人怎么了，我愿意你也能管得着吗，你是我什么人？陈天东把那几页纸抖得地动山摇，仿佛这样就可以把那煤矿工人从里面召唤出来。他咬牙切齿地说，那你和他睡去，现在就去。梁姗姗抓起包拔腿就往外走，你以为我不敢？我和谁睡还要你批准？我现在就找他去睡觉。陈天东从后面一把抓住她的衣服把她扔到了床上，梁姗姗把包扔到他身上说，怎么，你还要把我绑了不成？陈天东使劲在梁姗姗屁股上扇了一巴掌，嘴里恨恨地说，我今天就是要揍你一顿，看你还敢不敢去。

梁姗姗再也忍不住，终于笑场，她把脸埋在枕头间咕咕笑了起来。陈天东两只手用力把她翻了过来，呵斥到她脸上去，你还笑？你不是要和那男人去睡觉吗？现在就去，快去。梁姗姗一边捂嘴偷笑，一边在指缝间断断续续地呻吟，现在……我现在……就去，别拦……我。陈天东猛地向她的脸俯冲下去，在她的脸上胡乱寻找，找到什么是什么，找到什么就把嘴唇和舌头都挤压上去碾压半天，从眼睛到鼻子到耳朵到嘴唇，还要找空隙腾出半条舌头来骂她，你这小骚货不是要去和别人睡吗，快去快去。嘴里说着，两只手却更紧地抱住了她，简直是把她箍在了怀里，好像稍微松开一点就怕她会忽然消失不见。他在她脸上碾压过的地方都是湿的，包括她的唇尖舌角，是咸的。他在流泪。她心里就在那一瞬间忽然有了一种很深很深的从没有过的平静，她的泪也几乎要下来了，却只是在他背上轻轻拍了几下，像哄一个正在哭闹中的儿童。

他用了从没有过的蛮力，一边还梦呓一般断断续续地问她，这样够不够？好不好？你去找的那个人有没有我好？快去和他睡，贱货，你不是要和他去睡吗？她胡乱地发烧一样答应着他，好……我马上就去，别……拦着我。两个人像在深宵旷野里打仗一般，艰苦卓绝，丢盔弃甲，而又满脸是泪。她像怕冷一样紧紧抱着他，她抱得他越紧，他越浑身发抖，越说胡话，好像他一定要求证她是不是一个真实存在的人。

你说是不是一开始去找我的时候就打算好要和我睡了？

是。

你说你是不是很贱？

是。

后来我让你睡了我是不是？

是。

那你还去不去找别人睡觉？

去。

是不是因为我满足不了你？

是。

那我吃药好不好，听说吃了可以连着做三天三夜。

好。

想让我死在你手里？

是。

小贱货，知道不知道我昨晚整宿没合一下眼？

……

她闭上眼睛不看他，假装睡着了，一滴硕大的泪珠从眼角爬出来蜿蜒向下一直爬到了脖子里，那里别着的一根青筋正在无声地抽搐着。他一把把她抱在怀里，忽然大声哽咽起来，我知道是我不好，可是太晚了我就真的出不来了，也不好找借口，你不要怪我。可是你怪我也是应该的，应该的。要不你还是找个人结婚吧，即使你不喜欢他也找个人结婚给自己个名分，我以兄长的身份给你准备一份厚厚的嫁妆。

……

对不起，对不起，你看我说什么呢，是我不好。可是，我真的不可能离婚，她比我还大一岁，也老了，毕竟年轻时候跟着我吃了很多苦，就是早没了感情，我也不能到她这么老了再把她抛开。

我从没说过让你离婚。

可是我比你大这么多岁，我肯定要死在你前面的。等我死了你后半辈子怎么办?

……

不说这个，乖，不说这个了。

我妈要回来了，你快走吧。

明天周日，我带你和你妈出去钓鱼去吧，散散心，你就说是个普通朋友。

送走陈天东返回院子里，梁姗姗站在枣树下倚着树干怅惘地站了一刻，心想双美丽怎么还没回来。一抬头却猛然发现葡萄架的阴影下一动不动地坐着一个人，再一看，正是双美丽，她不知道什么时候已经回来了。双美丽的声音忽然从葡萄架下缓缓浮出，听起来有一种来自幽冥处的阴森。

你真不打算结婚了?

不了。你、我、梁帅帅，一家三口过也挺好。

我要有一天死了你怎么办？

不会的。

你觉得我不会死吗？

你活到一百岁的时候我也快八十岁了，我们两个白发老太太一起晒太阳。

我发现这个世道真的是变了，在毛主席手里的时候就告诉我们是一夫一妻制了，只能一个丈夫一个老婆，谁要敢和别的男人女人来往就是耍流氓，就要丢工作就要坐牢。可是现在的世道，有的男人不止有老婆，其实还有了妾，相好的是什么，不就是从前的妾吗？而村里的那些娶不起媳妇的穷人，却连母鸡都分不到一只，只能打一辈子的光棍。

妈，其实在我年轻的时候也没有想到有一天会这样，可后来发现这已经成了唯一的选择。

你把博士都读完了啊……你到底是缺胳膊了还是少腿了？

妈，我年龄大了，只想让自己舒坦一点自在一点。心在哪里我就去哪里。

你愿意怎样就怎样吧。

你愿意怎样就怎样吧。

第二天一早陈天东果然把车开到了却波街。双美丽犹豫着，不时在屋里和院子里出出进进，看起来忙得根本没时间想这个问题。

眼看梁姗姗就要出门了，她才终于答应下来。然后她又让梁姗姗等着，自己照了照镜子，仔细梳了梳头发，把鬓角的几根白发小心藏起来，又翻出一件平时不舍得穿的衣服换上了，拎了过生日时梁姗姗送自己的小皮包，这才跟在梁姗姗身后出了门。

老太太一路上都默无声息地端坐在后排，小包端端正正抱在怀里，脖子高高昂起，目不转睛地看着路边的风景。似乎她是被挟持着上车不小心做了人质，又似乎她今天一定要在这个老男人面前摆出岳母的威仪。三个人一路上都不怎么说话，车厢里的空气始终凝固成一大块压在三个人的身上。一直快到鱼塘边的那家农家乐了，陈天东忽然对着后视镜里的老太太说了一句，阿姨，梁帅帅的事我真是抱歉，帮不上太大的忙，法律上的事情……我真的是没有办法。老太太执拗地高傲地昂着脖子看外面的树，假装什么都没听见。车在农家乐边上停下，前面两个人先下车，陈天东赶紧给后面的老太太开车门，双美丽拎着自己的小包慢慢从车里面爬了出来。陈天东正站在她面前，她眯着眼睛手搭凉棚，第一次正式地打量着他。看了他几眼之后她故意挺起铁板一样的背，直着脚步往前走去，步子走得太过用力，踽跚几步险些摔倒。陈天东想扶她，她推了他一下，我自己能走。

梁姗姗站在离他们几米远的地方，正独自看着波光粼粼的鱼塘。

很快已经是中秋了。葡萄下架，紫的绿的红的，一串一串摆在箅子上，那些吃不完的双美丽打算酿了葡萄酒。红枣已经熟透，变成了猩红色，空气里到处是醇厚的甜香。却波街上家家户户都打了月饼，月饼上是月宫里的图案，月兔和嫦娥还有桂花树，月饼里是红糖、芝麻、花生、核桃仁、葡萄干、玫瑰丝做的馅。梁帅帅又从监狱里捎回一封信，内容还是千篇一律地说做工，吃饭，要烟抽，说最近腿疼，大约是得了关节炎，又说自己在监狱里认识的那个人答应等他出去后要帮助他创业。双美丽忐忑地问梁姗姗，你说他在里面能认识什么人啊？快了，等冬天到了，等过完年，他就能出来了。明天给他送点月饼吧，再买条烟，大过节的，再给他买点药。

中秋节一过，很快就是立冬、小雪、大雪、冬至。冬至过去两天，空气里饺子的清香还没有散尽，雪就又下了起来。梁姗姗从钟大宝家出来的时候风雪已经越来越大，夜市上的风灯远远近近地亮起，像走失在风雪中的魂魄们。雪地靴踩在新鲜的雪上，发出了嘎吱嘎吱枯枝败叶的声音，走了没几步身上已经落了一层雪花。她站住了，决定给陈天东打个电话，忽然发现有好几天没见他，也没和他通过电话了。

电话打过去却发现是关机，她心想，怎么这么早关机。等到第二天打第三天打还是关机。第四天早晨，她站在窗前用指甲划着玻璃上那层厚厚的冰花，一缕青色的天光终于从那个刨开的洞里泻进来，钉子一样落在她身上。她定定地站在那束清白的光里，肆无忌惮地让自己再次感觉着一个人在这个世界上的消失，多年前是她的同居男友，现在是陈天东，这种感觉就如同她正赤身裸体站在寒天中，雪地里。知道自己很冷，冷得直哆嗦，却仍然觉得这寒冷不够，只希望再冷得彻骨些，好进入一种睡眠状态。

中午时分，卖豆腐的李三照旧准时来却波街走街串巷。邻居们三三两两地围上去割块豆腐中午吃，李三一边用红肿的手快刀割豆腐，一边高声对围在周围的人们宣布他刚在别处得知的消息，知道不？有最新消息，我可刚听说了，咱县里的那文化局长因为贪污受贿被纪委带走调查去了。却波街上的人们两只手捧着碗，一边等豆腐一边议论纷纷，又进去一个？好。真是好。

早听说那文化局长不是什么好人，平时还装模作样像个文化人，背地里不知收了多少钱。

没有钱能在翠山苑有几套房？看看那些住在翠山苑里的有钱人过的都是什么日子，再看看咱们却波街的老百姓又是什么日子。

多进去几个才好，我在外面给他们放鞭炮。

哎，梁博士，你的豆腐，一斤二两，接着哟。

……

第二天梁姗姗正在给学生上课的时候，被校长叫了出去。是纪委的人来学校找她谈话来了，来的两个人把她带进一间办公室，把门关了，窗户也关了，然后一个问，一个做笔录。

你和陈天东是什么关系？

朋友。

你对陈天东行贿过没有？

只有朋友间的礼尚往来。

什么样的往来?

就是我请他吃一顿饭，他又回请我吃一顿饭。

有人举报你几次去办公室找他。

他都把我赶出来了。

我们已经调查过你了，你也是知识女性，知道自己该怎么做。

是。

我们正在调查陈天东的受贿情况，你知道多少要如实说。

我给他送过一条烟想请他办事，结果他又退给我了。

别的没了?

没了。其实我觉得他还算一个好人。

你需要为你的笔录签字画押，如果你对他进行包庇，等我们调查清楚之后，你可能会丢掉工作或者更严重。

明白。没有。

没有?

没有。

又过了几天，一个没有课的下午，陈天东忽然打来了电话，梁姗姗盯着那个来电显示许久才接起电话。他在电话里说自己已经没事了，又说想起来冬天里有个地方有道很好的景致，问她愿意不愿意和他一起去看看。

陈天东开车，她坐在旁边，冬天的阳光透过玻璃落在他们身上，像一层苍白煦暖的茧裹着他们。沉默了很久梁姗姗终于开口问了一句，没事了？

没事了。

怎么没事的？

找关系，花钱请人帮忙疏通。

你……真的有过吗？

有……但数额不算大。干我们这行的没有一个是真正清白的，五千块钱经手也算吧。这次是我们单位的下属举报了我。

……

我一直都对你说，我不是什么好人也不是什么坏人。

……

后悔了？

有什么后悔不后悔的。人都是时代里的人，都是可怜人。

是，都是可怜人。

开慢点，这么快要吓死我了。

晚了太阳就下山了，那冰瀑只有阳光照上去才璀璨华美，晶莹剔透，但没有几个人知道那个冰瀑到底藏在什么地方……对了，我打算提前申请退休……你看我这一生，钱也没弄下多少，好事也没做成几件。真的，你想做什么能做什么，真不是你自己可以做主的。

也好。

以后陪你的时间多了，可不要嫌我烦。

我记得你说过，你我可是从一对狗男女开始的关系。

对。

用我妈的话说，这社会有的男人垄断好几个女人的资源，有的男人得打一辈子的光棍。可是又似乎一切都是身不由己的，是不得不如此的。哎，你说，这个时代到底是在变文明还是变倒退？

还是相信进化论吧。

我有时候想，有人的地方就都是血泪史。我们都不过是其中一粒尘埃。

现在才知道啊。快看，前面就是冰瀑。

九

小年夜到了，却波街上家家户户给灶王爷供起了糖瓜好封住他的嘴。小年一过，年味就出来了，买肉扫社蒸莲花炸丸子，除夕包饺子点旺火放爆竹。吃吃喝喝转眼就到了正月十五，正月十五这天要挂花灯垒塔火。却波街上家家户户挂出了自己做的花灯，荷花灯、金鱼灯、八角灯、六角宫灯、白菜灯。每隔十几米便是一个塔火，用煤球垒成宝塔的形状，在里面点着了，宝塔的每个孔里都喷着红色的火焰，在夜色里看起来就是一座座玲珑剔透的火塔。人们纷纷出门，踩着积雪走街串巷，或是三三两两地猜那些灯笼上的灯谜，或是围着塔火一边烤火一边聊天，塔火旁边有小孩子们在敲锣打鼓，直至天亮。整个小城彻夜亮如白昼，游人如织。

梁姗姗和双美丽也夹在人群里走着看花灯，走着走着双美丽忽然说，正月十五一过，马上就是二月二了，帅帅就能出来了。我们多给他做点好吃的吧，再炸点丸子，做些烧肉，炖上两个小时把油都炖出来。再包些饺子，包些油糕给他放着，油糕做两种馅，一种豆沙枣泥的，一种萝卜黄豆的。我一辈子没出过门，也就知道世上只有这几样好吃的，姗姗你说再给他做点什么吃？还有什么是好吃的？

眼看就是二月二了，双美丽终日忙出忙进，在厨房里炸丸子煮烧肉，包的油糕摞了一小瓮。把做好的各种吃的囤起来，又忙着上街给梁帅帅买衣服，从里到外的衣服都买了好几身。就等着梁帅帅出狱的那天了。

这天终于到了，天上飘着一层如丝如缕的小雨。梁姗姗陪着双美丽坐车过去，一早就等在了监狱外面。两人撑着一把伞，眼巴巴地等着梁帅帅出来。她们旁边还停着一辆黑色的轿车，不知在等什么人。上午十点左右，监狱的大铁门开了一道缝，从里面薄薄地走出来一个人，然后铁门就在他身后无声地关上了。那个薄薄的人影拎着一个小提包向她们走过来，是梁帅帅。他瘦了很多，以至于一眼看过去几乎要认不出来了。他走到她们跟前，却不敢直视她们，只是半低着头，他叫了一声妈。又羞怯惶恐地看了梁姗姗一眼，叫了声妹妹。双美丽看着他长叹一声，看你都瘦成什么样子了。出来就好，走，先回家再说吧。

梁帅帅却站在雨里不动。他又叫了一声妈，声音不高，但是声音里有一种粗粝的悲伤像颗硕大的心脏一样跳动着。梁姗姗感觉到什么了，不安地看着他，不知道他接下来要说什么。就在这时，一直停在他们身边的黑色轿车使劲摁了两下喇叭。梁帅帅忽然就掉头向那辆轿车走去，双美丽和梁姗姗扔了伞也跟着跌跌撞撞地跑过去，双美丽大声喊着，帅帅你要去哪里，快回家啊。梁帅帅走到车门旁边停了一下，再掉过头的时候已经是泪如雨下。他说，妈，我就不回家了。我在监狱里认识了一个黑社会的老大，人很有本事也很有钱，就是关在里面也从没缺过好烟好吃的，外面就有人不停给他上供到里面。他知道了我的情况之后就认我做小兄弟，还和我说，回家也找不到正经事做的，现在的工作比什么都难找，况且是进去过的人旁人还不知道怎么看。他答应等我出去的时候他派人来接我，帮我找最能赚钱的事情做，他说包在他身上了。他人真的很仗义，我已经认他做大哥了……妈，你放心吧，等我一赚了钱我就回来接你和妹妹。等我赚了钱我要带着你们去有山有水的地方旅游……妈，你保重好身体，妹妹，你照顾好咱妈。欠你的钱我以后还你。

车喇叭又尖叫了两声，梁帅帅打开车门进去了，然后车吱地叫了一声，好像一匹马一样要把上半身都抬起来了，接着便扬长而去。双美丽追着车紧跑了几步，但是很快，整辆车便消失在了细雨中。

此后，她们一直断断续续收到梁帅帅寄来的钱，数额大小不等，有时候两三千块钱，有时候三四百块钱。每次他都在汇款单上注明，多少钱是还妹妹的，多少钱是给母亲的。有时候他还会从遥远的地方忽然寄来一只包裹，里面是几只奇形怪状的热带水果，和几片热带的树叶。还有一次他寄来一只包裹，里面是两件衣服，一件鹅黄色的圆领衫是送给母亲的，一条粉红色的裙子是送给妹妹的。他说这是他抽空做的，因为找不到缝纫机，就晚上的时候自己一针一线做的，做了好久。在监狱里学会的手艺，现在送给母亲和妹妹做礼物。他每次汇来包裹的地址都不一样，四川，云南，贵州，中缅交界。只是，他不打电话，从来不打一个。

就这样过了一年多，她们再没有见过梁帅帅。双美丽总是早晨一睁眼就说，你说帅帅该回来了吧，挣点钱就该回来了吧，他傻啊，钱哪能挣够？可能明天就回来了。

这个秋天的下午，双美丽又收到了梁帅帅的包裹。包裹很轻，只有收件地址，没有写寄件地址，也没有写寄件人。双美丽脸色煞白地抱着那只包裹，在屋里走了几圈就是不打开，梁姗姗说，我来吧。双美丽不吭声，仍是自己抱着，抱了许久许久直到窗外的天色已经开始变暗了，她才拿起剪刀慌里慌张地拆开了，双手一直在抖。最后，包裹终于打开了，两个人站着，都静静地看着那里面。里面是一身衣服，是梁帅帅出狱那天身上穿的那身衣服，衣服上到处是血迹。血迹早已干透，变成了紫褐色，一朵一朵盛开在那身衣服上。双美丽把那身衣服整整齐齐地打开，摊在床上，连每一道褶皱都抚平了，那身衣服静静地躺在那里，就好像里面正酣睡着一个她们不忍惊醒的人。

梁姗姗一连两晚都没有听到双美丽的鼾声，她有些不放心，敲门问，妈，你吃过药了吗？双美丽在里面说，吃了，你睡吧。就这样一连七个晚上，她都再没有听到双美丽的鼾声。等到第八天的凌晨，她门也不敲就冲进了双美丽的房间，双美丽正背对着她面墙而坐，她说，妈……你是不是自己停药了？你是不是这几天一直都没有吃药……你不吃药怎么能睡得着？

双美丽缓缓转过身来，梁姗姗看到，她满脸都是泪水。七天七夜的失眠换来的眼泪此刻像一种诡异的药水正涂抹在她的脸上。她没有再暴躁不安甚至看不到恐惧，也无所谓悲伤，她只是驯顺地昂着头，静静地流着眼泪。她盘腿坐在那里，看上去像一尊神话里的青铜神龟，那么古老，那么苍冷，青铜已锈，壳背生苔。只有双眼一直在流泪，流泪。

十

初夏又到了，青色的小葡萄再次上架，枣花如樱，蜂蝶曼舞。月季花和指甲花又开出了一层新的粉色花苞，韭菜抽芽，青葱拔节。

年年岁岁，周而复始。

这个黄昏，陈天东开车带着梁姗姗和大病初愈的双美丽来到那片鱼塘前钓鱼。夕阳落满池塘，整个池塘里都是夕阳金色的鳞片，一瓣一瓣，旖旎远去。池塘的尽头是无人的田野，野旷天低树，只偶然见一棵孤树站立千年，默然无语。梁姗姗扶着双美丽看过去，再往远处，便是那太阳将要落山的天际线了。

橘红、玫瑰红、血红、金黄、宝蓝、青黛、墨绿。夕阳落幕前突然放一把大火从那天际线上轰然烧起，焚烧了整个天空，还有天空下的小城。

万兽之夜

一

整个事情只剩了一个开头，一个结尾，如今首尾相连，摆在那里像一条畸形的怪鱼。而中间的一截，已经被斩下、砍掉、拔除了。

她都能看到那段被截下的肢体上跳动着一簇簇血红色的神经，使整具死去的肢体艳若桃花。尽管如此她也还是明白，它已经死去，并且，它正在腐烂的途中。一种比死更鲜艳更锋利的腐烂。

车窗外是孤寂黢黑的旷野，有一两点鬼魅的灯火从窗前一闪而过。李成静坐在这夜行火车的车窗前独自看着窗外。陈列在卧铺上的人们都睡着了，如同集体被装进了一只大抽屉，只有她一个人被锁在了外面。她孤独地坐在那里，外面的夜色穿过玻璃在车厢里流淌着，整节车厢仿佛一只储满水的大鱼缸。那些熟睡的人们带着鼻息和梦话在水底飘摇着，每一种梦话都是一个秘密，都挂着一把乡音的锁，只是那些钥匙已经永远丢失在了时光深处。她独自沉在水底，那些梦话就在她身边游来游去。

这是个冬夜，万物凋零，草木成灰。时间如枯骨沉睡于大地之下。

她想，早在一年前她被公司外派时，她就已经预感到会有这样一个冬夜了。现在她果真一个人荒凉地坐在这车厢里，忽然再次感到了来自于季节深处的嘲讽。光阴像所向披靡的坦克一样慢慢往前推动，春天发生的事情只不过是冬天就储备好的一个阴谋。

一年前在机场，她就感到这种恐惧了，她拖着两只行李箱对送她的赵同反复说，一共也就派出去两年，两年总等得了吧。

赵同还是他那副半笑不笑一只嘴角翘起的表情，这副表情让她在最早认识他的时候，曾一度觉得全天下男人都应该以此为标准，长一张不够对称的脸。赵同是教哲学的，有一段时间她特意跑到他课堂上去旁听他讲拉康与德里达。

“一份被封装加密的文字，必定有待接收，必定自有其目的地，即使它的目的地或者接收者是发送者自己。其次，只要有人接收，它就到达了目的地，因为它的目的地不是既已规定的某人，凡是它所到达的地方都是它的目的地。最后，它一定会到达目的地，而不管收信人是否知道它所传达的信息，即使收信人以为自己不知道，其实他（她）也是知道的。”

是的，不管信会不会到达，收信人自己从来都知道它会到达。

因为怕他不给自己打电话，她便每晚都抢先一步把电话给他打过去，或多或少聊几句，便感觉又多了一点安全感。而这些电话往往在打完之后才会真正生效，它们在夜晚里自顾自地膨胀，肥胖，体积径直扩大了好几倍。然后，它们像婴儿尸骸一样浸泡在空荡荡的房间里，痴肥苍白地瞪着她。

电话里可说的话越来越少，她惊恐地发现自己开始找话刨话说，她对他说，我住的这楼前有棵大树，树上总是落满了喜鹊，每只喜鹊有手提包那么大，一开窗户就想飞进屋，一点都不怕人，听说喜鹊能吃掉兔子，吓死我了。

哪有手提包大的喜鹊，把它们轰走就是了。

人家要能轰走就不和你说了。

那就把窗户关紧。

……

我觉得我这里缺一台榨汁机，每天应该喝点新鲜的果汁。

那就买一台嘛，榨汁机又不是什么难买的东西。

你就不会送我一台啊。

我送你还得给你寄过去，多麻烦，你自己买一台不就行了。

你连个榨汁机都不肯送我。

又来了。

……

今天想我了没？

嗯……

到底想了没有？？

嗯……

到底是想还是没想？？？

你到底要怎么样？

你多说一个字会死吗？

……

多说一个字不会死的。

她站在那里已经感觉到自己在摇摇欲坠，但手里还死死抱着那电话不肯撒手，电话的屁股上拖着一条长长的电话线，好像那根线是设好程序的轨道，她唯一可做的就是沿着这轨道一路冲下去。

有时候她像蝙蝠一样竖起耳朵捕捉着他电话里的背景，辨别着可有什么蛛丝马迹游弋进来。有一天她忽然听到背景音里似乎有个女人的声音，她的心脏猛地抽搐起来，像一只巨大功率的水泵把全身的血液都抽到了心脏里，她忽然听到自己的声音又尖又干，且步履踉跄，这声音像是刚刚从沙漠里逃生出来的。很干，很渴。

但她还是不相信这是自己的声音，赵老师，这么晚了还和别人在一起，不是在给女学生辅导论文吧？

赵同说，我正在外面和一个朋友谈点事情，你先睡吧。

不会是这么晚了还在探讨学术问题吧？你们真是够敬业的。

你先睡吧。

对方已经咔嗒一声挂了电话，她感觉自己咣当一声被推进了一只黑匣子里。在黑暗中独自坐了半天才渐渐活了过来。她先是冷笑，然后呆呆看了会窗外的黢黑，再然后为了安慰自己，她起身翻出一包爆米花，找出一部古老的科幻片，四仰八叉地歪在沙发里，开始大口吃着爆米花看电影。这部电影是她用来哄自己开心的御用电影，她喜欢这部电影里的男主角，一个开始时装作人类，但最后不得不乘着宇宙飞船离开地球的外星人。当第一千零一次看到那艘银色的宇宙飞船渐渐消失在太空中的时候，她的泪忽然就流了下来。

这眼泪本来是给刚才电话里的赵同准备的，可是她就是真的流泪了他在电话里也看不到。事实上，赵同已经像这个外星人一样乘着宇宙飞船提前离开了，或者说，他其实从来就没有真正来过地球。他对她的在乎程度甚至于还不如窗前那提包大的喜鹊。它还时不时隔着玻璃盯着她，或者只是盯着她脖子里那条闪闪发光的项链出神。

“他（她）不知道自己知道，信总是会达到其目的地，像是被压抑的东西一定会回来。”

她已经忘了电影里在演什么，她只是需要盯着一个地方，然后哗哗流着泪。她忽然如此想念他当年的哲学课堂，那些虚无而闪闪发光的课堂。那些课堂，仿佛是神对人的抚摩。

第二天她买了一盒巧克力给他寄了过去。妥协和屈辱让她在这一天里都感觉身体不适，像生病了一样。她的身体从来就不是庙宇，不足以让她在其中祭祀一个男人，而现在它简直从庙宇变成了一幢空房子，眼看着就要年久失修，了无人烟。

她在心里隐秘地盼望着，他也能回赠她点什么，随便什么都好，哪怕十几二十块钱的小东西，只要是他派遣出的经过旅途一路颠簸投靠到她脚下的，她都会怜爱地收养起它们。给它们水喝，把它们养大养肥，直到它们看起来就像爱情的亲戚。可是，他没有任何给她寄出礼物的迹象，她甚至在心里默默地倒数过三二一，幻想着过几天会有一份礼物从天而降忽然砸到她。可是，没有。没有。没有。

为了惩罚他，第二天她又给他挑选了一件衬衣追加过去。她要让他在她面前债台高筑，让他终于感觉到愧疚，直到他有一天忽然追悔不已地回头来求得她的宽恕。

她等待着他收到又一份礼物的惊喜，起码他应该用雀跃的声音告诉她，他很喜欢这件衬衣，她如此了解他的喜好，颜色，款式，他应该迫不及待地谢谢她。但是三天过去了，五天过去了，她投出去的核弹并没有爆发出任何威慑力，相反，它好像不幸沉到海底，独自悄悄熄灭了。她一直等了六个晚上，在第六个晚上已经过了十点的时候，她还站在黢黑的窗前发着呆，那盒巧克力和那件衬衣经过几天的发酵，已经在她体内进行了新的化学反应，形成了一种新物质正腐蚀着她，她听到自己身体深处的某一根骨头断裂开了，有什么在那里呻吟着，好像在那里关押了一只小动物。流浪猫、仓鼠，或别的什么。

疼痛饥饿地啃噬着尊严，她终于鼓足勇气冲到桌子前抓起了电话，然后把那个熟悉得不能再熟悉的电话号码用力掷了进去。

喂。他声音平静而安稳，如同一个圈套。像是他在那里等她的电话已经许久了，这让她忽然间打了个寒战，她感觉到有什么更可怕更庞大的东西正悄悄向她靠拢过来。她对着电话说，给你寄的衬衣收到了吗？

他还是可怕的平静，收到了。

她的音阶却在他的平静里陡然飙高，以至于她都能感觉到自己瞬间就变得面目狰狞。不，不要这样，她绝望地想阻止自己，但她已经听见自己在电话里喊到，既然收到了，为什么连告诉都不告诉我一声。

……

他不说话，他居然没有来安慰她或寻求安慰。一种腐蚀性更强的物质从她身体里分泌出来，眼看要将她彻底掏空，成灰。她听到自己的声音被撕成了一缕一缕的。她走风漏气地无力地说，为什么连告诉都不告诉我一声。

他开口了，她忽然就听见他说，小静，我们分手吧。

那是一种极端平静的声音，平静得不像人的声音，更像一艘来自外太空的宇宙飞船，威严，冰凉，遥远。是那艘要接走他的宇宙飞船？他不是早就乘飞船走了吗？而她不是早已经暗暗知道这个事实了吗？可是她还是觉得她一定是听错了。嘴唇忽然无比干裂，她艰难地舔舔嘴唇，声音更加嘶哑干旱，你说什么？

他又说了一遍，我们分手吧。

她抱着电话慌乱地匆忙地笑了一下，仿佛是笑给他看的。然后她听见自己用可笑的干巴巴的声音问了一句，为什么。她居然要问一个已经乘上飞船的人为什么，她简直像从来不认识自己。然而她身上那道干裂的口子还在继续扩大……你记不记得你抱着我的感觉……你带我去逛街……我走不动了你背我回去……你记不记得……那道口子越裂越大，她的身体成了一只巨大的蚌壳，现在这裂开的蚌壳一定要把里面所有的软体组织都倾倒出来，一直到把自己彻底腾空为止。

然而他打断了她，这些记忆我都不会忘掉的，它们又不会消失，可是，我们真的该分手了。

她像急于扑过去抓住一个人的手臂一样，紧紧抓住了他的话尾，她慌不择路地语无伦次地对着电话那头的那个外星人说，我给你寄礼物只是为了让你高兴，我没有别的意思。你要是觉得不好，我以后就不给你寄礼物了。她急于把所有真真假假的错误都包揽在自己身上，因为她生怕他真的像个外星人一样就要飞走了。

但她分明已经听到他发动宇宙飞船的引擎声了，他说，其实这话我早就应该对你说了，只是一直不忍心，怕你难过。你最近总是给我寄礼物，我不是不感谢你，只是我心里更多的是恐惧，我不想再让你付出。

她已经开始大声抽泣起来，她没有想到她寄过去的那些礼物她派出去的大使，那巧克力和衬衣居然都已经背叛了她，已经酝酿出一种全新的阴谋。她抽泣着说，对不起。对不起。对不起？她居然为自己寄出去的那些礼物道歉，好像她是一切的始作俑者。

他的声音从太空里飞旋着落下，雪花一样落了她一身，小静，你从没有想过为什么我们在一起这么久了还没有结婚的原因吗？其实不是因为你不想结婚……也就是说，真正的原因是我。是的，是我不愿意结婚。尤其是最近一段时间，我已经把这个问题想得很清楚了，我觉得我不需要婚姻里的东西。婚姻的本质就是让人失去自由。它是违反人性的。可你是要婚姻的，因为你和别人一样，需要急着给自己的生活下定义，命名让你们不再焦虑，这是一种意义快感。可我不需要这种命名。总有些东西更重要，比如自由。

她开始由抽泣转向了愤怒，她冲着电话喊道，你以为你现在还是在课堂上给学生们讲哲学课吗？

电话那边停顿了一下，然后用更冷静的声音说，你看，我们其实根本就不是一路人。你连什么是自由都不理解，不过你从来就没有理解过。你只会去套用别人已经定义好的生活模式，不管那是对是错。

她几乎要咆哮起来了，她说，我是不懂，但我不会用自由的幌子去遮盖一切。

电话那头的声音听起来是凛冽苍白的，像冬夜落在地上的月光。他说，那就这样吧，不必多说了，希望你以后能幸福。

他真的已经整装待发，真的要乘上那艘银灰色的宇宙飞船了，他从此以后就要彻底消失了。她感到了前所未有的恐惧，无常的恐惧，孤独的恐惧，不再被爱的恐惧，一切将不得不从头开始的恐惧。她很早就问过他，人用什么可以抵御对无常的恐惧。他说，信点什么，不管是什么，一定要在内心里真心信点什么。

现在，他正在离她远去。

她觉得自己整个人都要扑进电话里了，她试图拦住他的去路，她跌跌撞撞地绝望可笑地问了他另一个问题，你告诉我……你是不是有别的女人了？

……

他的回答居然是沉默。她再一次感到了他的庞大、遥远还有面目模糊。

我认识她吗？

不认识。

你爱她吗？

……说不上。

那你为什么要和她在一起？

需要。

我被外派的这一年你们是不是一直就在一起？

……

晚上我给你打电话的时候她是不是就睡在你身边？

有时候。

……

她抱着电话几乎要站立不稳，可是她仍然不肯把它扔掉，似乎只要扔掉它，他也就从她身上彻底连根拔起了。她不肯扔掉它，又觉得自己像抱着一枚定时炸弹，不知道这炸弹还会发出怎样的威力。她对着它大声抽泣起来，想让他听到她的哭声，幻想着他还会安慰她，幻想着他忽然心软了。以前她在他面前哭的时候总还是有效的。然而这次他只是安静地听着她的哭声，并不说什么。他在耐心地等她哭完。

一种更黑暗更豪奢的东西像水银一样灌满了她的全身，要把她铸死在那里。她忽然明白了这哭泣的无用，戛然收住了哭声。

你……会和她结婚吗？她听到自己的声音里也灌满了水银，银白色的带着毒性的声音。

不会。她有家庭。

有家庭？她的指甲都要嵌进那部电话里了，然而，她此刻似乎已经对疼痛上瘾了，再疼些才好。她反复盘旋着，一定要残忍地向最里面窥视。她说，你居然找了一个情人？

……

你情愿找一个情人是为了什么？就是为了既享受性爱又可以不结婚吗？？？她听到自己的声音里长满了牙齿，还有新鲜的嘲讽。

对，我和她可以不结婚。婚姻对人有太多束缚，人必须结婚只是一种符号，它是被人的语言和观念虚构出来的，并不是一种真实的东西，它的消亡是迟早的事。但那些真实的东西是永远不会消失的，她冷笑起来，原来这种奸情就是你口口声声要的自由？

我们真的没有再谈下去的必要了。

直到他挂断电话很久了，她还一直抱着那部电话像抱着他声音的尸骸。仿佛她不知道该如何处置它，又仿佛她还在那里侥幸地等待着，他会再次把电话打过来，像从前一样对她说，不吵了，好吗？

可是这电话整个晚上都没有再响起。

一个被绑架走了的男人，连头都不回。

二

李成静整个晚上都没有睡着。她在黑暗中躺在床上，那部电话就静悄悄地躺在她身边。被阉割了声音的电话看上去孤独而丑陋，如挂在她身上的一只空荡荡的断肢。

分手意味着，如果她惧怕孤独，就得再次从看台上跳进茫茫人海里，四处游弋着只为了捕捞到下一个男人。然后按照程序，他们先是用各种电子产品交流，用电子产品的上瘾之处是可以不发出任何声音地说话，原来不发出声音也是会上瘾的，看来人类终将连说话的力气都省掉。

然后，他们将开始约会，男人会把她带到请历任前任们吃过饭的地方，把请每个前任吃过的饭菜再请她一次，他谙熟它们的味道、价格，以及谙熟该用什么样的味道和价格来应对她。当他在同一家饭店请第十个女人吃同一种菜的时候，饭店老板不给他打折都不忍心了。她将是几分之一或十几分之一，最糟糕的境地是几十分之一。将是那个庞大分母里的一个个位数。

她已经感觉到了，这个时代里所有的人都正在变成分母。一座巍峨壮观的分母的牢笼。分母们一起买房，一起生孩子，一起离婚，一起独身。当浩大的分母们聚集在一起时，即使是暴动也会变得温柔，整个混乱的世界都会在瞬间变成一道有解的数学题。

而他却将变成某种自由飞行的不明太空物。一个提前替人类废除了婚姻制度的男人会不会也觉得孤独和恐惧？还是像一个独自守着疆土的国王？她看着那部喑哑的电话，它发不出一点声音，它就像从她或他身上砍下来的一个部分，龟缩在那里，已经幻化成了一只青铜的兽。

她决定回北方找他，明天就回，她得和他再好好谈一谈，她要去拯救这个外星人。

深夜她给他留了条短信，明天我去看你吧。阉割了声音的语言让她觉得安全，似乎这样就可以避开对方的语气，可以让两个人都藏在语言下面窥视着对方。也许这个世界已经开始厌倦声音，正在向无声化进化。就像当年的一部分鱼，因为厌倦海水而爬上岸进化成了猴子。

早晨的时候他终于回了短信。看到手机上的提示，她忐忑了半天不敢看，因为不知道他会说什么，竟有了正在等待判刑的感觉。最后把心一横、牙一咬，才终于打开了那条短信。不用来了，好好生活吧，我们已经把该说的说清楚了。她扔掉手机，任由自己在被子里痛苦地扭曲成一团。他居然不肯给她留一丝缝隙，是不是他在埋葬她的同时已经让另外一个女人接了她的班，而她却一定要从棺材里跳出来，一定要复活，一定要与她的接班人装作不期而遇。

“在象征秩序中，信件持有者是一个绝对虚弱的位置。”

她必须得去找他一趟，就是情知自己也许已经在他那里死了，心里却还是不愿相信，就是死了也一定要亲眼见到自己的尸骸。更重要的是，她必须承认，她仍然幻想着，也许在见面之后一切又有了转机，也许她又会在他那里死而复生。虽然心里已经做了决定，却并不敢立刻订一张机票直直飞过去，似乎过去看他这件事终究是一件见不得人的事，不适合光明正大地冲过去。犹豫再三，最后她用迂回迟缓的方式，买了一张当天晚上的卧铺火车票。这趟车要晃荡整整一个晚上，天亮的时候才能到达终点站。已经多年不坐这种慢速的火车，而此刻她却满意于这种速度，似乎这路上的速度越慢，就越能拉长和稀释她去找他的恐惧与悲伤。

定好行程之后，她又冲到商场给他买了一件外套，快要过年了，应该给他带件礼物。抱着那件价格不菲的外套走在路上，她愈加忐忑不安，忐忑之外周身还多了一层羞耻感，似乎她怀里抱着的正是要去贿赂他的证据。

她一路抱着这件外套走回去，因为是给他买的衣服，所以衣服提前散发出了他身上的气味。回想起从前拥抱在一起时他身上就是这个气味，她的泪又落下来了。等到晚上上火车的时候，她只带着手提包和这件外套便上了火车。

火车上，她坐在窗前不时抬头看看这件衣服，它被码在行李架上正一路俯视着她。在这北上的路上，她感觉与这件衣服竟生出了惺惺相惜之感，好像它是从她身上裂变出来的一个孪生姐妹。车灯灭了，她坐在黑暗中觉得有些冷，便从行李架上将它取下，抱在怀中来取暖。它身上的纤维伸出无数只手来细细地抚摩着她，她拥抱着它，一边畏惧着这长夜还不过去，一边又恐惧于终将到来的黎明。

火车到达终点站的时候是七点四十分。她想他也许今天没课，还没有起床，他要看书或备课，总是睡得很晚，自然起得也晚。北方的寒气割着行人的脸，她孤零零地在车站徘徊了一会儿之后，走进了火车站附近的一家肯德基，要了一杯热茶，坐在了一个靠窗的位子上。那件厚厚的显得笨重的外套放在了她对面的椅子上，她看着它，这与她相对而坐的孪生姐妹。

八点半了，按照他往常的习惯，应该起床了。她紧紧握着手机，做了几个深呼吸之后才一咬牙，终于把他的号码拨了出去。铃声响了很久很久他才接起电话，他接起电话的声音略带不耐烦。她心里一抽搐，浑身的血液开始往心脏里涌。他说，怎么了？

她努力做出一种欢快的音调，她过度活泼地说，起床啦？知道你肯定起来了。你猜我现在在哪？

……你想说什么。

告诉你吧，我已经到火车站了，我坐了一晚上的火车呢。我现在就过去看你好不好？她努力让自己的声音蹦蹦跳跳，努力让自己欢呼雀跃，努力要像个跳高运动员一样蹦起来，然后忍痛从他接下来将要说的话上面一步跨过去。

你怎么不和我商量一下就自己过来了？她从声音里都能听出他正在皱眉。果然，他并不欢迎她。她的全身开始迅速变凉，变凉，血液正哗哗离开心脏，离开她的身体。

但她仍然在挣扎，她对着手机更努力地笑，向求饶一样对他说，我来都来了，我们见一面好吗，你今天上午有时间吗？我们再谈谈好吗？

她能听到他的眉头皱得更深更结实了，他说，昨晚我把该说的都说清楚了，你觉得还有见面的必要吗？你说服我的结果是我们不分开，然后我们结婚。但我们其实根本不是一种人，不是同类在一起会加倍孤独的，婚姻什么都解决不了，真的。

她听到自己的声音像一个踉跄前行的乞丐，你和我见一面吧，我还给你带了一件礼物。

他在电话里长长叹了口气，你根本听不懂我在说什么。

她静静地流着泪，声音却还是努力地不顾一切地活泼着，我给你买了一件衣服，很适合你呢，我看第一眼就知道适合你。

他的声音哑下去了，听上去灰涩干燥，你不要再送我什么礼物了，我其实很怕你再送我什么东西。就是因为你一直在送我礼物，才让我下了决心，我不能让你再投入了，这样只会让我对你更愧疚。你理性想一想，见面真的没有必要，因为我们解决不了根本分歧。我这几天很忙，也真的没有时间和你见面。对不起，你还是回去吧，好好生活。

她忽然就失控了，她抽泣着对着电话大叫起来，不要和我说对不起，我只想知道，和你那个情人在一起时你就不再孤独吗？

对方已经咔嚓一声把电话挂断了，她觉得自己说了一半的话被生生掰折在了电话里，她愈加悲愤，再把那个号拨过去，他不接，咣一声挂断了。她再拨，对方已经关机。她被一堵厚厚的墙猛地弹回到了椅子里。

她扔下手机，颓然缩在那把椅子里。周围的人都在看她，就连蹲在她对面椅子上的那件外套也在默默看着她。它居然连一个被送出去的机会都没有了。一件价格不菲的男式外套，此刻因为无人收留看起来像面灰头土脸的镜子，它照出了她那张绝望的脸。她对着它大声地抽泣着，似乎它此刻是她唯一的亲人。

就是在抽泣的时候，她还是发现周围一圈人正兴致盎然地看着她，她有一种被看猴戏的感觉，于是拿起随身带的手提包躲进了洗手间。她在洗手间里足足大哭了有二十分钟，哭到外面排队上厕所的人开始敲门了，才出来冲了个脸。等到冲完脸再回到刚才的座位上时，她忽然发现少了点什么，再一想，是刚才就放在她对面椅子上的男式外套不翼而飞了。

那张椅子上空荡荡的，任何痕迹都没有留下。她一时恍惚自己是不是坐错了地方，再环顾一下四周，发现没有错，只能是这里。她忽然明白了，是趁她去洗手间的时候，那件衣服被人偷走了。她在椅子上呆呆坐了几秒钟，脑子里把这件事情的性质迅速分析了一下。拿走衣服的人一定就是刚才坐在她周围的人里面的一个，这个人有可能还坐在周围，也有可能一拿到衣服就迅速离开肯德基了。而这件衣服对她的意义又是什么？她不远千里把它带过来是为了送给赵同，更准确地说是为了讨好赵同，说服他不要和她分手。而现实的处境是赵同连见面的机会都不给她，她无法亲手把衣服送到他手里。她可以采取的措施只有三种：一，围追堵截，堵在他门口等他回家，无论他要不要，一定要把衣服硬塞给他。二，她把衣服丢进垃圾桶，自己返回去接着去工作，接着再找新的男人。就当把几千块钱扔进了垃圾桶。三，她是怎么带来的，就怎么把它再带回去。当然，她不能一直把它压在箱底，她或许会日后把它转送给自己的下一任男友。如此一来，她又感觉像一个将死的人在为自己准备隆重的后事。

可是现在这三种情况都不会成立了，因为第四种情况像一块石头横着飞了过来，它居然被人偷走了。一件物体的价值往往是在丢失的瞬间才突然跳出来，此时这件衣服的价格就像一根骨头一样惨白地硌着她，以至于让她忘记了就在前一分钟她还曾有过把它丢到垃圾桶的想法。

她再次环顾了一下四周，在她周围零零散散地坐着十几个人，有几个是像她一样刚下火车提着行李在这里吃早饭的，有几个是连早饭也不吃，就光坐在椅子上发呆的，估计是天寒地冻无处可去的闲人或者是在这里等人的人。有个女人正坐在椅子上专心致志地化妆，大约是在为即将来接她的男人准备一张无可挑剔的脸，看样子大约是网友约好了第一次见面。还有两个人是专门跑到肯德基来睡觉的，因为趴在桌子上，看不清长着一张什么样的脸。除了那个化妆的和那两个睡觉的，其他人都在用正面或侧面的目光窥视着她。看来他们其实都看到刚才发生什么事了。他们看她的目光躲闪中有些按捺不住的期待，一般在一场好戏开始的时候观众都会持有这种表情。

那件衣服，她又想起了昨晚还在火车上把它抱在怀里取暖，它纤维的肌理仍然残留在她手心里，像一个人的体温。孪生姐妹的惺惺相惜再次涌上心头，她霍地一下站起来，对着周围这圈人茫然喊了一句，你们看到谁拿了我的衣服？没有人吭声，好像他们集体失去了耳朵。只有几双闪烁不定暗藏笑意的眼睛像小刀一样，从她身上划过来，再划过去，有一种凉飕飕的痛。

她孤零零地站在一群坐着的人中间，她发现自己此刻正像个侦探一样在收集他们的目光，有几个人的目光明明就湿漉漉地黏在她背上，可是只要她一回头，那目光立刻就不见了，还有几个人故意撞到她视力范围内，拥挤一番忽然又作鸟兽散。还有一个男人一直在盯着她看，眼睛里却是空空的，好像压根儿什么都没有看到。他干坐了半天了没有动也没有点任何吃的，也许只是在这个冬天的早晨蹭点温度罢了。

他们都坐着，只有她一个人站着，这样看过去，他们就像一个整体，甚至就像一个人，一个体型庞大的人与她对峙着。她想，是啊，有什么奇怪的，现在的人们已经不再习惯发出声音了，不再习惯打电话，不再习惯告诉旁边的人钱包已经被偷走了，不再习惯任何需要声音的方式。声音即将成为又一件被人们自行阉割掉的器官。

这种沉默让她感到了某种恐惧，她背上拂过一阵阴森森的感觉，像孤独地站在一眼井里。她觉得她也许应该早点离开这里，就在这时她忽然注意到一个年轻女孩子正一边偷看着她，一边用一只手摁了摁放在椅子下的提包。这是个很轻微的动作，轻得像一只苍蝇飞过，可是她此刻高度紧张如蝙蝠，竟然敏捷地捕到了这个小动作。

她心里冷笑一声，一句话都没有说就径直走到那女孩身边。女孩有些紧张地看了她一眼，什么都没有说，那只手又摁了一下提包。李成静都奇怪自己从哪里借来了这么多底气，她一语不发劈手拎起对方那只黑色的提包，二话不说就往开拉拉链。女孩蹦了起来和她抢包，一边抢一边嘴里嚷着，这是我的包，你凭什么翻我的东西。李成静一言不发只是死命往开拉拉链，女孩子扑上来拼命护住那道拉链。周围的人们只是默默地围观着她们，没有人说话，也没有人过来把她们拉开。似乎每一步情节的发展都在他们预料之中。

这几日积攒下的悲愤和委屈在她体内开始发酵，那是一种很安静的类似于植物发芽前夕的发酵，无声无息，她不想生气，甚至不想说话，但是她觉得自己此刻浑身都长满了可怕的力气。她终于一把抢过了那只包，刺啦一声拉开了拉链，提包像被开膛破肚了一般，里面的东西开始往出溜，那件外套露出了一角，然后整个都露出来了。所有的眼睛包括店里服务生的眼睛都盯在了这件外套上。李成静一言不发地把这赃物从里面拽了出来。只听那女孩子站在那里大声地自言自语，我看见座位上没人了，只放着这件衣服，就以为没有人要了……

她没朝女孩子再多看一眼，她甚至都不想知道她到底长什么样，她先是对着空气大义凛然地一笑，然后把那件外套往胳膊下一夹就大步往门口走去。

三

她不由得敬佩自己行事果断，这件衣服居然能失而复得。方才查获赃物的豪迈炙烤着她，出了肯德基的门一头扎进北方的寒风里竟也没有觉得冷。她拎着手提包，怀里抱着那件男式外套匆匆往前走了几步，好像急匆匆地要去赶路，要去办什么要紧事。走出十米之后，方才燃烧在身体里的那点柴火已经开始熄灭，开始渐渐变冷了。她在路边站住了，这才发现自己根本不知道现在该去哪里。更要命的是，这件她不知道该如何处置的外套又跟着她回来了，此时还被她抱在怀里。简直是赖上她了。

赵同不要它，如果真的再带着它回去，这对她来说分明是一种双重的侮辱。她站在那里，看着不远处的垃圾桶，可是，她真的把它就这样扔掉吗？她踌躇着，忽然想起了刚才在肯德基里偷衣服的那个女孩子，它都被偷走了，为什么还要问她要回来呢？事实上她偷走这件衣服不是正好帮它解决了一个去处的问题吗？她居然又生生把它要回来了。这样一想，顿时觉得自己刚才在肯德基里的举动真是愚蠢。更何况，她努力回忆着刚才那女孩的穿着打扮，想来也定是个可怜人。不是穷人谁会稀罕拿一件别人的衣服？这样的早晨，也只有穷人们才会在肯德基里待着，蹭一早晨的空调而舍不得买一杯热茶喝。刚才，就在刚才，她居然那么大义凛然地对待了一个穷人。

她忽然就觉得自己不可原谅。

正好一个白发苍苍的流浪老人走过来，目若无人地开始翻捡她不远处的垃圾箱。她想，如果此时她把这件价值几千块钱的外套扔进垃圾箱里，那正好就算是送给他了。可是，可是，刚才就在肯德基里，她还那么不留情面地对待一个穷人，现在一转身倒又立地成佛了。更何况这里四下无人，没有人能见证她的慈悲，未免还是有些落寞。略一犹豫，她下了决心，转身又向肯德基折回去，她决定还是把这件外套送还给刚才那女孩子。

一则是因为她也许真的是个穷人，起码是一个比她更穷的人，需要这件衣服，或者是她的男友需要这件衣服。总算有人需要这件衣服，也让他赵同明白，不是所有的男人都和他一个品种。二则是她实在不知道该怎么处理这件衣服，这样也算给它一个归宿吧。

进了肯德基，那女孩居然还坐在刚才的位子上，正低着头看手机，那只黑色的大提包还像只大狗一样静静地蛰伏在她的脚下。她一进门，便有两双眼睛殷切地落在她身上，大约是认出了她就是刚刚走出去的那个女人。她目若无人地坐在了女孩对面的椅子上。女孩抬起头一看是她，脸色立刻变了，一边紧张地看着周围，一边喃喃地说，我真的是以为没人要了，我不知道你去了洗手间，我看见放在那里就以为是别人落下的，我就……

李成静打断了她的辩解，她知道此时有几双眼睛正在她身上游来游去，便有些自豪，还有些紧张，觉得这样的事情还是要有场排练才更熟练。她把衣服往那女孩面前一推，声音不高不低地说，没事，这件衣服我就送给你了。女孩更加惊慌，似乎认为这一定是个新的圈套，她连连摆手，语速急促混乱，不不不，我真的不知道你去了洗手间，我真的以为是别人落下的，真的，我真的以为……

她的声音带出了哭腔，而她愈慌乱，李成静便愈镇定。她靠在椅背上，终于开始像上帝一样细细打量起了对面的女孩子。女孩年轻得让她忌妒，二十岁出头的样子，圆脸上有不少雀斑，好像很多天没洗过头发了，一绺一绺油腻的齐刘海遮着眉毛，身上穿着一件半旧的红色羽绒服。

她想这女孩子一定是想在过年时送自己的男朋友一件礼物，但是没钱或者是舍不得买一件像样的礼物，这时候正好看到她坐在肯德基里和赵同在电话里吵架，然后又失魂落魄地去了洗手间，便顺手牵羊地把衣服藏了起来，想着等她离开肯德基，衣服便归她了。

又想到这女孩的男友穿上这件新衣之后欣喜若狂地抱起女孩，然后，他们会接吻，再然后，他们会做爱。两具那么年轻的身体。而这件衣服将像个间谍一样夹在他们的性爱中间，背负着她身上的悲伤与忌妒旁观着这对年轻的情人。赵同对它来说已是回不去的故乡。

女孩嘴里歇了几分钟，偷偷看了她一眼，又继续，姐，我要知道这是你的衣服我肯定就不拿了，对不起，我真的不知道衣服是你的……我……

李成静觉得自己周身都是发酸发涩的，连舌头也像被腌制过的，她再次把那衣服使劲往前一推，有些费力地说，衣服真的送你了，你拿走吧。女孩又不说话了，眼睛从刘海下抬起偷偷看着她，她正揣测着她的用意。李成静忽然就觉得很疲惫，疲惫而无聊，她飞快地说，衣服真的送给你了，反正也没人穿它了，总不能浪费了。说完她不再看那女孩一眼，站起来就往出走，一边走一边想，确实，还是做好人舒服。可见这个世界上没有谁是情愿做坏人的。

再次出了肯德基的门，冬日的阳光惨白地照在她身上，她忽然感到格外空虚和孤独。现在身上除了一只手提包，两只手里是空的，她终归是帮那件衣服找到了归宿，可是她自己呢？她茫然站了一会儿，掏出手机摸索着赵同的那个电话号码。如今这个世界对每个人的保存方式就是一串数字，一串串电话号码像墓碑一样指示着下面有一个个人。那些久不联系的号码便逐渐废弃坍塌了，即使心中祭奠也无人修理。

她在寒风中站立良久，终于还是拨出了那个电话。他不接，她再拨，他还是不接，他由着她自己晾干，暴晒，成灰，最后连灰也被风吹走。电话里空寂的忙音响了足足有一个世纪那么久之后，她主动把电话挂了，开始往火车站的进站口方向走。人群挟裹着她挪动，她几乎是被推着往前走的，这给了她一种被包裹起来的安全感。她跟着队伍一直走到检票口的时候，才发现自己还没买回程车票。不过现在就是去排队买票也肯定买不到当天的票了。

她语无伦次地说，我急着要回去，我现在就得上车，我一上车就补票，相信我，让我先进去吧。她有一种类似于生病的感觉，周身在收缩，坍塌，一切正朝着心脏的那个地方游弋。玻璃后面那个穿制服的人面无表情地摆摆手，没有票不能进站。她哀求着，我一上车就补票，我肯定不会逃票的，你相信我吧。制服摆摆手，往后退，下一个。她还站在那里不肯离去，后面的人推搡着她，让开啊，别堵着别人。

她忽然一言不发就往里冲，玻璃后面的制服立刻跳了起来，拦住她，别让她进去，那个人，就那个穿黑衣服的女人，她要逃票。旁边有另外两个制服走过来，像抓越狱的犯人一般，一把抓住她就往外推，一直把她推到了门外。推的力气大了些，她在众目睽睽之下倒退几步，然后踉跄倒地。

冬日的阳光再次追打下来，舞台灯光一样聚拢在她身上，她周身已经收缩成一团的肌肉，血液，还有神经，忽然就炸裂了，炸得空气里到处都是，血肉横飞，绚烂夺目。她当着人来人往艰难地从地上爬起来，忽然就跳着脚，尖着嗓子大叫起来，我就是想上车补个票怎么了，我补票都不行吗？我就是急着要离开这里怎么了，我就是一刻也不想多待了，我怎么了，我就违法了吗？忽然高跟鞋的鞋跟崴了一下，她再次摔倒在地。

周围的人哄地一声笑了，他们看起来很满意。他们在枯燥的火车站围观着她，好像她是一头刚刚从动物园里侥幸跑出来的动物。动物园里那些饿得皮包骨头的动物们：棕熊因为冬天也要被观赏，常年不许冬眠而瘦成了一副骨架；吃树叶的长颈鹿日夜像牛一样麻木地咀嚼着干草，强迫自己长出四个胃；被拔掉牙齿的鳄鱼忧伤地浸泡在污浊的水池里不动；猩猩们在人们的观赏中露出红屁股交配；魁梧的大象则对着观众露出硕大的生殖器排泄着粪便。此时在这个城市里，她就是一头刚刚从动物园里逃出来的动物，裸露，低级，野蛮，不文明，任人类从各个角度观赏和践踏。她的高跟鞋，她的香水，她的丝袜，她的职业经理人身份，都在那一个瞬间里迅速沉没到了水底，变成了远古生物的骨骼化石，迟钝苍白，锈迹斑斑。

她倒在地上，地面冰冷坚硬，像面巨大的镜子，她甚至看到了自己缩成一团的倒影。手机也跟着摔了出去，她趴在地上终于摸到了它，泪忽然就落了下来，落在了那只手机上。此时她真想把一只手臂伸进这手机里，拼命把躲在手机后面的那个男人拽出来，然后告诉他，哀求他，你不要走，你真的不要走，你为什么情愿和一个有夫之妇在一起都一定要和我分开。这时候忽然有只手落在了她身上，她心里一阵剧烈的抽搐，难道是赵同真的来找她了？他终究还是来找她了。猛一回头却发现，是肯德基里那个拿了她衣服的女孩。

女孩一言不发地把她从地上扶了起来，然后像扶伤残病人一样扶着她从众人面前慢慢走过，一直走到了肯德基门口。她想，她居然还敢进去？那女孩倒是一脸的若无其事，一只手拎着自己的黑提包，另一只手还要扶着她上台阶。她挣脱她的手臂，倨傲地说，我还没残疾呢，谢谢你。女孩说，先进去再说吧，外面太冷了，今天是小年了，能不冷吗。她说，你以为肯德基是你家开的啊，不买人家的东西还要赖在里面不走。嘴里说着，还是跟着女孩进去了，外面确实冷，西北风随时会把人撕掉一层皮，她的手已经开始变僵硬。

肯德基里的人少了一半，除了那两张牢固地长在肯德基里的面孔注意到她们又回来了之外，基本没有人注意到她们进来。两个人拣了一张靠窗的桌子坐了下来。冬日里干瘦的阳光透过一层玻璃进来之后，立刻变得肥大松软，棉絮一般罩在她们身上。女孩说，姐，你渴吗？你喝点什么吧。

她只是呆呆地颓唐地看着窗户外面，有时候她觉得这些快餐店最大的功德其实不是提供了快餐，而是为人们发明了一处无处可去时的去处。就这样呆呆地坐在窗前什么都不做地看着外面的人流也不错，拥抱的人，流浪的人，哭泣的人，独自微笑的人，看久了会恍惚觉得自己是从空中俯视着他们的高僧。

女孩去了又回来，只给李成静点了一杯热牛奶，自己什么都没要，又坐在她对面看着她。李成静用两只手捧住那只装牛奶的纸杯取暖，像正捧着自己的一颗心脏，眼睛却还是看着窗外。她像是正坐在那里自言自语，为什么有的人宁可孤独终老都不肯结婚？你说他老了怎么办，你觉得他就真的不害怕孤独吗？他就愿意一个人住进敬老院？我不相信，你信吗？

然后她又猛地把目光从窗外抽回来放在了对面的女孩子脸上，她困惑而急切地看着她说，你是不是也觉得我很糟糕？觉得我居然逃票？我是买不到票，但我会上车补票啊，我怎么可能逃票？你不觉得我其实还是一个好人？你说是不是？她用目光急切地拽住那女孩，要求她为她做证。证物就是她送给她的那件衣服。

女孩想了想，低头从提包里取出了什么东西，慢慢放到她面前。李成静一看，又是那件男式外套。只听女孩子说，我知道你这衣服是打算送人的，这么好的衣服，是我不该拿你的衣服，你还是收回去送人吧。李成静愤怒地把那件衣服往前一推，说，我说送你就送你了，难道你以为我是和你闹着玩的吗？对面的女孩讪讪地抠着指甲，不敢抬头，那你为什么会这么难过。

李成静避之不及地把那件衣服又往女孩身边推了推，似乎一定要和它划清界限。她语气僵硬，嘴角略带嘲讽，你拿了这件衣服是想送给你男朋友吧，你送他礼物他一定会高兴的。这衣服本来是要送给我男友的，可是他连见都不愿见我，我千里迢迢地过来看他，给他送礼物，可是他连见都不见我，因为他要和一个不能结婚的女人在一起。我今天就回去了，这衣服我也不想再带回去，你就帮我收下，当礼物送你男友吧。

女孩的眼睛忽然在刘海后面奇怪地亮了一下，好像眼睛最里面有一盏明灭可见的灯笼。她慌忙又低下头去，像是不愿看李成静的眼睛，她低头抠着指甲说，你今天肯定是买不到回去的票了，今天都小年了，票不好买，要不，今晚你就先住我家里吧。

李成静疑惑地看着她，住你家？

女孩慌忙抬起头，迫不及待地说，对啊，就住我家，我家今晚就我一个人，我一个人会害怕呢，你就住我家吧，住外面的宾馆旅店又贵又不干净，住到我家我给你换上全新的床单被罩。

李成静再一次上下打量着她，说，你家就住在这城里？那你一个人在火车站干什么？

女孩说，我在广州打工，这是回家来过年，今天早晨刚下的火车，在硬座上坐了一晚上腰都要断了，所以下了车就先在肯德基歇了会儿……

既然是回家，你男友怎么都不来车站接你一下，亏你还想着要送他礼物。李成静从自己的声音里听出了从痛苦下面泛起的轻微的快乐，还有比快乐更轻微但更摇曳生姿的幸灾乐祸，它们像一只血红的鱼尾在水面上倏忽扫过，却在水中留下了一阵浓烈的血腥味。

她忽然发现此刻的她是如此需要援军的力量，如此需要由他人的不幸组装成的援军。是的，现在她只要看到拥抱在一起的恋人们就会心生仇恨，就恨不得把他们统统都赶到火星上或者干脆把她自己赶到火星上去。她现在只想听到别人的悲伤和愤怒，她像一个饿了很久很久的饕餮，现在最好还有长篇的关于悲伤的传奇来款待她。她期待地看着对面的女孩，希望她能给她讲述出一段不幸的感情来。最好，她也是被男友刚刚抛弃了。

女孩转脸看着窗外，目光忽然之间阴沉下来，她说，我没有男朋友，这件衣服我拿了本来是想送给我父亲的。

故事刚开了个头就急转直下，朝着另一个方向奔去。原来不过是个还有孝心的女儿，只是，连送父亲的礼物都要用偷来的东西，这实在是有点……不过也不是今天，是这个世界早就失去秩序了，哲学教授光明正大地和别人的老婆睡在一起，还要以一种哲学的姿态告诉她，婚姻是必定要消亡的，他只不过是个人类的先知罢了。

从这个角度讲，哲学与通奸已高度融为一体，甚至难分彼此，也真是人类社会的一大进步。他独自一人提前奔赴共产主义社会了，搞得大跃进似的。但想来那感觉大约和一个人住在火星上差不多，也真是够孤独的。

女孩像是知道她在想什么，也不看她，只是阴郁地看着窗外一棵光秃秃的槐树，我初中毕业后就不上学了，十六岁的时候就开始在广州那边的工厂里打工，我每个月的工资基本上都寄到家里来了，只给自己留不多一点吃饭的钱，所以自己一直都攒不下钱……厂里的男工们知道我的情况，都不愿和我谈恋爱，怕要是和我谈恋爱了，他们的钱也被吸到我家里去。

两个人都盯着那棵树，不知道接下来该说什么。冬天的树周身没有一片树叶，只留下骨骼一般交叉的树枝。她们投在玻璃里的两片倒影正好挂在这树枝上，魂魄一般。李成静又把那衣服往她面前一推，不管你送给谁，这衣服我都送给你了。真的，拿去吧。

这时女孩忽然转过脸来看着她，目光里有一种很奇异的东西把她的眼睛撑得满满的，她吓了一跳，只听女孩说，姐，今晚就住我家吧，陪我住一晚上就好，我一个人害怕，就一晚上……你叫我小秦吧。

四

这是一套破旧的一室一厅，顶层，连着一间阁楼。

整栋楼房藏在城西郊区废弃的钢厂后面，这种工厂曾风云一时，后来纷纷在九十年代末倒闭破产，工人们集体下岗。想来这房子应该是这工厂八十年代为职工们建的宿舍楼。公交车晃到孤零零的终点站之后，抛下这两个最后的乘客便扬长而去。她跟在小秦后面曲里拐弯地穿过好几条街道，狭窄的街道两边都是低矮破败的平房，很多门口摞着高高低低的蜂窝煤和大白菜，不时有人钻出来把污水泼到街上，然后盯着这两个路过的女人放肆地看。还有的门口站着女人，女人们戴着扇子一样的假睫毛，嘴唇血红，嗑着瓜子面无表情地看着她们走过，乳房几乎要从低领毛衣里跳出来了。路面上的水很快结冰，李成静好几次差点摔倒。每次刚要开口，走在前面的小秦像是用后脑勺看到了，立刻回过头可怜巴巴地看着她说，快了快了，马上就到了，姐你坚持住再多走两步啊，前面一拐弯就是。结果又过了一条街，还是没到。

周围越来越荒凉，李成静心里有了几分恐惧，心想自己今天不知是中了什么蛊，敢跟着一个刚刚认识还偷过她东西的女孩回家。现在撤走也还来得及，她总不能在半路上把她给绑架了。可是她发现她居然还是不自觉地跟在女孩身后，好像她们中间浮动着一块隐形的磁铁。她一边跟在后面一边设想着可能出现的最糟糕的情况，她和她无冤无仇，甚至还送了她一件衣服，最多，最多她真的有什么同伙把她给绑架了，她身上又没带多少现金，那他们就要让她供出一个来解救她的人。在这个城市里，她唯一可以供出的名字就是赵同。她跟在女孩的后面恍惚觉得自己正朝着一个人质的方向走去。它立在那里，像月光下一套可怖的银色盔甲，谁穿上它谁就变成了暗夜中的人质。想到这里她打了个寒战，她忽然明白自己敢跟着这女孩来到这郊区的真正原因了。

她平生第一次发现，原来，人渴望危险时产生的快感并不亚于渴望快乐时产生的。这个渴望危险到来的过程就像是把刀锋埋进自己身体里，再拔出来演示给别人看，以作为一种惩罚。这样想着，竟对未知的危险暗自生出了几分向往。

穿过那个破败的工厂院子，忽然眼前出现了一排巨大的白杨树，粗壮无比的树干上长满了大大小小苍老的眼睛，好像工厂废弃工人们下岗之后，这些无人搭理的树便只靠了日日夜夜的疯狂生长来打发无边无际的时光。树上所有的眼睛正无声地盯着这两个外来的女人，李成静又迟疑地站住了，小秦指着树荫里隐隐露出的一角灰色楼房说，姐，就在后面，到了。

这藏在杨树后面破败的楼房看上去灰头土脸的，也无人修缮，好像在这里隐居很多年了。两个人一直爬到了六楼，一室一厅的狭窄房间，屋里的摆设简陋异常，两把人造革的旧折椅，几只小板凳，暗红色的圆桌，布沙发破了，吐出了里面肮脏的海绵，掉了漆的平面柜。因为窗外有大白杨的缘故，屋里的光线有些昏暗，再加上这些古老的家具，一走进这房间竟有一种走进时间深处的感觉，阴森森的。屋里静悄悄地空无一人，像是这房间在这里等候她们已久了。

李成静打量着周围问，这就是你家？怎么住在这么偏僻的地方？那你父母以前应该是这厂里的工人吧。

小秦嘴里含混地嘟囔了一句什么，走到阁楼的门前把那扇木门锁上了，然后又马上换了一种轻快的语调，姐，我这就给你换床单被罩啊。你等着，我马上就换。她从柜子里取出一套折叠起来的床单被罩给李成静看，她用旅店里的老板娘才有的口气说，这可是新的，姐，给你用。你就睡里屋的大床，平时我父母睡。我睡外面的沙发床。李成静狐疑地问，那你父母呢？他们都不在家？小秦已经快步走到了里间，声音还滞留在客厅里，他们这几天出门去了，不在家里。

你父母原来都是这钢厂的工人？

嗯……

是不是后来都下岗了？

嗯……

是在九十年代末吗？

嗯……

那他们下岗后靠什么生活？

嗯……什么都做过。

她并不抬头和李成静说话，似乎对这个话题没有太大兴趣，看上去只是在聚精会神地换床单。那床单好像浩瀚无边，居然半天也换不完。

李成静在狭窄的屋里慢慢走了一圈，厨房窄得只能放下一个人，洗手间的水龙头坏了，在漏水，在上面绑了一块毛巾，毛巾吸饱了水，使这水龙头看起来像一只兽的脑袋。通往阁楼的一扇油漆斑驳的小木门紧紧闭着，刚才已经被小秦从外面锁住了。她忽然有些懊悔为什么要跟着这女孩来到这么破的地方。对新环境最初的紧张感消失之后，赵同再一次杀了回来。她想到她现在其实离他很近，她想到无论如何这个男人曾经离她很近很近，几乎是她的亲人，活在这世上，每个人都只有那么几个亲人。可是现在，他一定要把自己从她的世界里彻底抽走，消灭，蒸发。

她盯着那扇出去的门，她心里那个深不见底的地方在流泪，也许，也许她应该冲出去找他，然后不顾尊严地去告诉他，她还爱他。可是一想到他此时可能正和另一个女人幽会，接吻，做爱，她便又对着那扇门连连冷笑起来。

里间的小秦看到她站在门口，忽然便一步从里屋蹿出来，挡在了她面前。李成静吓了一跳，连着往后退了两步。小秦紧张地护着那扇门，嘴里说，姐，你要去哪里？

不去哪里……

快中午了，我给你做饭吃好不好，你想吃什么？

……

姐，你刚才想和我聊什么来着。对了，你问我我父亲都做过什么，是吧？他做过很多很多工作，几乎什么都做过。我给你讲啊，我记得有一年他借了钱要在村边开养鸡场。为了让鸡多下蛋，鸡舍里的灯泡二十四小时都亮着，这样鸡就以为永远是白天，就不会睡觉，就没日没夜地吃饲料和下蛋。可是这样它们半夜也得吃几次饲料，我父亲一个人就住在鸡场，半夜要起来喂好几次鸡。你是不知道，鸡养在一起最怕的是受伤，只要有一只鸡受伤流血了，其他鸡就会一拥而上啄它，啄瞎它的眼睛，直到把它啄死。鸡场里还有很多老鼠偷吃鸡蛋，我父亲就养了一只黑猫，那只猫除了嘴巴是白色的，其他地方都是黑色的。它在鸡场里只吃过两样东西，就是打碎的鸡蛋和老鼠。靠着这两样食物它长得好大好强壮，浑身的毛都发着油光，看起来就像一只骄傲的豹子。我父亲特别喜欢这只猫，它半夜回来就钻进他的被窝里。后来，后来有一天晚上，它忽然跑到我父亲面前叫了几声，就转身出去了。直到几天后我父亲才发现它已经悄悄死在了一个角落里了。它可能吃了老鼠药……猫知道自己要死的时候，就会把自己藏起来，不让人看到它……那天晚上，它围着我父亲叫了几声，原来是在和他道别。

再后来呢？

再后来鸡场传染了鸡瘟，我父亲养的那些鸡几天之内就全死光了。听到哪里发了鸡瘟，那些收购死鸡的人就都赶了过来，用一点点钱把死鸡收走，再卖给饭店啊食品厂啊什么的。所以，这么多年里我们家的人从来不吃鸡肉。

养鸡是在乡下吧，那你们后来怎么又住到这钢厂了？

小秦的身体还堵着那扇门，她小心翼翼地观察着李成静的表情，看她不像要走的样子，这才放松下来。她一旦放松下来，整个人便像一堆苍白滞重的肉摊在了门口，她呆呆站着，再一次听不到李成静正在说什么。

李成静叹了口气，离开门口，坐到了椅子上。今天对她来说，是一个难熬的日子，她一个人撑不下去，她需要有人不停和她说话，不管这个人是谁，只要能不停地和她说话就能暂时把赵同的魂魄驱赶开。小秦见她坐到椅子上了，这才离开那扇门，声音又比刚才欢快了些，她拉开一台旧冰箱的门，张望着里面问李成静，姐，你今天想吃什么，想吃什么我都会做，我很小就会做饭了……姐，今天是小年……我们吃饺子好不好？

你打算包饺子？

话音刚落，她便看见小秦怀抱着一大包冻饺子站在了她面前。小秦说，这是我母亲提前给我包好的，她出门前给我冻在了冰箱里。

冰箱的门还没来得及合上，李成静悄悄往里瞟了一眼，空荡荡的冰箱像一口山洞，里面什么都没有。她便说，好啊，那就吃饺子。

肥白的饺子盛了满满一盘，两人围坐在圆桌旁边，小秦不停地给她夹饺子，姐，你多吃点。她的语气殷勤中带着点羞愧，大约是为她早就知道这顿午餐将是冻饺子而羞愧。但李成静觉得享受，现在她需要别人对她的羞愧。这点羞愧让她在吃饺子时都有了一种微醺的感觉。她像个醉酒的人一样忍不住又想落泪，她感觉整个世界此刻都欠了她,现在她对他人的愧疚是如此饥渴。

小秦，你觉得结婚这件事重要吗?

当然重要了。不过我到现在连一次恋爱都没谈过。没有哪个男人会和我谈恋爱的。

看你说的……你说一个男人为什么情愿和一个情人在一起都不愿和自己的女友结婚?

轻松吧，现在的人都想图个轻松。

你觉得孤独是不是最可怕的?

不是。

那是什么?

……

你说他以后生了病怎么办?谁去照顾他?

快吃饺子吧。

你觉得他像不像一个傻瓜?

像。

最后他的情人一定会抛弃他，因为人最后都会回归家庭的，你信不信?

信。

他会在生病的时候都没人照顾他，当他病得像一条狗的时候都没有人管他。我要等着看他住进敬老院，坐在轮椅上和敬老院的那些老头老太太们一字排开地晒太阳。

嗯。

可是……你真的觉得人必须结婚吗？

再吃几个饺子吧。

……和我说说话好吗，你觉得人最害怕的到底是什么？

……

饺子吃光了，小秦一边在厨房里刷碗，一边大声地和厨房外面的李成静说着话。姐，你觉得我家的饺子好吃不？我在广东那边最想念的就是我母亲包的羊肉胡萝卜饺子，我在那边想吃的时候怎么找也找不到。所以不管我什么时候回家，我母亲就只给我做饺子吃，她总是提前就包好了，然后冻在冰箱里等我回来，这样我一回来就能吃到。

冬日里午后的阳光透过白杨树的枝杈，雪团一样软绵绵地砸在玻璃上。屋子里幽暗的光线中兀自流转着一种迟钝与煦暖，李成静独自坐在圆桌旁边不禁有些昏昏欲睡，但厨房里的小秦一直在和她大声说话，她打了个盹儿，忽然就被惊醒了。

她觉得哪里不对劲，好像是有一种很阴森的东西忽然把她叫醒了，她坐在那里又想了想，忽然明白了，是小秦说话的声音。狭小的客厅离厨房一共也没有几步，小秦却在厨房里用一种奇怪的大声和外面的她不停说话。就好像是，在狭窄的厨房里挤满了看不见的人，而只有小秦看到了，她是为了把这些看不见的人赶出去，才故意这样大声和她说话。

她心里某个地方忽然打了个激灵，她盯着那扇出去的门看了几秒钟，然后悄悄站起来向那扇门走去。厨房里的声音又一路追了出来，姐，你是不是累了，你要不要先睡会儿。姐，你到里面的床上睡吧。这时李成静已经站在了那扇门前，她无声地把一只手放在门把手上一扭，不动。再扭，还是不动。门从里面被反锁了。

厨房里的小秦还在不停地大声说话，姐，你睡着了吗？睡的时候把被子盖上，不然会感冒的。半天没有人回应。她猛一回头，忽然发现李成静就站在她身后，她吓了一跳，手里的盘子差点砸到地上。李成静冷冷盯着她的眼睛往里看，为什么要把门反锁上？她听到自己声音里散发着一种生铁的气息，与此同时她的目光飞快地打量着局促的厨房，然后她看到一把旧菜刀正摆在案板上。她觉得自己的目光里也全是生铁气，以至于在碰到菜刀的一瞬间都有一种金属撞击的铁腥气。铁腥气在屋子里缓缓流动着，酸而冷。

小秦并不放下那只盘子，她把那盘子像枚月亮一般扣在自己腹前，好像这样就可以让她们之间多一重障碍。她脸上没有太多表情，声音里忽然就没有了刚才佯装出来的响亮，她只说，你想多了，我们家的人都是一回来就把门反锁上，习惯了。

李成静倚着门纹丝不动地盯着她，习惯？你们家人为什么会有这么奇怪的习惯？

她手里摸着那只盘子，目光四处乱躲，语气却越来越冷，这是郊区，这里治安不好，随手反锁门更安全些有什么不好吗？

李成静觉得她此刻必须愤怒了，她把她锁在屋里，居然还敢这样反问她。她死死盯住小秦说，你以为你把门反锁了我就出不去了？

这里是郊区，你出去了连车都打不到。

李成静冷笑起来，她居然开始威胁她了。冷笑的同时又忽然感到了自己笑声里的虚弱，如果这女孩真的有什么同伙，她今天怕是真要插翅难逃了。但她听到自己声音外面的那层壳仍然是硬的，连车都打不到？你什么意思？这是要绑架我吗？说完这句话她自己都吓了一跳，她忽然想到自己今天为什么会跟着这女孩来到她家里。其实她真正不可告人的目的，就是冲着这个危险来的。而现在，这个危险真的要被从瓶子里放出来了吗？她感到了恐惧，与此同时却又感到了一种嗜血般的渴望。生怕它被放出来，却更怕它不被放出来。

小秦站在那里，两只手死死抓着那只盘子，好像只要一松手盘子就会自己跑掉。她的目光四处乱撞，唯独不看对面的李成静，她的声音听起来已经带着哭腔，你真要走也没人能拦住你。

李成静心里哆嗦了一下，声音却还是像铁器一样追打过去，那把钥匙给我。

……

给我。

……

你信不信我会报警。

她说出这句话的时候，整张脸向上仰起，用鼻孔对准了对面的人，甚至连她自己都感觉到了鼻孔中正喷出的热气。她心里对自己大声喊道，不要这样，不要这样。这时只听站在对面的人用近于哭泣的声音喊了一句，就在我挂起来的羽绒服的口袋里，你自己去拿吧。

这样的声音让她又一阵难过，但同时却像别人露出的伤口一样加倍激起了她嗜血的快感，她在那一瞬间里终究还是看到了自己面目狰狞的一面。这狰狞让她痛苦，但她还是坚持向挂在衣架上的那件红色羽绒服走去，钥匙果然在口袋里。她打开门，拎起自己的手提包就往出走，她的背后悄无声息，她站在门口终于还是忍不住回头看了一眼。小秦就站在她背后，她站在那里没有任何要上来阻拦的意思，她的眼泪已经淌了一脸，嘴里却没有发出一点声音。

李成静跨出那扇门，往前走了几步，开始下楼梯。她忍不住又回头看了一眼，门还开着，女孩还一动不动地站在那里，她上身穿着一件起了球的黑色毛衣，一条紧绷绷的牛仔裤勾勒出她短粗的大腿，满脸的泪水使她看起来丑陋异常。她站在那里还是不肯发出任何一点声音，只是用两只空荡荡的眼睛直勾勾地看着自己。李成静试图迈下一级台阶，那眼睛跟着她，她又往下走了几级台阶，女孩已经看不见了，那两只眼睛却还是湿漉漉直勾勾地黏在她背上。她注意辨别着楼上传来的声音，但是没有任何声音，一点声音都没有。她甚至怀疑只要她现在回过头去，顶层那间破旧的房子连同里面的女孩已经一起消散了，只留下一缕薄薄的山间晨雾。

她已经拐了弯往下走，却觉得那两只眼睛还是一路追着她，像两只狗的舌头一样正拼命舔着她的手，她的背。她拼命想甩掉它们，可是不行，它们绊在她的脚步里，咬着她的衣角。楼道两边的房门看起来已经久无人住，有的挂满蛛网，蹲在门口的大白菜状如干尸。走到三层楼的时候，她站住了，从楼道的窗口看着外面。窗户上的玻璃早没了，亘在西北风里像一道伤口。她从这窗口静静看着外面的白杨，白杨后面是破败的工厂，工厂后面是低矮的平房。这是一块奇怪的三岔口，城市，农村和破败的工厂在这里交汇，形成了一片干涸的浅滩，又繁衍出了这浅滩里特有的生物链。在来的路上她就看明白了，那些住在平房里的多是些外来的打工者和低级的妓女，还有可能里面藏着杀人犯，劫匪，赌徒，被人群抛弃的艾滋病人，还可能藏着这个钢厂下岗之后没有活路的工人们。他们租不起市里的房子，便自然而然地汇聚于此，租那些廉价的平房。就像这世界上所有的河流终会相遇，相遇成人间之外的另一重人间。

在这个世界上有人在思考婚姻究竟是不是在反人类的同时，正有人花二十块钱花五分钟刚从低等妓女的身上爬起来。然后妓女对他说，快穿起你的裤子，下一个马上就进来了。

“花儿可以有一万种颜色，

每一种都来自污泥。

任何一个冬天和任何一个夏天一样，

其实都不过是，

你栖身的土壤。”

她就那么在窗口久久站着，像是在等着那楼上的女孩终究会追下来拦住她，就像她的两只眼睛一样。但是，她再听不到楼上有任何动静。只有西北风刮得整座楼都在摇晃。

最后，一咬牙一跺脚，她开始往上返。

五

顶层的门还开着，门里的人还以那个姿势站在那里。她看起来像座石像一样立在那里，脸色灰白，没有眼泪，也没有任何表情。

李成静进了门反手把门关上了，然后看着呆呆立在那里的石像说，你说我是不是好人？

……

我把那么贵的衣服都送你了，你反锁了我，我还要回来找你，你说我是不是好人？

……

有时候我一个人住在外面也会觉得害怕，然后我就对自己连说三遍，长这么大你做过坏事没？如果没有那你怕什么？我就是这世上一个最普通的好人，我永远不会去做坏事，所以你要是敢绑架我，你家三代之内肯定都没有好报，你信不信？

……

我就回来看看你能把我怎么样。

……

小秦一动不动地看着她，也没有说话，就只是静静地流泪。李成静感到自己的眼泪也要掉下来了，怕被对面的女孩看见了，连忙假装翻自己手里的提包，翻了没两下，一大滴泪还是吧嗒一声掉进了包里。

李成静坐在沙发上，客厅里那台破电视被打开了，两三个穿着古装的人正在里面走来走去。小秦出出进进地忙着给她倒水，又给她找吃的。最后找出了一包看起来年代久远的花生。小秦有些羞愧地说，姐，家里找不出别的吃的了，我给你剥花生吃吧。这花生还是能吃的，就是不那么脆了。说着她把花生一粒一粒地剥开了，把粉色的花生米一字排开摆在桌子上，又从里面挑出品相端正的，像贡品一样摆到了李成静面前。

李成静端坐在那里感觉自己正坐在一个新鲜的祭台上，不无得意，更多的却是如坐针毡。眼前趴在桌子上挑花生米的小秦让她觉得就像一只猫为了讨好自己的主人，正把自己最好吃的东西，那些捕到的老鼠一一上供给她。她畏惧地看着那堆越堆越高的花生，说，不要剥了，我不喜欢吃花生，真的。

小秦抬起那张圆脸惊慌地看着她，姐，那你想吃什么？你觉得什么有意思？你会打牌吗？要不，你会打麻将不？两个人也没法打麻将……对了，姐，我给你跳段肚皮舞吧，我在广州的时候专门花了几百块钱学过肚皮舞，听说肚皮舞能让女人身材变得特别顺溜。姐，你有没有发现我下身太胖。上身还好，就是腿太粗了，屁股又大，整个人长得像个梨。

说着她便忽然站起来，一下就把身上的黑毛衣脱了，露出了里面的一件红色的紧身小背心，李成静吓一跳，忙说，快穿上，要感冒了。小秦忙说，怎么会，不会，肯定不会的。她活动了一下筋骨，然后开始冲着李成静扭腰送胯，她光着肩膀拼命扭动着肥胖的下半身，看起来像一只底座肥大的天鹅俑。她立在那里不像一个活的人，倒像一种随时准备把人击垮的全新存在。她一边卖力地扭动着屁股，一边偷偷瞟着李成静的表情，嘴里说，其实当初学的时候我就想好了，不能心疼那几百块钱的学费，学会了跳舞是好事啊，以后就是跳给自己家里人看也不错，省得买票看了，你说是不是？

她把屁股收回来准备再次送出去的时候，被李成静喝止住了。李成静坐在那里，脸色煞白，看起来比那跳舞的人还要疲惫。她说，坐下，和我说说话吧，说说话就行。

我怕你无聊。

说说话就行。

姐想说什么？

你从小就在这里长大的吗？

不是……去年才搬过来的。

去年？那之前你和你父母都住哪？

很多地方……搬过很多次家了。

为什么？

……

那你们为什么要搬到这么偏僻荒凉的地方来？

……

这楼老得已经快没人住了。你们住这里是不是因为这里房子便宜？

嗯。

再和我聊聊你父亲吧，你说他做过很多事情，他还做过什么？

他什么都做过……不过后来的几年里就只做一件事情，就是不停地搬家……我母亲就跟着他不停地搬家，从一个地方搬到另一个地方，然后再搬，再搬。

为什么？

后来我每次从广东回家，看到我母亲手里都拿着一本祷告书，一本很粗糙的油印小册子，专门教人如何祷告，慈爱的天父上帝，我们带着一颗欢喜快乐的心来到你的面前敬拜、感谢、赞美你的圣名，因为你恩待我们，眷顾我们，带领我们……使凡听见你说话的人起死复生，有病得医治，有忧伤得安慰，软弱得刚强，冷淡变火热，求主把我们每个人分别为圣，使恶者在这里无份、无权、无纪念……连我都能背下来了。你没有见过那本小册子，每一页每一页都被她翻破了翻烂了，然后每一页翻破的地方都用玻璃纸细细地粘好，一点一点粘好，就像个小学生的作业本一样。

……

她不会用电脑，不会用手机。我知道，她一个人的时候，害怕的时候，不停搬家的时候，她就会时时刻刻把这本小册子带在身边，揣在怀里，她一遍一遍地背诵上面的那些话。一遍一遍地。上帝啊，我来到你面前实感不配，因我在你面前是个罪人，然而你不以我的罪受阻隔，不以我的恶待我，你以你那伟大牺牲的爱爱我、接纳我、抬举我，你一次一次地赦免我，宽恕我。

小秦的眼睛里已经蓄满了泪，却只是在那里蓄着，并不落下来。她用这两只浸泡在泪水中的眼睛看着李成静，使这两只眼睛看上去有一种黑白分明的寒意。李成静心里某个地方忽然就疼了一下，她想避开对方的眼睛，可那两只凛冽的眼睛还是毫不躲闪地看着她。显然她知道自己已经暂时占了上风。

那堆花生没有人再去剥了，它们温钝安静地挤成一团，挤在渐渐昏暗下来的光线里，仿佛一群背着壳在赶路的海底小生物。它们要在天黑前赶到自己的栖身之所，就像人类一样，要在天黑前守着自己的巢穴和烛光。

窗外已是黄昏，白杨树的枝杈正在变暗变斑驳变阴森，树干上的那些眼睛也在慢慢瞌睡下去。小秦看看桌上座钟显示的时间，忽然就站起来说，姐，该吃晚饭了，吃了晚饭好早点睡觉。李成静正要问需不需要出去买菜时，小秦又站到了那台冰箱前，她侧过半边脸看着李成静，似乎这样就可以尽量少和她对视。她扶着冰箱的门，犹豫了半天才说了一句，姐，晚上还吃饺子可以吗？

还吃饺子？

我妈给我包了好几顿的饺子，都冻在冰箱里，可以连着吃好几顿呢。

楼下有卖菜的吗，我下去买点菜吧。

姐，就委屈你一下了，家里除了饺子也没有别的好吃的了。

为什么不下去买点菜呢？你不下去我下去。

附近没有卖菜的。

没有卖菜的你们平时都吃什么？一年四季吃冻饺子？

姐，就委屈你了。

算了算了，就吃饺子吧。

又是中午那个白瓷盘子，又是满满一盘饺子。李成静吃了两个饺子，忽然感觉自己正在这房间里乘着某一种诡异的环形轨道缓缓行驶，所过之地之时都不过是一种循环。冰箱，饺子，门，都是循环。然后她更可怕地发现，就连她们的话题也如轨道上的火车，驶过几个交叉口之后，再次庄严地滑进车站。

你说人为什么要结婚？

嗯……要生小孩吧。

小孩就可以让人不害怕？

……

你说人活着到底在害怕什么？

姐……你是不是想说，你男朋友正在干吗？

和他的情人在一起约会。

你恨他不？

你说他们约会的时候会做什么，做爱？

……还是吃饺子吧。

你说他们现在是不是正在做爱？

小秦刘海下面的眼睛忽然就变硬了，她恨恨地说，这是人家的事，和你有什么关系？

李成静看着窗外，窗外的最后一缕天光落在她脸上，她的整张脸像蜡烛一样被点亮了，然后那疯狂的光亮倏忽而过，她坐在那里，开始渐渐黯淡下去。整个人散发着一种非人间的绝望。她慢慢向女孩转过脸去，满脸是泪，她说，我这辈子都不会告诉他，就算一辈子不结婚我也愿意和他在一起，我愿意不要婚姻。但我永远不会告诉他，这是对他的惩罚，也是对我自己的惩罚。

小秦坐在那里沉默半晌，说，不吃了吧？然后开始收拾盘子。

这时候屋里的光线变得更昏暗了，小秦几下便洗完了盘子，她不安地看着窗外的夜色说，姐，天要黑了，你快去洗洗脸吧。说完她又从抽屉里找出两根蜡烛，这里经常停电，说不定过会儿又停电了，停了电我们就只能睡觉了。今晚可是小年夜。

果然，大约快到八点钟的时候忽然停电了。李成静咕哝了一句，你们在这种地方居然也住得下去？这时候她在一团骤然降临的黑暗中忽然听到小秦发出了一种古怪尖厉的声音，姐，你在哪儿？

她看不到她人在哪里，只被这声音吓了一跳，一瞬间里的感觉是这声音不像是人嘴里发出来的，倒像是忽然从人的肉身里刺出来的某种恐怖的植物，就是在黑暗里，她也闻到了它身上的这种恐怖的气味。她忙说，我在这儿呢。小秦那边传来窸窸窣窣的声音，接着，火柴擦亮了，接着，蜡烛也亮了。

小秦就站在桌子后面，一只手抓着火柴，另一只手里擎着一支红色的蜡烛。她的整张脸是从烛光里浮出来的，在黑暗中看过去，就像一只浮动在黑暗中的人面气球。光和黑暗在她脸上筑起一座奇怪的建筑，在每一道光影的褶皱里她都看出这桌子后面的人正在害怕。最后她看到了她的眼睛，那两只细长的眼睛此时忽然变得很大很空，在烛光里，黑色的瞳孔像猫一样变成了一条线，一个尖利的点。这双眼睛正死死看着她。

李成静吓了一跳，说，小秦，你没事吧。

那个人还站在那里一动不动，手里瑟瑟擎着一支红烛。

她向小秦走过去，你怎么了？

小秦还站在那里，全身发着抖，她忽然说了一句，姐，你今晚就跟我在一起。

我不是就在这吗？两个大活人，有什么害怕的。

姐，你今晚不会走吧？

怎么会，都这么晚了，我去哪？……你父母也是，就把你一个人丢下不管，这破楼本来就没几个人住，又遇上停电，一个人还确实有点害怕。

姐，你跟着我一起去检查一下门锁好了没有。

门不是中午就已经被你反锁上了吗？你忘了？

小秦嘴里哦了一声，却还是擎着蜡烛慢慢向门口走去，她走得很慢，就好像那门口正藏着一个人，使她不敢走近，又必须走近看个究竟。她慢慢挪到门口，试了试门，确实反锁了。李成静说，这下放心了吧，停电了什么都不能做，我们就睡觉吧。

小秦嘴里说着好，却举着蜡烛站在那里不动，她把蜡烛举过头顶，紧张地四下里张望着，毛茸茸的烛光从她的头顶泻下，她看起来像一座立在黑暗中的青铜烛台，孤独荒芜锈迹斑斑的烛台。周围的家具拖着巨大的影子，无声地蛰伏在黑暗之中，正悄悄地打量着她们。小秦忽然拉住了李成静的一只手，那只手像蛇一样冰凉。她一只手死死拉着李成静，另一只手举着蜡烛慢慢在屋里走了一圈，当走到柜子边，门后的时候，她便用蜡烛仔细照一照后面的阴影。好像在每件家具每扇门的后面都可能藏着一个看不见脸的人。好像这房间里的每一团阴影里都可能藏着什么。李成静的那只手被她牢牢抓着，看她举着蜡烛找东西的样子，背上不禁有种阴森森的感觉。她说，你在找什么？

没什么……就是检查一下。

检查有没有人藏着？你不说你父母都不在吗？那屋里除了我们俩还能有谁？

是啊，还能有谁。

那你怎么还在找？

我就是检查一遍，就一遍，检查完我们就睡觉。

你门窗早就锁好了还有什么人能进来？

我怕他们白天就藏好了，晚上才出来。

你别吓我，你说什么呢。

李成静背上出了一层冷汗，仿佛也觉得周围的阴影里正立着一圈密密匝匝的人影看着她们。她们举着蜡烛，拖着自己长长的影子把所有的地方都检查了一遍，包括卫生间和厨房。可是除了大团大团的阴影，什么都没有找到。最后李成静说，这下可以睡觉了吧，你说我睡里面你睡沙发？

她走到卧室门口的时候回头看了一眼，小秦还举着蜡烛站在那里不动，她那张看不出表情的脸正浮在烛光之上，姐，让我和你睡一起吧，我害怕。李成静犹豫了一下才说，那好吧，反正也就将就一晚上。

小秦把蜡烛蹲在了床头的桌子上，那支蜡烛已经只剩一小截了，灯芯变老，蜡烛在哗哗流泪。小秦伸出一只手指去拨弄灯芯，手指伸进烛火里了也没有立刻抽回来，好像她根本没有感觉到烛火的烫手。李成静说，把蜡烛吹灭，我们睡觉吧。小秦没有吹那蜡烛，只说，它自己着一会儿就灭了。

两个人在一条被子里躺下了，身体上的偶尔接触让李成静浑身不自在，她往一边让了让，在两个人中间空出一条通道来。最后的烛光无声地跳跃在墙壁上，天花板上，像很多魂魄拥抱在一起取暖。然后，烛光渐渐暗淡下去。最后，烛光终于熄灭了。

小秦又往李成静那边靠了靠，李成静又往一边躲了躲，两个人都没说话。两个人就这么一动不动地躺着，像是过了很久很久，以至于李成静怀疑这身边的女孩已经睡着了的时候，窗外开始有人放烟花，缤纷的烟花飞进夜空炸开，整间屋子瞬间被照亮了。就是在这一瞬间里，李成静忽然发现躺在身边的女孩正一动不动地盯着天花板，眼睛却是睁得大大的。她吓了一跳，问了一句，你还没睡着？

嗯。

我也睡不着，那就聊聊天吧。

嗯。

今夜是小年夜，这边放鞭炮的人可真少。

嗯。

又快过年了，时间过得真快，不觉一年。

嗯。

你说……我男朋友现在在干什么？

你想让他干什么？

和那女人在一起做爱？你说偷情是不是确实更符合人性？我一遍一遍地在脑子里想他们做爱的情形时我难过得快死了，我恨不得把他们杀掉，可是我还是要去想，就像上瘾了一样停不下来……你说他和这女人做爱的时候会想起我吗？

不知道。

你觉不觉得他其实很可笑？他居然以为他拥有几个哲学概念就是自由的。他居然以为人是可以自由的。他其实就适合活在他的课堂里，以他那种隐秘的方式活着，他根本就不适合活在人群里。可我还是爱他，我想起当年经常去旁听他的哲学课，那感觉就像基督徒来到教堂。人要活下去总得真心信点什么，你说是吗？

她甚至已经不再需要听众，只是需要不停往下说不停往下说，只有在这个不停往下说的过程中，她才觉得舒服了一点安全了一点。

这时，躺在身边的小秦忽然在黑暗中昂起了头，像一条警觉的蛇。她竖起耳朵，像在黑暗中捕捉着什么动静，听了半天，忽然用一种压低的声音悄悄问李成静，姐，你有没有听到有人在敲门？

李成静在黑暗中屏息听了听，屋子里除了那只老式座钟的嘀嗒声，再没有了别的声音。她狐疑地看着这个身边的人，这个人的面孔已经融化在黑暗中了，只留下两束目光单独地可怖地走来走去。她说，什么声音都没有，你怎么一晚上都疑神疑鬼的。

姐，真没有？

那双眼睛忽然在黑暗中变大变清澈，变得像两湾湖泊。她知道对面的人在流泪，却忽然觉得很疲惫，她扭过脸去，说，真的什么都没有，睡着就好了。

姐，谢谢你今晚能来陪我，谢谢你。要是我活不过今晚了，你也千万不要骂我。

那双眼睛变得更大更晶莹了，李成静几乎一下从床上跳了起来，你胡说些什么，今夜可是小年夜，你快少讲这种不吉利的话。

姐，我真的怕我活不过今夜。

……你到底怎么了？

六

有时候我会恨我父亲，有时候又觉得他太可怜。我老家的那个村子多年以前地就被征得差不多了，剩下的地也很少有人会种麦子，因为辛辛苦苦种一年地也卖不了几百块钱，都交税了。农民们越来越觉得没有活路。我父亲属于那个村子里最早开始试着折腾活路的农民，那时候我还很小，他曾经蹬着一辆三轮车带着我和弟弟，去方圆几十里内的村庄集市上卖批发来的袜子；曾经在村口办过养鸡场；曾经在夏天贩卖过西瓜，晚上就和西瓜睡在一起，一斤西瓜只能挣两分钱；曾经贩卖过木料，给村里人盖房子用。后来，他认识了镇上信用社的一个人，通过贿赂那个人借到了信用社的一笔贷款，他用这笔贷款开办了一家小型铸铁厂，算是当年最早的农村企业，办这个厂子赚了些钱，他成了当年的农民企业家。我记得我家是全村最早接上电话的人家，我父亲当时还买了一辆二手吉普车，开着车在村子里出出进进。

后来呢？

他为自己的农民企业家身份自豪，一心想办出更大的厂子赚更多的钱。他就买了几块地扩大厂子规模，把村子里的年轻男人们招进厂子当工人，给他们发工资，那时候他走在村里的时候，全村人当神一样看着他。可是这种好光景只持续了几年，几年之后，这种设备简陋技术含量不高的农村企业就纷纷倒闭。铸出来的零件因为不够精细，逐渐失去了订单，全部积压下来生锈，变成废铁。当时我们村子附近开铁厂开砸的还不少，不止是我父亲一个人，多数人开砸了也就认命了，大不了再回去种地。可是我父亲就是不认命，他坚定地认为自己可以东山再起。

……

信用社的贷款因为还不清成了死账，再贷款出来是不可能了。他就问亲戚朋友们借钱，几乎把所有的亲戚都借了一遍，给每家打了欠条，按了手印。最后实在借不出来了，可他还是不认命，他觉得自己迟早能翻身。他完全变成了一个赌徒，坚信自己一定能把所有丢进去的钱赢回来。后来，因为有个中间熟人的牵引和担保，又因为他曾经办过三个最成功的铸铁厂的名声和厂里保留下来的设备，他融资到了一百万的高利贷，因为承诺的利息很高，很多邻村包括县城里的一些人们把自己攒了一辈子的积蓄做投资想多赚点利息，有的是养老钱，有的是准备给儿子娶老婆的钱……

后来……

不错，一百万打了水漂。我后来才知道，那时候整个时代都已经在淘汰农村企业了，只有我父亲不认命。在最后的阶段，整个厂子里只剩下了他一个人，他日日夜夜住在厂里，靠我母亲给他送饭。他一个人还要每天检查机器，测量模型的尺寸，还要搬生铁开炉。他已经成了一个艺术家，而不再是一个农民企业家。就是这样，厂子最后还是彻底倒闭了。厂子里的设备和废铁全部被搬空，而高利贷的利息每天都在长，一年以后已经远远不止一百万了。就在那一年，我四岁的弟弟被人绑票，因为我父亲拿不出钱，我弟弟……就那样没了。

……

为了躲债，我父亲带着我和母亲离开老家，四处躲避，我们一年一年不停地搬家，每次都找那种最偏僻最破旧的地方住，就是为了不让追债的人找到我们。可是无论我们躲到哪里，每年小年夜的晚上，都会有人找上门来追债，因为过了小年夜，就进正月了，欠债的要还债。这十多年的时间里我父亲先后被追债的人们剁掉了两根指头，被刺瞎了一只眼睛，还有一条腿被打骨折后就瘸了。他们没有杀了他是因为还幻想着有一天能要回自己的钱。我父亲残疾后就再没有了任何挣钱的想法，就只是一天一天地活着，活一天就是一天，可他还是要活着。他不再是企业家，也不再是艺术家，就单单成了一个为活着而活着的人。有时候我甚至希望他早点死了，那些人也许就会放过我和我母亲了，但我母亲说不可能，父亲欠的债，儿女也要还的。可有时候我又觉得我如此爱他，如此可怜他，以至于我经常因为梦到没有了父亲而哭醒。所以我想为他准备一件过年的礼物，让他过好这个年。每个年对他来说都可能是最后一个。

……你送他礼物是应该的。

这些年里，开始是我母亲出去给人帮工挣点小钱养活我们，后来是我十六岁就开始到广东打工，每月给他们寄钱养活他们。最近两年我总是在小年夜前就赶回家里，我让我父母躲出去，我怕让那些来讨债的人又找到他们，为难他们。

你为什么不和他们一起躲起来？

……总要留下一个人去面对的。

今夜就是小年夜。

……是。

两个人在黑暗中静静对视着，整个房间忽然变得很小，似乎周围所有的黑暗都有了重量，正带着超过自身体重的重力向她们压过来。然后，李成静听见了自己陌生异常的声音，也许他们今年不会来了，睡吧。

他们来了就会杀了我的，我知道。

不会，杀人是要偿命的。李成静听见自己忽然在黑暗中尖叫起来。

两个人又发着抖躺下了，她们蜷缩在一起，李成静听到自己的声音也在发抖，再给我讲讲你的母亲吧，我喜欢听，讲讲她那本书，你说里面全是祷告文，专门教人怎么向上帝祷告的书。

……是，专门教人祷告的书。你说人总要信点什么的，可是我不信，受了这么多年的苦，我信不起来。

给我讲讲吧。

姐。这时候，小秦在黑暗中无声地坐了起来，声音忽然变得异常平静。他们来了。

果然，那扇反锁的门外传来了几声敲门声，声音不大，却清晰无比。

她们两个人都没有动，只在黑暗中默默对视着。停顿了几秒钟之后，敲门声再次响起。敲得并不是那么急，仿佛敲门的人很有耐心似的，只是一下一下地敲。李成静感觉她们像被装进了一只铁皮鼓里，有人在外面敲鼓，这里面便装满了鼓声，鼓声在黑暗的神经里发酵，又比外面的鼓声凭空凶猛了十倍，一百倍。好像在屋子里四处都是游弋的心脏，到处都是心脏跳动的声音。

你……去开门吗？

嗯。

你就不会不开吗？装里面没人。

他们过会会把门砸开。

为什么不报警？赶紧报警。

是我们欠了他们钱。

那他们会怎么样？

……

我今天真是倒霉，被你生生拉到这样一个地方来。你不说就让我陪你过一夜吗？

对不起。

他们会杀人吗？

……

他们会不会把我俩都杀了？

……

还是会剁掉我们的一只手？

……

你说，会还是不会？

……

可是我和你根本没有任何关系。没有。

对不起。对不起。

门外幽灵一样的敲门声一阵紧似一阵，仿佛长出了很多牙齿要咬碎这扇门。李成静开始感到头晕，开始觉得窒息，她本能地看着卧室里唯一的那扇窗户，她忽然意识到，刚才一瞬间里她竟想从那里跳下去逃走。这时候小秦开口了，声音冰凉冷静，你就在这屋里，不要动也不要说话，也千万不要开门，我告诉他们，家里只有我一个人。

你真要去开门？

小秦已经光着脚走到卧室门口了，她准确地找到了那扇门，像是不用点蜡烛也不用灯光就能把这屋里的每个角落看得一清二楚了。

你真的要去开门吗？

小秦已经走出卧室，然后把卧室的门掩上了。李成静连忙跳起来躲在门后，再从那道门缝里使劲辨别着外面的动静。靠着那扇门她听到自己牙齿发抖的声音。

敲门声戛然而止。一个男人苍老的声音和一片杂沓的手电筒的光柱扑了进来，她从那道门缝里使劲听着，你爸呢？

我爸不在家。

又躲出去了？去哪了？

不知道，我在外面打工今天才到家。

以为躲起来我们就找不到他了？

那你们找吧。

听你这口气还真是你老子养的。你们这坏了良心的全家，你知道你们借的都是什么钱？当年口口声声骗我们厂子能赚大钱，结果呢，那些钱都是我们一辈子攒下的一点血汗啊，有的是老人们的棺材钱，有的是准备给儿子娶媳妇用的，有的是要供孩子上大学用的，就这样全都给你们家搭进去了。你们还不了钱了就躲起来就装死，我就想问问你们全家睡觉的时候会不会做噩梦？你们每天吃饭就能咽得下去？

我爸妈都不在，我也不知道他们去哪了。我也没钱，你们想怎么样就怎么样吧。

看来你是一定要给你老子出头了，以为我今晚不敢卸了你一条胳膊腿是不是？

我没有钱。你们随便吧。

李成静用手死死抓住门，简直连指甲都要镶嵌进去了，她把全身都趴在那道门缝上听着外面。小秦的声音听起来冷静而迟钝，像用木头做成的，连一丝恐惧都听不出来了。她好像忽然之间就什么都不怕了，又好像她已经提前把自己的害怕用完了，用得连点底都不留。不仅如此，她好像连血液连心跳都没有了，她就像一件空荡荡的皮囊一样挂在这午夜。

你老子能把你一个人留在这也真是有种，他到底躲到哪去了？

我不知道。

那欠我们的钱呢？到底什么时候还？

我们没有钱。

能还多少是多少，快过年了，你老子不会一点钱都没准备下吧？

我只攒下这么多钱，你们都拿去吧。

这是几个钱？

三千块。

打发叫花子吧？连我们一路找你们的路费都不够。

那你们随便吧，想砍掉我的胳膊腿或者杀了我也随你们。我们已经连过年的钱都没有了。

她的声音已经不再是冷静不再是平坦甚至不再是悲伤，李成静感觉这声音像一盏孔明灯一样正在黑暗中慢慢飞起来，它不顾一切地旁若无人地，歪歪扭扭天真烂漫地往上飞，然后飘在所有人的头顶之上，俯视着这要债的男人，也俯视着自己。她也许已经像个观众一样，准备好观看自己的那具皮囊像诡异的木偶一样，被摘掉胳膊、腿或者脖子。然后她的尸体躺在她苍白的断肢旁边，仿佛一双母女，没有人知道她躺在这里，也没有人会报警。所有的时间在残酷而安静地盛开，而她就这么静静地躺着，直到腐败。消散。无。

接着，李成静从门缝里看见两柱手电筒的光束像兵器一样在房间里来回乱劈，然后是两个男人的嗡嗡低语声，再然后是真正的兵器碰撞时溅出的冰凉酸冷的金属气味。她浑身打了个寒战，仿佛这金属气味只是一只守门的石狮，在它的后面，一道被闭着的门正被悄悄打开，更多的东西正在被放出来。

她悄悄把门缝拉大了些，她看到锋利杂芜的手电光里小秦正背对着她，她只能看到她一个黑黢黢的背影，但边缘清晰，像是被剪下来贴在那里的。她背对着她一动不动地站着，看起来有点倨傲有点倔强，还有点无所畏惧之后的可怕平静。她能分辨出她短粗的双腿，油腻的头发，还有起球的黑毛衣。她站在那里像一个随时准备谢幕的小丑，像一件刀枪不入的笨重家具，像一个高傲的上帝，又像一种彻底失去了恐惧的可怕存在。

原来有人竟可以失去恐惧。

这失去了恐惧的人类看起来已经不再像人，更像上帝或者魔鬼。

她在门后做了个长长的深呼吸之后，忽然就推开门向着那堆交缠在一起的光和人走去。卧室里突然跳出来一个人，让两个男人都吓了一跳。他们用手电筒久久地打量着她，然后那个年轻的男人又扛着这条光柱把卧室里也扫视了一遍。他嘴里嘀咕着，操，连电都没有。年长的男人站在原地，手里拎着一把寒光闪闪的刀，指着李成静问，她是谁。小秦把脸向李成静转过来，姐，你不是已经睡着了吗？怎么又起来了？然后又转向那男人，她是我一个干姐姐，我家就我一个人，她是来陪我过夜的。

谁也没想到李成静忽然就顶着那道惨白的手电光，上前一步说，他们家真的没有钱，你们要不出钱的，你们就抓了我做人质吧。话音落地其他三个人都愣住了，小秦忙说，姐，你进去睡觉吧，没你的事。两个男人又拿手电筒一遍一遍打量着李成静，似乎觉得其中有诈。

手电光在她脸上晃来晃去，像有很多只金光闪闪的脚正从她脸上踏来踏去，她甚至看不清另外三个人到底站在哪里，只知道他们的声音和呼吸就在她身边。她一开始觉得眼睛被晃得睁不开，觉得有无数把箭镞正向她射来，她站在那一片光的箭镞里疼痛着，死亡着，到后来忽然开始有了享受的感觉。她觉得此时的自己就像被钉在十字架上的耶稣，她迎着那手电光微笑起来，她听见自己的声音在这光束里明亮地流转，你们真的要不到钱的，不如你们把我绑架了，然后给这个人打电话，他是我男朋友，你们就对他说他女朋友被人绑架了，让他立刻拿着钱过来救她。

她说着举起了自己手里的手机，她的手里竟一直牢牢擎着一只手机。她指着手机屏幕上一个明灭可见的电话号码，对那两个男人说，就是这个号码，你们给他打，就说我被你们绑架了，我叫李成静，他叫赵同。两个男人看看手机，又看看她，都没有说话也没有动。

她举着那只手机就像举着自己身上一只血淋淋的器官，她说你们快打呀。没有人动，她使劲对他们诡异地笑着，泪却哗地下来了，她语气急促，像是在发烧，浑身都在发抖，求求你们了，把我绑架了吧，你们把我捆起来，然后给他打电话，就说我被绑架了，让他拿着钱过来救我，他一定会来的。

那个年轻的男人在年老的男人耳边嘀咕了几句什么，然后对李成静说，那你自己打，就说你被绑架了，让他拿钱过来。李成静痛苦地摇着头，他看到我的电话都不会接的，你们给他打，多打几次他一定会接的，我了解他，现在他肯定还没有关机，他总是睡得很晚。

年轻男人用刀指了指小秦，拿你的手机打。小秦看看李成静，拿过自己的手机，拨出了那个电话。电话是通的，但没有人接。李成静的脸已经痛苦地抽搐成一团，她急切地命令着，你再打，再打，多打几次，他会接的，我知道，他还是个好人，他不是没有感情，他一定会来的。

果然，打到第六次的时候，赵同接起了电话，找哪位？

小秦把手机递给年轻男人，年轻男人和年老男人对视了一下，都没有接手机，仿佛手机是一堆正在燃烧的炭火。四个人包围着这只手机，只听见手机里的男人又用犹疑的声音问了一句，哪位？

大约是感觉这炭火马上要熄灭了，年轻男人一把抓过手机，大声对里面的男人说，你是赵同吧，你女朋友李成静被我们绑架了，快拿着钱过来救她。他的声音因为紧张和故作凶狠听起来有些滑稽，像是一个未上道的劫匪正在为想象中的抢劫做一次彩排，中间竟结巴了好几次。

他的话音还未落，电话里的男人已经咣当一声把电话挂了。嘟嘟的忙音像只诡异的红舞鞋一样从四个人的神经上跳来跳去。年轻男人拿着挂断的电话有些意犹未尽，似乎做劫匪的瘾才刚刚起了个头就被迫中断了。他重新用手电筒打量着李成静，似乎忽然对这女人的长相发生了兴趣，语气略带嘲讽，你说你男朋友肯定会来？是你说的吧？李成静感觉到自己的身体里裂开了无数的黑色小洞，每一个小洞都足以像血盆大口一样把她吞没，她迎着那手电光，冰冷地说，让我来和他说。

七

她用自己的手机打过去，赵同不接。她再打过去，他还是不接。她不敢朝另外三个人的脸上多看一眼，只用两只手紧紧抓着自己的手机，好像那手机是一只斑鸠，带着体温，随时会飞走。她越发用力地把那个号码摁进电话里，似乎越用力便可以更快地得到对方的回应。但电话尽头里的山洞仍然严丝合缝地关着，他不接电话。

她忽然抬起头，胡乱找到了小秦的那张脸，她其实并不敢确定那就是小秦的脸，她拼命对着那张脸解释着，他一定是现在很忙不方便接电话，你说是不是？小秦没有吭声，好像根本没听见。两个站着的男人在这冗长的剧情面前好像也有些疲乏了，年长的男人把手里的刀先放在了地上，拉过一把椅子坐了上去，开始以观众的身份观看着李成静。

她继续打了几次，赵同还是不接。年轻男人终于有些看不下去了，你就别打了吧。李成静迎着手电光抬起头来，脸上因为没有了血色而接近于透明，她对他们空空荡荡地笑了一下，好像在向他们致歉，然后又自言自语地辩解道，他肯定会接的，他只是以为我在开玩笑，他一定以为我在恶作剧。

三个或坐或站的观众都不去接她的话茬，她则继续孤单滑稽地一遍一遍地拨打那个电话，原先已经弥漫在房间里的血腥气忽然之间被一种戏谑的舞台剧气氛暂时代替了，但观众们显然正在失去耐心。就在这时，电话终于打通了，李成静站在一束手电光里，就好像舞台上投给她的追光灯，她倨傲地站在那里，捧着电话，两只眼睛蒙着一层闪闪发光的泪影，在那一瞬间里她近于炫耀地看着他们，他接电话了，他终于是接电话了。只听见电话里传出赵同疲惫的声音，你到底想干什么？

你听我说完，你一定不要挂电话。我被人绑架了，就在城西郊区的废弃钢厂宿舍，你快过来接我吧，我只想见到你。

大半夜的你还有心思开这种玩笑。

是真的，真的真的真的真的真的真的。

不要再开这种玩笑考验我了，我们已经分手了，你自己好好过吧。就是为了你自己好，你也不应该再和我有联系，更不要再和我开这种不高明的玩笑了。

你怎么就知道我是在开玩笑？？？

李成静对着电话歇斯底里地大叫起来，三个观众都静静地看着她，没有人说话也没有人动。

要是没别的话要说，我就挂了。

李成静已经泪如雨下，她死死抱着那只电话。泪水一直流到了明灭可见的屏幕上。不要挂不要挂，求求你了不要挂掉，你听我说，我今晚很害怕，我真的很害怕，我从来没有这么害怕过，你过来接我吧，我只想和你在一起，你来接我吧好不好，今晚我可能会死可能会被人砍掉一只胳膊，我很害怕，你过来接我吧，算我求你了。

你是不是今晚喝酒了？今晚我要不是在等一个重要电话早就关机了，别胡闹了，快睡吧，睡一觉就好了。

等一个重要电话？李成静听见自己的鼻孔里发出长长一声鼻音，她流着泪冷笑起来，接着她听见了自己尖酸凛冽的声音，这么晚了还在等这么重要的电话，是等着和你那情人的约会吧。

你又来了，我说了，人都应该是自由的，你没有权利干涉我的自由。

李成静鼻孔里连连冷笑，在灯光里喷着雪白的霜气，自由？你觉得人是自由的？你真觉得每个人都是自由的？你信不信，你信不信我明天就把你偷情的事情告到你的学校，告到校长那里，让你们全校师生都知道你的丑闻，你照样还可以自由是不是？？？

连三个观众都不忍再看下去了，年轻男人低头摆弄自己的手机，小秦开始认真揪自己毛衣上的线球，年长男人则两手抱肩，低头欣赏着自己放在地上的那把刀，显然刀刃是来之前刚开过的，雪亮雪亮。

李成静这时候好像忽然明白过来自己刚才说了什么，她在心里拼命地阻拦着自己，不不不不不不不不不不不不不不不不不，不要这样，不要这样，求求你不要这样丑陋，求你了。她痛苦地弓下腰，把自己扭成了一团抽搐的血红色的肉，她大颗大颗地滴着眼泪，对着电话无声地张开嘴又闭上，张开又闭上，却发不出一点声音。这时屋里所有的人都听见了电话里传出一声没有任何感情色彩的声音……你真可怜。

然后便是苍白清冷永恒的忙音，这忙音像大雪一样在房间里翻飞着，旋转着，像是要把所有的人都静静覆盖掉，像是要把这房间埋葬为一片宁静的墓园。

李成静扔了手机，先是蹲在地上，然后整个人都瘫在了地上，她对着地上那只已经没有了任何声音的手机失声痛哭，你怎么就能相信，你怎么就能相信我的话，你怎么就能相信我真的会去你的学校告发你，你就这么不了解我吗？为什么你一点都不了解我，为什么？我真的只是很害怕，我今晚真的很害怕很害怕，我只是想让你把我带走，真的，相信我，我只是想让你把我带走。只要你还在我身边，我就什么都不怕了……

年长的男人坐在椅子上终于说话了，姑娘，我看你还是算了吧。不要再打了。

李成静抬起头来困惑地寻找着他的声音，两只手电筒不知什么时候都已经关掉了，房间重新掉入了黑暗，她看不清他们的脸，只能看到三个或坐或站的剪影静静地立在黑暗中。她已经不再管他们是谁，他们是谁已经不再重要，她对着他们伸出一只手去，仿佛那只手很干，很渴，很饿，你们觉得我是个坏人吗？你们是不是觉得我很像个坏人？我竟然去威胁他，恐吓他，我居然这么逼真地像个坏人，像个傻逼。你们真的把我绑架了吧，这是我应得的，你们把我带走吧，你们随便处置我吧，砍掉我一只胳膊或腿都可以。我必须让他相信今晚是真的，我必须让他相信我没有撒谎。

要真的把你绑架了，其实我们也不知道该怎么办，每天还得供你吃喝，还得怕警察抓我们。和你说句实话吧，这是我和我儿子第一次出来要债，因为今年轮到我们家了。因为秦建强当年欠的人家太多了，我们就每年轮流出来要债，不管要到要不到，这已经是我们这些人活着的一种寄托了，都习惯了。当年我们的钱全被套进去，这些年里我们缺吃少穿，不能盖房子，不能给三十岁的儿子娶媳妇，但一年又一年，总还能在心里给自己一点点念想，这个世界上有笔钱总归还是自己的，只是暂时不在自己身上罢了。也有的人心里扛不过这道坎，知道钱这辈子都要不回来了，几十年攒下的血汗钱就这样打水漂了，再也没有了活下去的盼头，就自杀了，上吊的喝药的跳河的。他们秦家离开村子后的这些年里，已经有五个老人先后自尽了……我们本来是被人欠了钱出来要债的，我们不过就是些本分的庄稼人想要回自己的钱，这一绑架你，我们就真成罪犯了，被警察四处通缉，钱要到要不到就先不说了，只是晚上怕连个安生觉也别再想睡了。

他又在黑暗中把脸转向小秦，今夜是小年夜了，我看你一个姑娘家独自扛着也不容易，你能还多少是多少，就当是打发我们父子回家的路费吧。要债的事就交给明年的人吧，我老了。

他又踢了踢躺在地上的那把刀子，说，别看这刀子磨得还像个样，都是准备好吓人的，我这辈子不是被逼到这个份上，连杀只狗都下不了手，何况是人。

小秦站在黑暗中始终没有动也没有说话，只是安静地薄薄地立在那里。

窗外爬起了一弯焦黄的残月，像窗花一样冰凉地贴在玻璃上。就着这一点微弱的月光，伏在地上的李成静看到扔在地上的那把刀正散发着幽冷的寒光。她与那把刀静静地对视了一会，然后，她忽然用一只手抓起那把刀，在黑暗中向自己的另一只胳膊砍去。

屋里的其他三个人同时听到了金属砍到骨头上发出的沉闷的钝响，然后就是鲜艳的血腥气。这血腥气蛰伏了一晚上，终究还是被人放出来了，弥漫在整个房间里。两只手电筒再次被打开，灯光慌乱地惊恐地在屋里乱撞，被收进光束里的人脸，眼睛，衣角，手，毛孔，伤口，鲜血，白骨，像一堆被剪辑在一起的凌乱的胶片，在这个深夜的月光里无声上映着。

小秦跌跌撞撞地跑开拿过来一条毛巾要替她把伤口扎上，李成静一把推开她的手，她扶着自己那只不停流血的肩膀，仰起脸对那三个人乞求着，你们快给我拍张照，给他发过去，一定要让他看到，让他知道我今晚没有骗他。我可以分手，我可以，我真的可以，但我不能让他以为我是个坏人，是个骗子，是个傻逼，以为我什么都不是。

八

父子俩下楼的脚步声渐渐远去，远去，直到最后彻底消失。小秦趴在门上一直听着他们的脚步声渐渐走远，最后彻底没有了，她才转过身来，像个刚刚睡醒过来的人一样迷茫地打量着周围，好像忽然不知道自己究竟身在何处。甚至连她看李成静的目光也是陌生的，困惑的。她无比疲惫地站在门口，一句话都没有说，就那么呆呆地站着。焦黄的月光从她脸上碾过，映出两行泪痕。

忽然她像想起了什么，跌跌撞撞地向那扇通往阁楼的门扑过去。那扇门上还挂着锁，她慌里慌张地找来钥匙，把门开了就往里冲。李成静拖着包扎起来的肩膀跟在她后面，有一道狭窄黑暗的楼梯通往上面的阁楼，没有灯光，两个人都脚步踉跄，薄薄的楼梯空空地发出回声。上了楼梯，就着月光李成静看到这上面是一间狭窄的陈旧的阁楼，屋顶是斜坡的，有一扇不大的窗户透着月光。这时候小秦已经把桌子上的一支蜡烛点着了，就着烛光，李成静看清楚这间很小的阁楼里只放着一张单人木床和一张木头桌子。桌子上除了蜡烛还放着两只空饭盒和两双筷子。木床上安静地睡着一个人，盖着被子，被子上还放着一本书。在地上还铺着一床褥子，褥子上有个人蜷着腿朝里睡着。在离地铺不远的地方摆着一只很大的红色塑料尿壶，里面的尿已经满了，散发着刺鼻的尿臊味。

睡在地上的人听见动静，便缓缓把头扭了过来，李成静看到，这是一张苍老的男人的脸，满头白发，他只用一只眼睛看着她们，他的另一只眼睛只剩下了一个阴森的黑洞。李成静往后退了一步，小秦则一步抢到了床前，她摇了摇床上睡着的人，妈，快醒醒，他们走了，快醒醒，你饿了没？我给你煮饺子去。

妈？……妈，妈，你醒醒啊，你怎么不说话，你怎么了。

睡在地上的独眼男人爬起了半个身子，用一只独眼看看李成静，又有些畏惧地看着小秦，他说，你妈昨天夜里说她忽然觉得很害怕，说她从来没有这么害怕过，我说也不是头一年这样了，让她忍忍。后来我们听见他们来了，她就不敢出声音了，我们吹了蜡烛就这么躺着，不敢出一点声音。她一晚上都把祷告书拿在手里，黑灯瞎火也看不见，就听见她嘴里一直在悄悄祷告，不停地祷告，我说你不要有声音，不然人家就找到咱们了。她就用更低的声音祷告，祷告，再后来慢慢就听不到她的声音了，我以为她睡着了……

妈……你看看我……

你看我一眼。

就看我一眼。

妈妈。

李成静始终没敢朝躺在床上的老妇人多看一眼。她只看到放在她身上的那本书已经滑到了地上，她一只手哆嗦着捡起了那本书。

这是一本粗糙的油印小册子，绿色的封皮，红色的花丛里画着一个大大的十字架。里面是各种祷文，“天父啊，求你做我坚固的磐石，做我的避难所，求你为我修平崎岖之路，让我深信你能拯救我脱离一切的患难，领我走出死荫的幽谷，使黑暗变光明，你是我的神，是我的救赎主。让我有信心，跨过横沟，到那流奶与蜜的蒙福之地。将荣耀归与你”。

几乎书里的每一页都被翻破了，然后，在所有翻破的地方都细细地粘上了玻璃胶。它如此安静地躺在她手里，就像一本认真的小学生作业。

图书在版编目（CIP）数据

松林夜宴图 / 孙频著. — 北京 ：北京十月文艺出版社，2018.4

ISBN 978-7-5302-1791-7

Ⅰ. ①松… Ⅱ. ①孙… Ⅲ. ①中篇小说—小说集—中国—当代 Ⅳ. ① I247.5

中国版本图书馆 CIP 数据核字（2018）第 021485 号

松林夜宴图
SONGLIN YEYANTU
孙频 著

出　版　北京出版集团公司
　　　　北京十月文艺出版社
地　址　北京北三环中路 6 号
邮　编　100120
网　址　www.bph.com.cn
发　行　新经典发行有限公司
　　　　电话（010）68423599
经　销　新华书店
印　刷　三河市宏图印务有限公司
版　次　2018 年 4 月第 1 版
　　　　2018 年 4 月第 1 次印刷
开　本　880 毫米 × 1230 毫米 1/32
印　张　8.375
字　数　150 千字
书　号　ISBN 978-7-5302-1791-7
定　价　32.00 元
质量监督电话　010-58572393
如有印装质量问题，由本社负责调换。